LORENA LENN

LORENA LENN

UNIREA DESTINELOR

Timișoara, 2018

Descrierea CIP a Bibliotecii Naţionale a României
LENN, LORENA
   Unirea destinelor / Lorena Lenn. - Timişoara
Stylished, 2018
   ISBN 978-606-94670-3-9

821.135.1

Editura STYLISHED
Timişoara, Judeţul Timiş
Calea Martirilor 1989, nr. 51/27
Tel.: (+40)727.07.49.48
www.stylishedbooks.ro

UNIREA DESTINELOR

Capitolul 1

Jessica știu că meritase așteptarea imediat ce îl văzu cum dansează. Jack Connor era cel care dădea o reprezentație în fața femeilor venite la selecție pentru a avea șansa să devină partenera sa în viitoarele spectacole. Privindu-l cum execută perfect mișcările de dans atât de senzuale, înțelese de ce se număra printre cei mai buni coregrafi din țară. Închise ochii preț de câteva secunde, imaginându-și că se află pe scenă, alături de el, dansând cu el... Ar fi fost un vis împlinit. Își dorea de atâția ani să-l revadă și să aibă ocazia să fie aproape de el. Deschise ochii, încercând să revină la realitate. În afară de ea, mai erau nouăzeci și nouă de participante la selecție. Avea o șansă atât de mică să-i atragă atenția, încât se temu, pentru o clipă, că făcuse drumul în zadar. Își trecu o mână prin păr, încercând să și-l aranjeze cât de cât. Se simțea epuizată: așteptase două ore ca să intre în sala de dans, iar când, în sfârșit, intrase, îl văzuse dansând tocmai pe el. Era, totuși, hotărâtă să încerce. În fond, nu avea nimic de pierdut. Poate doar inima... prea târziu, însă: o pierduse deja cu trei ani în urmă, în ultimul an de liceu, când îl cunoscuse pe Jack. El se transferase la liceul din San Diego în urma mutării întregii lui familii în oraș. Fusese unul dintre cei mai apreciați băieți din liceu, fiind și cel la care visau aproape toate fetele: brunet cu ochi căprui — exact genul ei. Dacă pe atunci Jessica abia îndrăznise să-l privească, visând la el în taină, Jack se apropiase de ea treptat, purtându-se cu totul altfel decât ceilalți. În timp, ajunseseră să fie amici și să aibă încredere tot mai multă unul în celălalt.

Jessica își amintea și de frații lui Jack: Logan, cel mai mare dintre ei, și Noah, fratele mijlociu. Toți trei erau niște băieți nu doar atrăgători, ci și inteligenți, care atrăgeau privirile fetelor din oraș. Jessica nu putuse uita clipa în care Jack o invitase la balul de absolvire, la care o și însoțise. Tocmai pe ea, vecina lui cuminte și timidă.

Cel mai important moment din noaptea aceea a fost cel în care au dansat împreună, în văzul tuturor. Mai mult decât atât, atunci când o condusese acasă, Jack o sărutase, nebănuind că-i oferă primul sărut din viața ei. Și azi ținea minte felul în care îi șoptise numele: Jessie... Numai el o numise astfel, fiindcă, în general, lumea îi spunea pe numele întreg. Momentul acela fusese singurul care putea fi numit doar al lor, fiindcă în ziua următoare el plecase la Los Angeles, pentru a studia dansul, coregrafia. Nu-l mai văzuse de atunci decât foarte rar, când venea acasă în vacanță, însă în zile acelea, dacă se întâmpla să se întâlnească, nu schimbau mai mult de câteva cuvinte politicoase. La început, reacția lui o duruse, însă cu timpul se obișnuise. În fond, tot ce putea să facă era să-l privească de la distanță și să-l viseze. Nu se putea abține, chiar dacă știa că nu era realist ceea ce făcea. Cuceritor de felul său, Jack venea însoțit de fiecare dată de altă fată, mai frumoasă și mai superficială, în opinia Jessicăi, care nu putea fi decât părtinitoare când venea vorba de el.

Într-o zi, mergând să-i transmită mamei lui Jack un mesaj din partea mamei sale, îl găsise singur acasă. Reacționase atât de rece la vederea ei, încât aproape că se simțise alungată. Plecase abia

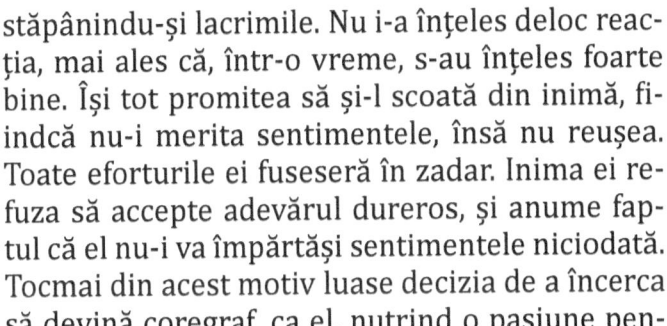

stăpânindu-şi lacrimile. Nu i-a înţeles deloc reacţia, mai ales că, într-o vreme, s-au înţeles foarte bine. Îşi tot promitea să şi-l scoată din inimă, fiindcă nu-i merita sentimentele, însă nu reuşea. Toate eforturile ei fuseseră în zadar. Inima ei refuza să accepte adevărul dureros, şi anume faptul că el nu-i va împărtăşi sentimentele niciodată. Tocmai din acest motiv luase decizia de a încerca să devină coregraf, ca el, nutrind o pasiune pentru dans, însă una şi mai mare pentru el. Acela era primul pas al planului ei, fiindcă după aceea voia să-l cucerească.

Jessica nu se putea abţine să nu-l privească admirativ. La urma urmei, avea ce să admire: Jack era un coregraf şi un dansator minunat, iar frumuseţea şi carisma îi completau profilul masculin. Oricare dintre participantele la competiţie ar fi fost norocoasă să fie partenera lui, şi nu numai. Şi ea venise cu gândul de a-şi încerca norocul. Sigur că principalul motiv era dorinţa de a-l revedea, deşi era posibil ca el s-o fi uitat cu desăvârşire. Avea convingerea că nimeni altcineva nu-l putea privi aşa cum o făcea ea în timp ce-şi aştepta rândul la dans.

Jack îşi schimbase din nou partenera, luând o altă fată din cele prezente în sală. Deşi îi plăcea enorm să danseze, abia aştepta să se termine selecţia şi să plece acasă. Urma să-şi întâlnească mama şi fraţii pe care nu-i mai văzuse de o lună, de la ultimul spectacol. Avea nevoie de o parteneră nouă, fiindcă cea anterioară îl anunţase că urma să aibă un copil. Era pus astfel în situaţia obositoare de a organiza o selecţie pentru a găsi

o dansatoare pe măsura exigențelor lui.

Făcu un semn aprobator, care însemna că poate să i se alăture următoarea participantă.

Jessica își simți inima bătându-i cu putere în timp ce se îndrepta spre el. Arăta atât de atrăgător în pantalonii aceia negri, lejeri și tricoul alb care îi completa ținuta! Își purta părul negru prins în coadă, iar cercelul din ureche îi dădea un aer rebel.

Își dădu seama că o recunoaște. O privi cu surprindere, dar și cu drag. Însă Jack era genul care se uita astfel la toate fetele, își spuse ea, înaintând și întinzându-i mâna. Jack o prinse în brațe, după care o roti de mai multe ori în jurul său, în ritm de rumba, dansul ei preferat. Jessica îl urmărea cu încântare, bănuindu-i și anticipându-i mișcările, fixându-l cu privirea nu numai fiindcă o cerea dansul, ci și fiindcă îi făcea plăcere. Timp de două minute, Jack fu din nou numai al ei, își spuse ea, visătoare. Aproape că nu mai avea aer din cauza succesiunii de mișcări, uneori rapide, alteori lente și senzuale, dar se simțea minunat. Era din nou în brațele lui și numai asta conta. Încerca să-i transmită din priviri și mișcări ceea ce simțea pentru el. I se părea că lumea se oprise în loc pentru ei. La un moment dat, palmele lui Jack îi cuprinseră șoldurile. O ridică în aer și o ținu astfel câteva secunde, apoi o coborî încet de-a lungul corpului său, spre deliciul spectatorilor. Jessica ajunse astfel cu picioarele întinse pe podea, în timp ce-și sprijinea capul, dar și o mână, de piciorul lui.

Jack întinse mâinile, ajutând-o să se ridice la

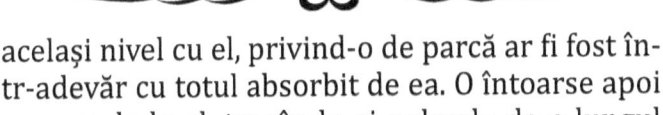

acelaşi nivel cu el, privind-o de parcă ar fi fost în-tr-adevăr cu totul absorbit de ea. O întoarse apoi cu spatele la el, trecându-şi palmele de-a lungul braţelor ei, într-o mângâiere prelungă.

Câteva secunde mai târziu, Jessica se întoar-se spre Jack, mângâindu-i obrazul şi unindu-şi mâna cu a lui. Se lăsă condusă de el şi umplură amândoi scena cu mişcări circulare.

Finalul dansului îi aduse unul în braţele ce-luilalt, cu chipurile foarte apropiate şi privirile in-tens intersectate. Rămaseră astfel câteva secunde în plus după terminarea melodiei, dezlipindu-se unul de celălalt numai când auziră aplauzele ce-lor din jur.

— Jessie... ce te-a făcut să vii aici? o între-bă Jack, apropiindu-şi buzele de urechea ei, căci aplauzele încă răsunau în sală.

— Cred că mi-a fost dor să dansez cu tine..., îi spuse ea adevărul sub o formă mai jucăuşă, zâm-bindu-i cu drag.

— Să ştii că mă bucur să te văd. A trecut ceva timp...

— Da... Şi eu mă bucur că te văd... îi mărturisi Jessica.

— Poţi să aştepţi acolo până termin cu proba asta. Vorbim după aceea, bine? rosti el, strângân-du-i uşor mâna înainte de a-i da drumul.

— Da, bine... răspunse ea, lăsându-l singur în mijlocul sălii.

Se aşeză pe o bancă, urmărindu-l cum dan-sează cu celelalte fete. Încă simţea legătura pe care o trăise în timpul dansului, deşi ştia că acela era un lucru normal între doi parteneri de dans.

Ceva îi spunea însă că nu orice pereche de dansatori se bucură de o asemenea apropiere. Sau cel puţin aşa îi plăcea ei să creadă. Deşi respira cu greutate în urma dansului, era fericită. Nu se mai simţise de mult timp astfel. De trei ani, mai exact... Spera să fie capabilă să-şi îndeplinească visul, fiindcă mai presus de a fi partenera lui de dans, îşi dorea să fie partenera lui de viaţă. Îşi propusese ceea ce nicio altă fată nu reuşise: să-l facă pe Jack Connor să se îndrăgostească de ea şi s-o iubească cel puţin la fel de mult cum îl iubea ea.

Le privea cu tristeţe pe celelalte fete care dansau cu el. Îi venea să le spună că n-au nicio şansă, fiindcă ea urma să-l cucerească în întregime.

După câteva minute, la încheierea dansurilor, Jack rămase în mijlocul sălii, privindu-le cu entuziasm pe fetele care îi aşteptau decizia.

Jessica avea mari emoţii. Ştia că era o ocazie unică de a fi mai mereu în preajma lui şi-şi dorea din toată inima să aibă parte de acest lucru.

— În primul rând, daţi-mi voie să vă mulţumesc tuturor pentru prezenţa voastră aici. E important să participaţi la orice competiţie, să nu uitaţi asta. Deşi multe dintre voi sunt foarte talentate, nu pot să aleg decât una pentru a-mi fi parteneră. Prin urmare, câştigătoarea e concurenta cu numărul 17. Jessica, vino aici, lângă mine, te rog, o invită el, cu zâmbetul care încălzea inima tinerei femei de fiecare dată.

Jessica merse spre el. O bucurie imensă-i inunda inima. Îşi dorise atât de mult să reuşească, încât acum i se părea că i se întâmplă altcuiva. Avu nevoie de câteva secunde ca să-şi revină şi să

realizeze că făcuse deja primul pas al planului ei.

— Mulţumesc... reuşi să-i spună, sorbindu-l din priviri.

— Cu plăcere, însă totul se datorează talentului tău, îi spusese Jack, luând-o de mână. Jessica, spune-ne, te rog, cum ţi s-a părut experienţa prin care tocmai ai trecut? Sunt convins că şi celelalte participante sunt foarte curioase să ştie acest lucru.

— Acum nu pot să spun decât că nu s-a comparat cu nicio altă experienţă de-a mea de până acum... îi răspunse ea, privindu-l în ochi, după care îşi îndreptă atenţia asupra celorlalte concurente.

După alte câteva minute, sala de dans se goli, iar Jack luă o sticlă cu apă şi se aşeză pe bancă.

— În sfârşit, linişte... rosti, apoi bău.

— Jack Connor... ţie îţi plac gălăgia şi aglomeraţia. Sau, cel puţin, îţi plăceau, vorbi Jessica, aşezându-se lângă el.

— Ştii... până şi un gălăgios ca mine are nevoie de momente de linişte şi singurătate.

— Mi se pare mie sau ai devenit mai sentimental, odată cu trecerea anilor? îl întrebă Jessica pe un ton ironic.

Aşteptă însă cu nerăbdare răspunsul lui.

— Îţi pot arăta exact cât de sentimental am devenit, dacă dau drumul la muzică şi te ţin aici câteva ore, ca să dansăm.

— Nu cred, eşti prea obosit...

— Ai dreptate, dar poate ţi-aş cere să dansezi singură, iar eu să stau aici şi să te privesc... Doar trebuie să faci tot ce spune coregraful, nu?

— Asta numai până când voi fi la fel ca tine...

— Știi, Jessie, ar fi cu adevărat ciudat să fii la fel ca mine...

— De ce? Eu mă refer la domeniul în care lucrezi... vreau să fiu coregrafă, și încă una foarte bună. Nu e nimic rău în asta și nici ciudat.

— Așa, deci, vrei să-mi faci concurență? o întrebă el, râzând.

— Cineva trebuie să facă și asta...

— Atunci, sper că ai venit pregătită, căci avem mult de lucru. Încă o dată, mă bucur că te văd, Jessie...

— Și eu... și te asigur că sunt pregătită. Vei fi mândru de mine, sunt convinsă.

— N-am nici cea mai mică îndoială. Ești una dintre cele mai hotărâte persoane pe care le cunosc.

— Dar tu?

— Eu?

— Da, tu. Ești hotărât să mă înveți tot ce știi? Îl întrebă, sperând că nu-i simțise glasul tremurând.

— Bineînțeles. Doar de asta te afli aici, nu? Ai să înveți de la cel mai bun, o asigură el, privind-o ușor încurcat.

— O, n-am nici cea mai mică îndoială în privința asta.

— Perfect.

— Vreau să aud muzica, Jack. Vino aici, îi ceru ea, ridicându-se de pe bancă și mergând în mijlocul sălii.

— Acum? Abia m-am așezat, încercă el să scape de provocare.

— Da, acum. Doar nu vrei să mă laşi să aştept, nu-i aşa?

— Bine, dar îţi promit că vei suferi. Treaba asta se va lăsa cu o febră musculară serioasă...

— Nu-ţi face griji în privinţa mea. Sunt odihnită. Tu eşti cel care a dansat mai bine de două ore...

Jack apăsă butonul telecomenzii, făcând astfel ca muzica să răsune din boxele puternice. Veni apoi lângă Jessica, împletindu-şi mâinile cu ale ei şi începând să danseze.

— Doar un dans pentru seara asta, bine? Nu de alta, dar mâine dimineaţă plec spre San Diego şi vreau să am timp să mă odihnesc, îi spuse Jack, aducând-o spre el.

— Ce întâmplare... şi eu merg mâine acasă. Am putea merge împreună, ce spui? Propuse fata.

Deşi inima îi bătea cu putere, nu mai putea să dea dovadă de reţinere şi timiditate. Trebuia să fie hotărâtă, dacă voia să obţină ceea ce-şi dorea. Şi numai ea ştia cât îl dorea...

— Bine... dar ce va spune Rebecca, mama ta, când te va vedea însoţită de mine? Nu crezi că i se va părea puţin neobişnuit?

— Nu e nimic neobişnuit, Jack. Doar suntem vecini şi prieteni. Lucrurile astea nu s-au schimbat, îi explică, venind în spatele lui şi plimbându-şi mâinile pe pieptul şi abdomenul său. Putea să jure că, preţ de o clipă, îl simţise tresărind. Asta nu era decât o mică parte din ceea ce voia să-l facă să simtă. Rămase surprinsă când Jack se întoarse spre ea, îi cuprinse mâinile într-ale lui şi se întinse pe podea, aducând-o deasupra sa.

— Ai dreptate, Jessie. Nu e nimic neobişnuit în asta...

— Nu. Absolut nimic... îi răspunse Jessica, răsucindu-se şi aducându-l deasupra ei.

Dansau pe ritmul melodiei, în poziţia aceea şi privindu-se de parcă se descopereau unul pe altul. Simţeau totuşi fiori puţin neobişnuiţi.

Jack rămase câteva secunde deasupra ei, după care se ridică în grabă. Îi întinse mâna, ajutând-o să se ridice şi ea.

— Cred că am dansat suficient pentru azi... îi spuse, privind-o cu atenţie şi eliberându-i mâna. Te pot conduce acasă, dacă vrei, numai să-mi spui adresa.

Nu voia decât să fie protector, mai ales că Jessica nu era o necunoscută.

— Mulţumesc, Jack, apreciez gestul tău. Mama ta a avut grijă să facă din voi trei nişte adevăraţi cavaleri... îi spuse Jessica, mângâindu-i braţul, deşi ar fi vrut mult mai mult decât atât – să-l sărute şi să-i spună ce mult însemna pentru ea.

— Mulţumesc... se pare că ni s-a dus vestea. În orice caz, noi suntem cavalerii ei, iar ea e cea mai importantă fiinţă pentru noi, vorbi Jack, devenind serios.

Jessica îl privea cu drag. Cunoştea motivul seriozităţii lui. Cei trei fraţi au trecut printr-o întâmplare nefericită, fiind părăsiţi de tatăl lor la o vârstă fragedă şi rămânând doar în grija mamei, o femeie minunată, care încercase să le asigure un trai pe cât de bun posibil.

Jack o conduse acasă, după care merse la apartamentul său, meditând asupra întâmplărilor de peste zi. Abia aştepta să-şi revadă mama şi fraţii care, deşi mai în vârstă ca el, îi erau mereu alături, iar dacă făcea vreo prostie, încercau să-l aducă pe calea cea bună.

*

— Am închis! spuse Logan, aranjând nişte produse pe raft.

— Sper că te pot convinge să te răzgândeşti...

Logan se răsuci spre uşă, surprins de îndrăzneala pe care o sesizase în glasul acela feminin. Era hotărât s-o expedieze rapid pe necunoscută, însă, preţ de câteva secunde, privirea îi rămase aţintită asupra femeii. Aerul sfidător, dar şi felul în care arăta îl derutau. Era atrăgătoare: nu foarte înaltă, cu ochi căprui care păreau să ascundă o uşoară vulnerabilitate, cu buze roşii apetisante, toate completate de un corp armonios. Logan ridică uşor o sprânceană. Văzuse multe roşcate frumoase, însă niciuna nu avusese părul de nuanţa aceea. În plus, femeia părea decisă să se facă bine înţeleasă.

— Domnişoară... Sunteţi sigură că aveţi aptitudinile necesare pentru a lucra în barul meu?

— Lindsay Greystone e numele meu, Logan, se prezentă ea, întinzându-i mâna.

— Bine, Lindsay. Deci?

Nu o întrebă de unde îi ştie numele, fiindcă sigur i-l citise pe sigla barului.

— Am mai lucrat pe un post asemănător, dar într-un bar cu totul diferit de al tău, deci cât de greu poate fi?

— Mă mai gândesc...

— Sper că nu prea mult, totuşi... Să nu-mi spui că ai şi alte opţiuni, îi zise ea, zâmbind.

— Cum de ai ales barul meu? o întrebă Logan.

— Am o prietenă care locuieşte în apropiere. Ea mi-a spus despre tine, iar mie îmi trebuie un job. Ca orice om, am impozite de plătit...

— Cine e prietena ta?

— Nu-ţi spun până nu-mi dai o şansă. Nu vreau ca decizia ta să fie influenţată de numele ei.

— Deci o cunosc... Acum chiar m-ai făcut curios...

— Îţi voi spune cine e, dacă-mi zici că pot să vin mâine seară. Pune-mă la încercare. Nu vreau probleme, doar să câştig nişte bani.

Logan se concentră din nou asupra ei, încercând s-observe vreun eventual impediment, însă nu-l găsi. La prima vedere, Lindsay părea în regulă, chiar dacă vestimentaţia ei era puţin cam îndrăzneaţă pentru gustul lui. Cum nu asta conta, încercă să analizeze lucrurile cât mai raţional. Doar el era cel mai mare dintre fraţi, trebuia să fie astfel.

— Mâine seară, la ora 20:00. Dacă întârzii chiar şi cinci minute, poţi să uiţi de discuţia asta, o anunţă el pe ton categoric. Acum, spune-mi cine e prietena aceea misterioasă.

— Am înţeles. Voi fi aici la ora stabilită. Tot atunci vei afla şi cine e prietena mea. Noapte bună, Logan.

— Noapte bună şi ţie, Lindsay, îi răspunse el, urmărind-o cum pleacă, numai fiindcă trebuia să închidă barul şi să meargă acasă.

O văzu apoi pe alee, alături de o femeie, probabil prietena misterioasă. Curios era însă faptul că el n-o cunoştea pe bruneta care o însoţea. Lindsay putea foarte bine să-l fi păcălit, dar nu-l interesa. Îl interesa însă foarte mult imaginea şi reputaţia familiei şi afacerii sale. Logan se urcă în maşină şi plecă spre casă, simţindu-se extenuat. Cu siguranţă avea nevoie de ajutor în bar, iar dacă Lindsay urma să se dovedească necorespunzătoare, până la urmă tot avea el să găsească pe cineva potrivit.

*

— Nu fac aşa ceva. Nu antrenez femei, îi spuse Noah cu glas tăios celei care aştepta un răspuns de la el.

Îşi scoase mănuşile de box şi le puse în dulap, întorcându-se apoi spre ea, încercând să pară cât mai dur cu putinţă. N-avea nevoie de probleme, cu atât mai puţin dacă acestea veneau din partea unei femei. Nu-şi dorea să audă văicăreli din cauza unei unghii rupte sau a vreunui fir de păr mutat de la locul lui.

— Nici dacă te rog frumos? insistă bruneta, hotărâtă s-obţină ce-şi dorea.

— Nu! Asta e o sală pentru bărbaţi, nu pentru femei.

Părea atât de fragilă, încât nu şi-o putea imagina practicând un astfel de sport.

— Asta e discriminare! Nu înţeleg de ce refuzi ocazia de a fi plătit foarte bine pentru ceea ce faci.

— Spune-i cum vrei. Asta e sala mea şi astea sunt regulile mele. Femeile n-au ce să caute aici...

— Şi dacă ţi-aş spune că am nevoie cu adevărat de asta, pentru propria mea siguranţă? îl întrebă ea, îndulcindu-şi uşor tonul vocii.

— Îţi recomand să încerci în altă parte. Ăsta nu e locul potrivit, replică Noah, încrucişându-şi braţele.

— Ei bine, *domnule antrenor*, nu am unde să merg în altă parte. Sala asta e singurul loc unde se poate învăţa aşa ceva în zona asta a oraşului. Nu am altă opţiune... îi zise Nadya, fulgerându-l cu privirea.

— Nu-mi spune domnule antrenor, nu sunt antrenorul tău.

— Dar vei fi...

— Pe cât vrei să punem pariu? se enervă Noah.

— Pe onoarea ta. Dacă refuzi, merg direct la tine acasă şi îi spun mamei tale că ai refuzat să ajuţi o femeie la nevoie. Sunt sigură că va fi foarte supărată pe tine, mai ales că tot ea îmi spunea, când ne-am întâlnit întâmplător de dimineaţă la magazin, ce băieţi buni şi cuminţi are. Mama ta e o adevărată doamnă, nu am nicio îndoială că mă va înţelege şi mă va sprijini în acest sens... explică fata, zâmbindu-i cu superioritate.

Inima îi bătea însă cu putere. Voia neapărat să-l convingă. Numai aşa putea să aibă o şansă să rămână în viaţă.

Noah o privea, o asculta şi nu-i venea să creadă. În momentul acela, nu avea decât două opţiuni, fiindcă bruneta îi forţa mâna: dacă o re-

fuza, ştia ce predică urma să asculte din partea mamei sale, una lungă şi obositoare legată de cavalerismul de care trebuia să dea dovadă în relaţiile cu femeile, iar dacă accepta, urma să fie ţinta glumelor amicilor săi, care cunoşteau cea mai importantă regulă aplicată în sala lui: fără femei drept eleve. Bruneta îl aducea la exasperare mai repede decât o făcea de obicei vreun amic de-al său în timpul unei lupte.

— De unde ştii cine e mama mea? o întrebă mirat, încercând să schimbe subiectul.

— Îţi voi oferi toate răspunsurile numai după ce îl voi avea pe al tău. Ai face bine să fie unul afirmativ... îl avertiză ea, la fel de zâmbitoare.

Corpul îi tremura însă, fiindcă trebuia să reuşească ce-şi propusese. Niciodată nu-i mai vorbise astfel unui bărbat şi nici nu mai fusese atât de curajoasă. Avea nevoie însă de o schimbare. Nu mai putea să fie o naivă. Se săturase să fie tratată astfel. Era important să dispună de toate mijloacele posibile, doar lupta pentru ea însăşi. Venise timpul s-o facă.

— De unde ştiu că spui adevărul? o testă Noah, sperând s-o determine să recunoască faptul că minte.

— Dacă nu era adevărat, nu mă întrebai toate astea... Ascultă, Noah, nu veneam aici dacă nu aveam cu adevărat nevoie de asta...

— De unde ştii cum mă cheamă? se încruntă el.

— De la mama ta. Acum mă crezi?

— Da... răspunse Noah, privind-o într-un mod cât mai descurajator.

— Deci, te-ai hotărât, *domnule antrenor*?

— Dacă facem asta...

— O vom face...

— Nu mă întrerupe. Dacă facem asta, vei asculta absolut tot ceea ce-ţi voi spune, ne-am înţeles? Să n-aud că nu te-am avertizat, vorbi Noah, vizibil nemulţumit de întorsătura pe care o luaseră lucrurile.

— Ne-am înţeles, domnule antrenor... Apropo, eu sunt Nadya. Nadya Wallace. Mă bucur să te cunosc.

Fata îi întinse mâna.

— Nu pot să spun acelaşi lucru... replică el, strângându-i mâna puţin mai ferm decât ar fi trebuit.

Nu-i convenea deloc ce urma să facă şi nu avea de gând să se prefacă. Mai era şi gândul neplăcut de a ridica mâna asupra unei femei, chiar şi în felul acela, antrenând-o în diverse tehnici de luptă.

— A! Manierele... Ai grijă la ele, îi aminti Nadya, nevrând să-şi retragă mâna prea repede din strânsoarea lui puternică.

— Ai să vezi tu maniere când vei fi plină de vânătăi... Ai să te saturi de lupte încă din prima oră... rosti Noah, în speranţa că o va descuraja.

Numai când o văzu schimbându-se la faţă o privi surprins. Părea afectată de ceea ce îi spusese. Până şi privirea îi deveni pierdută pentru o clipă.

— Să nu crezi asta... îi zise ea, retrăgându-şi mâna şi înghiţind în sec.

— Mai vedem noi. Te aştept mâine dimineaţă, la ora şapte. Să nu întârzii!

— Nu voi întârzia. Pa, Noah! Salută fata, după care plecă în grabă.

Noah rămase câteva clipe locului, privind în urma ei, şocat de ceea ce tocmai i se întâmplase. Observase ceva ciudat în privirea ei, ceva asemănător fricii. Nu ştia ce spusese de o făcuse să-l privească în felul acela. Înghiţi cu noduri, încercând să-şi revină. Numai gândul la viitoarele glume ale amicilor săi îl făcu să se încrunte din nou. O să le arate el, dacă îndrăzneau să-i spună ceva legat de noua lui elevă — dacă era să-i spună astfel.

Capitolul 2

Jessica se afla în maşina lui Jack. Se îndreptau spre casă, în San Diego. Uneori întorcea capul spre geam, dar de cele mai multe ori, privirea i se oprea asupra bărbatului din stânga sa.

— N-ai febră musculară, Jessie?

— Nu. Mă simt chiar foarte bine, mulţumesc. În schimb, cred că tu ai, doar ai dansat atâta timp fără oprire.

— Aşa e. Mă resimt în urma efortului, însă îmi voi reveni repede. Abia aştept s-o văd pe mama, dar şi pe fraţii mei mai mari. Nu i-am mai văzut de o lună.

— Nu ţi-e greu să fii tot plecat şi departe de ai tăi?

— Ba da, în ultimul timp, mi-e tot mai greu. Dar mă gândesc tot mai serios la un lucru: să deschid o şcoală de dans în San Diego. În felul ăsta, aş petrece mai mult timp cu ei.

— E o idee foarte bună, îi spuse Jessica, zâmbindu-i cu drag.

Îi venea să ţopăie de fericire, însă nu-şi putea dezvălui în întregime fericirea. Era puţin cam devreme pentru ca Jack să afle ceea ce simte pentru el.

— Crezi? o întrebă, privind-o curios timp de câteva secunde, după care îşi concentră din nou atenţia la drum.

— Da. Ai tăi vor fi încântaţi. Mi-o şi imaginez pe Abygail îmbrăţişându-te cu putere la aflarea veştii.

— Da, aşa e... Mama va fi foarte fericită, iar Logan şi Noah, de asemenea. Vezi să nu-mi strici surpriza. Vreau să le spun eu.

— Nu ţi-aş face aşa ceva, îl asigură Jessica, înghiontindu-l, după care îşi relă activitatea preferată: admirarea lui Jack.

Era atât de topită după el, încât simţea că nu va mai rezista mult până să-i dezvăluie totul. Înghiţi cu greu, conştientizând că trebuie să aibă răbdare. Doar puţină...

— Dacă nu te-ai schimbat foarte mult de când te-am văzut ultima dată, atunci cu siguranţă pot avea încredere în tine.

— Poţi să ai încredere în mine, Jack... Dar aş vrea să fiu prezentă când le vei face surpriza, îi ceru Jessica, simţindu-şi inima bătând cu putere.

Se autoinvita la el acasă, însă nu-i păsa. Trebuia să treacă peste aceste mici detalii, dacă voia să-şi atingă scopul.

— Bine. Cu siguranţă, mama şi fraţii mei se vor bucura să te revadă, îi zise el, privind-o uşor surprins.

Dorinţa lui Jessie nu era neobişnuită, doar erau vecini de atâţia ani.

— Ştiu şi mă bucur, însă şi tu trebuie să ne faci o vizită, cât de curând. Şi mama mea se va bucura să te revadă. Mereu vorbea foarte frumos despre tine. Chiar şi în ziua când ne-ai spart geamul bucătăriei în timp ce te jucai cu mingea împreună cu fraţii tăi. Şi acum îmi amintesc ce te-a mai certat Abby, iar mama spunea că nu e nicio problemă, doar sunteţi copii şi astfel de lucruri se mai întâmplă, mai ales că nu o făcuseşi intenţionat...

Jessica râse. Desigur, omise să-i spună că îl urmărise de la fereastra camerei sale cum îşi cere

scuze de la mama ei pentru problema cauzată. Nu avusese curaj să iasă afară ca să-l vadă de aproape, așa că îl admirase de la distanță, zâmbind în sinea ei. Fusese o zi călduroasă de vară și Jack nu purtase tricou, așa că Jessica avusese ocazia să-l admire pe săturate, în timp ce el strângea cioburile, sub atenta supraveghere a celor două mame. I se păruse chiar și atunci cel mai frumos băiat din lume. Și acum simțea la fel.

— Mai ții minte povestea asta? o întrebă el, zâmbind.

— Da... a fost amuzantă.

Ea ținea minte și mai bine felul în care o sărutase prima și singura dată, în noaptea absolvirii liceului, însă nu i-o putea spune. Nu încă.

— Amuzantă pentru tine, poate, fiindcă pentru mine n-a fost deloc așa. M-am simțit foarte prost față de Rebecca...

— Ei, lasă, că e de domeniul trecutului, Jack.

— Ca alte lucruri, nu-i așa? o întrebă, aruncându-i o privire ciudată.

— Nu știu la ce te referi...

— Ba da, știi... te-ai înroșit toată, Jessie. Exact ca atunci...

— Sunt roșie fiindcă mi-e cald, doar suntem la început de vară. Tu nu ești un motiv suficient de puternic ca să mă faci să roșesc, îl minți, simțind că abia mai respiră.

— Voi ține minte asta... îi promise el, râzând.

*

Logan se simțea ușor copleșit. Barul era mai plin ca de obicei, iar el trebuia să se descurce sin-

gur cu servirea, dacă Lindsay nu apărea la timp. Mai erau doar cinci minute până la ora 8, iar ea încă nu venise. Ciudat, îi păruse oarecum serioasă în privința slujbei. Chiar avea nevoie de ajutor. Nu-i rămânea decât să găsească pe altcineva, şi încă repede, fiindcă trebuia să accepte că nu se mai putea ocupa singur de toate, oricât şi-ar fi dorit. Încă de când îi părăsise tatăl lor, încercase să-şi asume rolul de susținător al familiei, deşi nu avusese decât paisprezece ani pe atunci. Îşi ajutase mama să se ocupe de frații lui mai mici şi nu putea decât să spere că îi fusese de ajutor. Între el şi Noah erau doi ani diferență, iar față de Jack era cu patru ani mai mare. Îşi iubea mama şi frații, chiar dacă au mai existat şi momente dificile între ei, mai ales odată cu plecarea lui Jack la Los Angeles. Îi înțelese dorința de a studia, însă-i fusese greu să-l ştie departe. Voia foarte mult să țină familia unită.

Uşa se deschise, iar şirul gândurilor i se întrerupse. Lindsay intră cu un aer grăbit şi se îndreptă spre el. El simți o uşoară încordare văzând-o îmbrăcată într-un tricou negru mulat şi o fustă de aceeaşi culoare, care îi venea deasupra de genunchi. Părul de culoarea focului îi cădea liber pe umeri, iar ochii căprui îi străluceau, intensificându-i misterul.

— Bună, Logan. Am ajuns la timp. Dă-mi ceva de făcut, se pare că ai nevoie de ajutor... vorbi ea, zâmbind.

— Bună, Lindsay. Aşa e, chiar am nevoie. Poți să mă ajuți la servit. Dacă te descurci bine în seara asta, te voi angaja. În caz contrar, te voi plăti

pentru cât ai lucrat și asta e... Apropo, trebuia să-mi spui cine e prietena ta.

— La sfârșitul turei, Logan. Mai ai puțină răbdare...

— Bine... Uite cum facem: tu preiei comenzile, eu te ajut să le pregătești. Dacă ai probleme, îmi spui, deși sper să nu fie cazul. De obicei, clienții sunt liniștiți, oameni cumsecade, cum s-ar spune.

— Bine... Urează-mi noroc, spuse ea, scoțând un carnețel din buzunarul fustei.

— Am impresia că nu de noroc ai nevoie, ci de o șansă din partea mea. Demonstrează-mi că poți să faci asta, Lindsay, rosti Logan

Îi surâse și trecu ușor pe lângă ea, revenind la bar. Aranjă niște pahare, urmărind-o cu privirea, doar fiindcă trebuia să se asigure că totul e în regulă, iar ea își îndeplinește îndatoririle într-un mod responsabil. Când îi căzură ochii pe picioarele ei lungi și frumoase, se încruntă. Porni aerul condiționat, doar era o seară călduroasă de vară. Își turnă într-un pahar o cantitate suficientă de limonadă, ca să se răcorească puțin.

Atmosfera era animată de muzica modernă și plăcută, iar Lindsay mergea de la o masă la alta, preluând comenzile clienților. Le zâmbea și se purta profesionist, bucurându-se că vede un fel de acceptare în ochii lor. Constatase de la bun început că localul gemea de lume: femei, bărbați, cupluri, cu toții căutau un loc răcoros pentru a se refugia din calea căldurii.

Ajunsă la ultima masă, Lindsay îi observă cu atenție pe cei așezați acolo. Erau doi bărbați, care

păreau însă mai puţin prietenoşi decât ceilalţi clienţi.

— Bună seara, domnilor. Ce doriţi să vă aduc de băut? îi întrebă ea, surâzând.

Avu o impresie ciudată numai privindu-i. Păreau să mai fi băut înainte să vină la barul lui Logan.

Cei doi bărbaţi o studiară admirativ, iar unul dintre ei chiar fluieră uşor, stârnindu-i încruntarea tinerei femei.

— Orice vrei tu să ne aduci, frumuseţe, iar dacă eşti şi tu inclusă la pachet cu băutura, atunci e şi mai bine... vorbi unul dintre ei, punându-i mâna în jurul taliei şi trăgând-o spre el pe neaşteptate.

— Dacă nu-ţi iei mâna de pe mine, voi avea grijă să-ţi pară rău, îl avertiză Lindsay fulgerându-l cu privirea şi încercând să se elibereze din îmbrăţişarea nedorită. Nu reuşi, căci bărbatul o strânse şi mai tare în braţe.

Lindsay îşi înfipse unghiile în palmele lui puternice, lovindu-l cu tocul sandalelor în picior. Îi provocă o grimasă de durere. Se dezlipi din braţele necunoscutului, izbindu-se de Logan, care ajunsese deja acolo. Acesta o împinse uşor la o parte, înaintând spre cel care o supărase în mod vizibil, înainte ca oricine altcineva să poată reacţiona.

— Ce naiba crezi că faci, Dalton?! îl luă la rost, apucându-l de gulerul cămăşii şi ridicându-l în picioare.

— Care-i problema? Mă bucuram şi eu de facilităţile barului tău. Hai, Logan, nu te încrunta

așa, nu-i decât o gagică, ce mare lucru? În plus, ea m-a provocat.

— Dacă nu pleci în clipa asta de aici, mătur pe jos cu tine! N-am nevoie de o mizerie ca tine în barul meu! Ea nu e o *facilitate*, e angajata mea și merită respect din partea ta și a oricărui client care intră aici. Cine nu pricepe, are de-a face cu mine! strigă Logan, abia stăpânindu-se să nu-l lovească.

Lindsay privea scena cu surprindere vădită. Realiză că tocmai a devenit angajata lui Logan. Acest lucru, dar și modul în care îi lua apărarea, o bucura.

— Ești sigur că e doar angajata ta, Logan? Dacă aș avea o tipă ca ea pe lângă mine, aș știi ce să fac cu ea. N-aș pune-o să muncească. Bine, eventual aș pune-o să muncească în folosul meu personal... înțelegi ce vreau să zic... rosti Dalton, abia ținându-se pe picioare.

Văzând pumnul care îl lovi pe Dalton în plină figură, trântindu-l la pământ, Lindsay tresări și închise ochii câteva secunde. Amicul lui Dalton își luă imediat tălpășița, în timp ce Logan îl scotea pe Dalton afară din bar, lăsându-l în grija acestuia.

— Ia-l pe nemernicul ăsta de aici și să nu vă mai văd vreodată în barul meu!

Muzica se auzea în continuare când Logan intră din nou pe ușă. Dacă până atunci ceilalți clienți urmăriseră curioși cele întâmplate, la revenirea patronului, se întoarse fiecare la ale lui, prefăcându-se că n-a văzut și n-a auzit nimic.

Lindsay servea niște băuturi unor clienți la o masă. Logan i se părea dur și puternic, un

adevărat războinic, iar imaginea aceea o făcu să zâmbească în sinea ei. Numai când veni spre ea îl privi nedumerită, neștiind la ce să se aștepte. Îi era teamă că poate a înțeles greșit lucrurile și o va concedia pe loc. În schimb, el o luă ușor de încheietura mâinii, privind-o cu intensitate.

— Vino cu mine puțin, îi ceru, vorbindu-i pe un ton blând, dar ferm.

Lindsay îl urmă în spatele barului, unde se așeză pe un scaun și aștepta ca el să-i vorbească.

— Am văzut ce s-a întâmplat. Ești bine? o întrebă Logan, privind-o ca și când ar fi vrut să se asigure de asta.

— Sunt bine. Ascultă, Logan, știu că el a spus că l-am provocat, dar nu e așa. Nu sunt genul acela de femeie.

Îi vorbise privindu-l în ochi.

— Am spus că am văzut ce s-a întâmplat, așa că te cred. Ce sunt astea? arătă el spre vânătăile de la încheietura mâinii fetei.

— Nimic, trece... răspunse Lindsay, uimită că Logan îi ia mâna într-a lui și o cercetează câteva secunde.

— Ticălosul ăla ți-a făcut asta, nu-i așa? Nu încerca să negi.

Furia îl cuprinse din nou.

— Ai dreptate, el mi-a făcut asta, dar nu-i mare lucru. Mâine voi fi ca nouă, vei vedea.

Atât reușit să-i spună, căci clienții începeau să plece. Logan îi făcu semn să-l aștepte, apoi merse să pună semnul „Închis" pe ușă. Se întoarse apoi la ea și căută ceva într-un dulăpior.

— Știu că ești supărat pe mine, dar...

— Nu sunt supărat pe tine, Lindsay, o întrerupse, punând un tub cu unguent pe masă.

— Ce-i asta?

— Te doare, nu-i aşa? o întrebă Logan serios, luându-i mâna într-a lui.

— Puţin, dar... nu e nevoie de tot deranjul ăsta...

Lindsay îl urmări cum desface tubul şi o unge pe încheietură.

— Stai liniştită, nu e niciun deranj. Gata! Apropo, trebuia să-mi spui ceva. Aştept, tura s-a terminat, aşa că... cine e prietena ta?

— Ai dreptate, recunoscu fata, înghiţind cu greu.

O invadau tot felul de sentimente contradictorii. De ce trebuia să fie atât de amabil? Niciun bărbat nu se mai purtase astfel cu ea, iar atitudinea lui o surprindea.

— Deci?

— Jessica Thompson. Ea e prietena mea, spuse, observându-i surprinderea care lăsă loc unui zâmbet ademenitor.

— Nu se poate... Jessica, vecina mea adorabilă, ce surpriză plăcută! Cum v-aţi cunoscut?

— Am fost colege. Am studiat la aceeaşi universitate, dar la facultăţi diferite. Ne-am cunoscut întâmplător şi, în timp, am devenit prietene foarte bune. Jessica e o fată minunată.

— Aşa e, ai dreptate. În timpul celor trei ani de facultate am văzut-o rareori, doar când venea în vacanţă acasă. E o fată deosebită şi oricine ar fi norocos s-o aibă ca prietenă, fie femeie, fie bărbat. Ăăă... în altă ordine de idei, vine cineva după tine

sau vrei să te conduc? Ştiu că nu e treaba mea, dar după ce s-a întâmplat mai devreme vreau să mă asigur că ajungi cu bine acasă.

— Ăsta e felul tău de a mă întreba dacă vine vreun eventual iubit după mine?

— Nu. Nu... Ai auzit ce ţi-am zis...

Logan se încruntă uşor.

— Nu. Nu am iubit... şi da, vreau să mă conduci acasă. Mi se pare o idee foarte bună, având în vedere incidentul de mai înainte... spuse Lindsay, fiindcă i se păru că observă o sclipire în privirea lui enigmatică.

— Bine. Imediat.

Logan trecu pe lângă ea pentru a ajunge la sertar. Numără repede banii, după care îi puse în buzunar. Îi era ciudă pe sine însuşi, fiindcă nu putea ignora sentimentul de uşurare care îl cuprinsese auzind că Lindsay nu are iubit. În fond, nu era treaba lui. Abia o cunoscuse, nu-i stătea în fire să se ataşeze atât de repede de o femeie. Cu siguranţă, numai faptul că era roşcată îl impresiona. Nici corpul apetisant, nici privirea uşor pierdută pe care o avea uneori nu îi atrăgeau atenţia. De fapt, nu trebuia să-l atragă nimic la ea. Era dură şi dulce în acelaşi timp. Era doar... cea mai frumoasă roşcată pe care o văzuse vreodată. Nimic mai mult...

— Putem pleca? întrebă ea, ridicându-se de pe scaun.

— Da, haide.

Logan deschise uşa barului şi o lăsă pe ea să iasă prima. Încuie uşa, apoi o însoţi la maşina lui, deschizându-i portiera.

Drumul se scurse destul de repede. Logan depănă amintiri despre prietenia dintre familia lui şi a Jessicăi, într-o încercare reuşită de a-i distrage atenţia femeii de la incidentul neplăcut. La rândul ei, Lindsay îi destăinui că locuieşte într-un apartament pentru care mai avea încă de achitat nişte rate, deci avea nevoie de o slujbă stabilă, care să-i ofere siguranţa.

— Mulţumesc că m-ai adus acasă, Logan. Jessica avea dreptate: voi, fraţii Connor, sunteţi recunoscuţi şi admiraţi pentru spiritul vostru cavaleresc, rosti ea, odată ajunşi în faţa blocului ei.

— Cu plăcere, Lindsay, dar poate că sunt mai mult zvonuri decât adevăruri. Noapte bună!

De ce trebuia să aibă un chip atât de drăguţ şi de ce se simţea în largul său alături de ea? se întrebă.

— Nu aşa repede, Logan. Nu mi-ai spus dacă m-ai angajat sau nu... vorbi Lindsay pe un ton serios. Şi nu te uita aşa la mine, n-am să-ţi fac anumite favoruri doar pentru a păstra slujba asta, adăugă, privindu-l nedumerită.

De ce trebuia să fie atât de... frumos, amabil şi ademenitor?

— Ce?! Dar nici măcar nu m-am gândit la aşa ceva! Nu ştiu de unde ţi-a venit ideea asta.

Nu sunt genul ăla de bărbat, Lindsay, ripostă el.

Roşcata asta era de-a dreptul imprevizibilă!

Lindsay îi observă reacţia şi se mustră în gând pentru atitudinea ei defensivă. Poate că nu trebuia să-i judece pe toţi la fel...

— Îmi cer scuze, Logan. A fost o reacţie im-

pulsivă şi prostească din partea mea. Nu ştiu unde mi-a fost capul... Îmi pare rău, uită ce-am spus...

— Eşti angajata mea, atât timp cât ne vom dori amândoi acest lucru. Te aştept mâine seară la bar, la ora 20:00. Dacă nu vii, voi înţelege că ţi-ai dat demisia. Cât despre celălalt lucru la care te-ai gândit, dacă ceva e menit să se întâmple, se va întâmpla, iar în cazul ăsta, va fi numai dacă şi fiindcă îţi vei dori, crede-mă. Nu sunt Dalton, să ţii minte asta... Noapte bună, Lindsay.

Îi luă mâna într-a lui şi-i sărută uşor încheietura. Apoi plecă, lăsând-o pe Lindsay cu inima strânsă.

Ea rămase cu răsuflarea tăiată şi îşi reveni cu greutate. Intră în casă şi încuie uşa degrabă, de parcă ar fi vrut să se ascundă de lume, dar mai ales de Logan.

Cuvintele şi gestul său o obsedară chiar şi mai târziu, când încercă să adoarmă. Hotărât lucru, Jessica avea dreptate: fraţii Connor erau unici. Şi încă nu-l cunoscuse decât pe unul dintre ei: pe cel mai mare.

*

Nadya intră în sala de sport. Printre cei care se antrenau la diverse aparate, îl văzu şi pe Noah lovind cu putere sacul de box din faţa lui. Purta pantaloni scurţi şi un tricou care îi puneau în evidenţă corpul bine lucrat. Emana forţă, masculinitate şi frumuseţe, lucruri care îi confereau un aer irezistibil. Cu o geantă de sport în mână, Nadya trecu pe lângă cei care se antrenau. Se opri

în faţa lui, aşteptând să-şi încheie seria de lovituri. În timp ce-l privea, se simţi uşor intimidată de puterea brută care se dezvăluia prin toţi porii lui Noah. Şi-ar fi dorit să fi fost la fel de puternică. Ştia însă că urma să încerce să înveţe tot ce va putea de la el, pentru a se putea apăra de una singură. Voia să se simtă în siguranţă, iar această siguranţă să vină din interiorul ei. Suferise prea mult şi pe nedrept. Venise timpul să se bucure cu adevărat de lucrurile frumoase pe care i le oferea viaţa.

— Bună, Noah, salută ea, surâzând uşor.

Nu voia să zâmbească şi nici să pară prea impresionată de ceea ce văzuse la el. Îşi dăruise în trecut inima unui bărbat cu chip frumos şi nu voia să repete greşeala.

— Bună, Nadya. Ar trebui să mergi să-ţi schimbi hainele, nu poţi să te antrenezi aşa...

Ea purta o fustă neagră lungă şi un tricou care nu era decoltat, dar se mula pe rotunjimile ei frumoase. Nu că Noah ar fi acordat o atenţie deosebită acestui lucru, însă avea ochi, iar ea era frumoasă, nu putea nega asta.

— Am venit pregătită. Unde mă pot schimba? îl întrebă uşor crispată sub privirea lui cercetătoare.

— E-n regulă, Noah, îi arăt eu unde să-şi dea jos hainele. Pot s-o şi ajut, dacă vrea... interveni un bărbat, apropiindu-se de ei.

Nadya tresări, făcând un pas înapoi. Bărbatul acela insolent era musculos şi avea o privire care-i trăda gândurile josnice. Era exact genul de bărbat pe care nu-l putea suporta. Cu dragă inimă

l-ar fi lovit, însă mai întâi trebuia să învețe cum să dea, iar pentru asta avea nevoie de Noah.

— Taci, Quince, sau te voi face să-ți înghiți cuvintele! zise Noah, apropiindu-se de el.

Nadya stătea aproape de ei, privindu-i cu atenție. Quince părea amuzat, dar Noah părea gata să-l pocnească.

— Ce-i, Noah? Doar nu te superi pe un bun amic pentru atâta lucru. În plus, nu-mi spune că vrei să iei o femeie drept elevă. E contrar regulilor tale.

— Dacă nu-ți place aici, ești liber să mergi în altă parte. Nimeni nu-mi spune mie ce am de făcut. În plus, nu ești un amic chiar atât de bun, ripostă Noah, îndârjit.

— Știi ce? Dacă pentru una ca ea ești în stare să-ți încalci propriile reguli și să uiți de amicii tăi, chiar e o idee bună să merg în altă parte. Iar tu, frumoaso, dacă vrei să ai parte de un bărbat adevărat, vino la sala de sport din cartierul vecin. Ne vom cunoaște mai bine și cu siguranță ne vom împrieteni.

— Mulțumesc, dar am o altă idee despre ceea ce înseamnă un bărbat adevărat, iar tu nu te încadrezi în standardele mele...

— Ai auzit-o, Quince. Acum, dacă ne scuzi, avem treabă, iar tu știi deja unde e ușa, așa că drum bun... vorbi Noah, simțind o ușoară satisfacție masculină.

Hotărât lucru, bruneta știa să dea replica.

Quince plecă grăbit spre ieșire, apoi își întoarse privirea spre Noah, așteptând ca acesta să-i dea un răspuns.

— Aşadar, unde pot să mă schimb în hainele potrivite pentru antrenament? repetă Nadya întrebarea anterioară, privindu-l cu o uşoară suspiciune.

Spera să nu audă şi de la el vreo replică asemănătoare cu a lui Quince. Noah îi făcu semn să-l urmeze.

— Vino pe aici.

Străbătură un hol luminat numai de becuri mici şi rotunde, suspendate în tavan.

— Aici e vestiarul. E o sală de sport pentru bărbaţi şi vestiarul, la fel, dar acum nu e nimeni acolo, iar eu voi sta în faţa uşii, pentru liniştea ta.

Nadya ridică o sprânceană întrebătoare, însă când el îi vorbi din nou pe un ton blând şi liniştitor, îi mai alungă din temeri:

— Nu mă crezi? Ascultă, Nadya, dacă facem asta va trebui să ai încredere în mine. Altfel, n-are niciun rost. Ştiu că ţi se pare ciudat, dar încearcă să te adaptezi.

Nadya înghiţi în sec, dar intră în vestiar fără să-i mai spună nimic. Revenind după câteva minute, îl privi cu recunoştinţă, fiindcă îşi respectase cuvântul şi rămăsese acolo, în faţa uşii.

— Mulţumesc, Noah...

— N-ai pentru ce, Nadya. Să mergem, avem mult de lucru, rosti el.

Nu mai întâlnise o astfel de femeie, iar asta îl intriga. În hainele de antrenament, bruneta era şi mai ademenitoare: tricou mulat negru şi pantaloni scurţi de aceeaşi culoare. În mod sigur, nu va fi ca şi când ar antrena un amic, îşi zise, lăsându-şi privirea să alunece pe corpul ei apetisant. Fata îşi

mai şi prinsese părul în coadă, ceea ce îi oferea un aer şi mai sexy. Era provocatoare şi ispititoare, fără ca măcar să realizeze şi să-şi dorească asta.

Odată reveniţi în sală, Noah observă că rămăseseră singuri. Ceilalţi plecaseră.

— Trebuie să stai cât mai dreaptă şi să-ţi ajuţi corpul să se destindă şi să fie în alertă în acelaşi timp, spuse el, venind în spatele Nadyei.

Îi arătă cum să-şi ţină mâinile, întinzându-le în faţa ei. Reveni apoi în faţa ei, cerându-i să-i imite mişcările. Putea să jure că o simţise tresărind când a atins-o mai devreme. Lucrul îi dădea de gândit.

Nadya îi asculta indicaţiile, interesată să înveţe cât mai multe. În scurt timp, învăţase să ia poziţia corectă şi să respire în funcţie de dificultatea şi rapiditatea mişcărilor pe care le avea de efectuat.

— Haide, loveşte-mă, o îndemnă Noah, amuzat de ezitarea ei.

— Eşti sigur? Dacă te lovesc prea tare?

— Asta e şi ideea. Ai să vezi că nu va fi aşa. Trebuie să ai curaj să-ţi loveşti adversarul. Cum altfel te vei putea apăra?

— E greu să fac asta cu tine. Adică, tu nu eşti adversarul meu...

— Cu timpul, îţi va fi tot mai uşor, iar la cât te voi chinui cu antrenamentele, vei ajunge să vrei să mă loveşti.

Noah râse. De ce trebuia să fie atât de fragilă şi temătoare? se întrebă, asigurându-se că acea curiozitate în privinţa ei era logică şi firească. În niciun caz nu era vorba şi despre lucruri pe care

trebuia să le ignore, dacă voia să rămână cu mintea limpede. O parte din el îi spunea că, oricum, niciun bărbat nu şi-ar fi putut păstra mintea limpede având aproape o astfel de femeie...

Nadya îşi îndreptă braţul şi pumnul spre chipul lui. Pe de o parte, îşi dorea să-l nimerească, pe de alta, i-ar fi părut rău să-l rănească. Nu mică îi fu mirarea văzând că Noah îi parează lovitura, o prinde de braţ, o întoarce cu spatele spre el, lipind-o de corpul lui puternic, apoi o întinde pe podea, lăsând-o încet în jos, în timp ce el rămase în picioare, în faţa ei.

Fusese un moment intens pentru Nadya, însă, fiindcă îşi dorea să arate că poate să-i facă faţă, recurse la primul lucru care îi venise în minte în clipa aceea: îi puse piedică, reuşind astfel să-l surprindă şi să-l dezechilibreze, moment în care el căzu lângă ea.

Nadya se întoarse pe o parte, privindu-l curioasă.

— Eşti bine?

— Nu chiar...

El avea o expresie chinuită pe chip.

— Vai, Noah, îmi pare rău! Vezi, ţi-am spus că nu e o idee bună să mă laşi să te lovesc...

— Data viitoare să ai mai multă grijă, Nadya. Şi nu subestima puterea adversarului, fiindcă nu se ştie de ce anume se poate folosi ca să te rănească.

Noah se răsuci şi, venind deasupra ei, îi ridică mâinile deasupra corpului, ţinându-le strâns. Ajunsese în felul acela la numai câţiva centimetri de buzele ei. Se încruntă, furios pe sine însuşi.

Nadya rămase fără reacţie câteva secunde. Închise ochii, încercând să alunge mental imaginea lui deasupra ei şi să-şi închipuie că nu stătea acolo, la câţiva centimetri de chipul său, privind-o cu seriozitate. Faptul că îi ţinea strâns încheieturile mâinilor îi stârnea amintiri atât de neplăcute, încât simţea că abia putea să respire.

— Noah, dă-mi drumul... te rog... îi ceru ea cu ochii strâns închişi, luptându-se să nu plângă.

Noah se ridică repede, surprins de reacţia ei. Nadya deschise ochii, s-a ridicat de jos şi îl privi cu seriozitate.

— Mai devreme m-ai păcălit. Să nu mai faci asta! îi strigă, încrucişându-şi braţele, simţind că începe să tremure.

Era furioasă şi speriată. Furioasă pe el, dar mai ales pe sine însăşi.

— Recunosc, dar am făcut-o pentru binele tău. Într-o confruntare trebuie să fii pregătită pentru orice, inclusiv pentru ceea ce s-a întâmplat mai devreme, spuse el, conştient de propria sa tulburare.

Fusese atât de aproape s-o sărute, încât nu-i venea să creadă că nu o făcuse. În schimb, o făcuse să se teamă. De el. Şi nu-i venea să creadă.

— Antrenamentul pentru azi s-a terminat, Noah. Îmi pare rău, dar nu mai pot să continui...

— S-a întâmplat ceva? Mâinile tale sunt în regulă, din câte se vede.

— Nu. Pur şi simplu trebuie să plec. Îmi pare rău, dar acum trebuie să mă opresc.

Nadya fugi la vestiar, unde se schimbă foarte repede. Noah rămase pe loc, privind-o curios. Cu

siguranță era un idiot. Nu se crezuse în stare să sperie o femeie. Iar Nadya părea mai mult decât speriată, părea de-a dreptul îngrozită. Și numai din vina lui. Îi venea să lovească ceva, chiar pe sine însuși, de furie. N-ar fi trebuit s-o fi ținut atât de strâns de mâini. În mod sigur, forța lui o făcuse să reacționeze astfel.

Când Nadya reveni, Noah se antrena, lovind din nou sacul de box.

— Noapte bună, Noah. Plec. Îmi cer scuze încă o dată, dar trebuie să plec. Ne vedem mâine. Promit că voi încerca să fiu mai puternică și să nu mai cedez așa ușor, însă acum nu mă simt în stare.

— Vrei să te duc acasă? se oferi el.

— Nu, mă descurc. Pa!

— Pa!

Noah se întoarse la sacul de box. L-ar fi distrus, dacă ar fi putut. Își imagina că se lovește pe sine însuși, atât de nervos era.

Nadya ieșise din sală și traversă.

— Deja mi-ai găsit un înlocuitor?

Nadya se opri în loc. Paralizase. Nu putea nici să respire cum trebuie, darămite să se întoarcă spre cel care îi vorbise. Nici nu era nevoie, fiindcă știa deja cine e.

— Răspunde-mi, fir-ai să fii! Nu îndrăzni să mă refuzi și să mă respingi. Știi ce pot să-ți fac dacă nu te porți cum trebuie...

În momentul acela, Nadya se simțea din nou, pentru a nu știa nici ea a câta oară, plină de ură, dar și de teamă. Vru să înainteze și să plece, încercând să-și revină din șoc, însă bărbatul o prinse de braț, aducând-o lângă el.

— Lasă-mă! N-ai niciun drept asupra mea. Nu mai ai...

Ea închise ochii, spunându-şi că nu e decât un coşmar şi că totul se va termina curând.

— Eşti a mea şi fac tot ce-mi doresc cu tine, să nu uiţi asta. Ce căutai cu individul ăla, vrei să mă faci gelos? Să mă supăr pe tine şi să te pedepsesc? o întrebă, strângând-o în braţe cu putere şi sărutând-o pe gât.

— Nu face asta! Nu înţelegi că mă dezguşti?! De ce nu poţi să mă laşi în pace? Crezi că nu mi-ai făcut destul rău? Te urăsc!

Nadya se zbătu să se elibereze din braţele lui. Nu reuşise, fiindcă era mult prea puternic.

— Nimeni nu e mai bun decât mine, fii sigură de asta. Nimeni! Şi dacă ai fi cu altcineva, în cele din urmă ţi-ar face exact ce ţi-am făcut eu. Nimeni nu te-ar putea iubi aşa cum îţi doreşti, nu ca mine. Nu eşti decât o femeie făcută numai pentru a te supune mie. O păcătoasă şi o uşuratică. Cine crezi că s-ar uita la tine? Numai eu pot să-ţi dau ce-ai nevoie şi ce vrei. Şi ştiu că mă vrei chiar şi acum. O simt, Nadya. Tremuri pentru mine, nu mă poţi minţi.

— Eşti bolnav! Nu ştiu cum am putut vreodată să-mi imaginez că eşti bărbatul potrivit pentru mine... N-ai voie să te apropii la mai puţin de o sută de metri de mine, doar există un ordin de restricţie împotriva ta. Din partea mea, poţi să putrezeşti în închisoare sau mai rău! Nu am urât pe nimeni aşa cum te urăsc pe tine, Owen!

— Taci! Nu cred nici un cuvânt din ce-mi spui! Şi, oricum, nu dau doi bani pe ordinul tău de

restricţie. Nimeni şi nimic nu mă poate opri să te am, Nadya! Fii fată bună şi hai să mergem la tine acasă, mi-a fost atât de dor de tine. N-ai idee ce greu te-am găsit... Acum, că am reuşit, nu te mai las să pleci de lângă mine. Ştiu că mă vrei din nou lângă tine.

— Nu merg nicăieri cu tine, Owen! Ajutor! ţipă ea, încercând să se elibereze din braţele lui.

Nu putea exprima în cuvinte dezgustul pe care îl simţea faţă de el. I se făcea rău fizic şi psihic atât în preajma lui, cât şi atunci când îşi amintea de el.

— Taci sau o să-ţi pară rău, Nadya! Vrei să-ţi las din nou urme pe chipul ăsta frumos? De ce nu vrei să fii cu mine de bunăvoie? De ce te lupţi cu mine? o întrebă Owen, trăgând-o după el pe o stradă lăturalnică şi ţinându-i palma strâns apăsată pe buze.

— Dă-i drumul! Domnişoara a zis nu, iar tu ar trebui s-o respecţi! Nu mă face să mă lupt cu tine!

Nadya se întoarse, surprinsă de vocea lui Noah. Acesta apăruse în spatele lor şi se uita la Owen mai încrâncenat decât la Quince.

— Cine eşti tu, să intervii într-un cuplu? îl apostrofă Owen nervos, eliberând-o pe Nadya din braţe ca să se bată cu Noah.

— Din câte am auzit până acum, nu mi se pare că aţi forma un cuplu... Nu greşesc, Nadya, nu-i aşa?

— Nu, Noah, nu greşeşti. Însă nici nu vreau să te lupţi cu el, nu merită. Ştie prea bine că n-are ce să caute în preajma mea...

Tremura de ruşine şi de teamă. Noah n-ar fi trebuit să afle toate acele lucruri.

Owen nu stătu mult pe gânduri şi vru să-l lovească pe Noah. Acesta pară atacul şi începuse să se lupte cu el, nevenindu-i să se oprească. L-ar fi lăsat fără suflare dacă n-ar fi intervenit Nadya.

— Noah, nu! Nu merită. Pur şi simplu nu merită, îi spuse, luându-l de braţ şi încercând să-l oprească.

— Ai noroc, de data asta. Dacă te mai văd fie şi la două sute de metri de ea, îţi rup oasele, nemernicule! strigă Noah, lăsându-l pe Owen la pământ.

— Tu ai noroc, nu eu. Crezi că Nadya e cine spune că e? Vei avea multe surprize neplăcute cu ea. Ne mai întâlnim noi. Nimeni nu-mi ia femeia de lângă mine fără să plătească pentru asta!

Owen se ridică şi plecă grăbit, cu o maşină parcată în apropiere.

— Poţi să-mi spui despre ce e vorba? o întrebă Noah pe Nadya cu seriozitate în glas.

— Nu. În schimb, poţi să mă conduci acasă. Ştiu sigur că nu mai vreau să merg singură... răspunse fata, într-o încercare disperată de a nu se lăsa pradă lacrimilor.

Nu trebuia să plângă şi să fie slabă, doar fusese destul timp astfel.

— Bine, azi nu te mai întreb absolut nimic legat de treaba asta. Acum hai să te duc acasă.

Nadya îl urmă fără să ezite, în tăcere, lucru pe care el îl respectase.

Odată ajunsă acasă, Nadya îl invită înăuntru, deşi ştia că nu e tocmai în regulă ce face.

— Noah, te rog să rămâi. Nu pot să stau singură, nu în noaptea asta, te rog... Nu-ți fac propuneri ciudate sau indecente, vreau doar să nu fiu singură. Te rog... Știu că de-abia ne-am cunoscut, dar...

— E-n regulă, stai liniștită. Înțeleg. Acum, nu că aș fi eu indecent sau ceva de genul ăsta, dar ar trebui să-mi spui unde voi dormi. De fapt, nu mai spune nimic, voi sta foarte bine aici, pe canapeaua asta care pare destul de comodă.

— Ai rezolvat și problema asta... Mulțumesc, Noah, chiar nu pot să-ți mulțumesc îndeajuns...

— Nu te gândi la asta... Ai nevoie de ceva, un pahar cu apă, poate?

— Da... bucătăria e acolo, în față...

Nadya se așeză pe un scaun. Își luă chipul în mâini, retrăind momentele care o aduseseră din nou în starea aceea deplorabilă. Nu-i venea să creadă: de când se mutase în partea aceea a orașului și închiriase apartamentul, niciun bărbat nu mai venise acolo. Noah era primul care intra în noua ei viață, pe care încerca din răsputeri s-o reclădească.

Luă paharul cu apă din mâna lui, bând cu sete. El se așeză pe scaunul de lângă ea cu mișcări naturale, de parcă s-ar fi cunoscut de ani întregi.

— Ești mai bine acum? o întrebă, înfrânându-și impulsul de-a o îmbrățișa.

Nu voia s-o sperie, doar s-o ajute să se simtă mai bine.

— Puțin... Mă bucur că ești aici, Noah. Nu știu ce m-aș fi făcut de una singură. Prietenele mele dorm la ora asta, nu le puteam deranja.

— Şi eu mă bucur că sunt aici, dar mi-ar fi plăcut ca şi circumstanţele să fi fost altele... Ar trebui să dormi, Nadya.

— Da, aşa e. Noapte bună, Noah!

Ea se sculă de pe scaun şi porni spre camera ei. În clipa aceea îşi pierdu echilibrul, cuprinsă de o stare uşoară de ameţeală. Noah fu din nou acolo unde trebuia să fie, ajungând imediat lângă ea şi sprijinind-o de el.

— Te simţi bine? o întrebă, conducând-o încet spre dormitor.

— Da... Nu ştiu ce mi s-a întâmplat... Îmi pare rău... rosti întinzându-se în pat, frântă de oboseală.

— Să nu-ţi pară, nu e vina ta. Noah rămase în picioare lângă pat, vrând să se asigure că e bine. Mă duc dincolo, dar las uşa deschisă. Să mă chemi dacă ai nevoie de ceva.

— Noah...

— Da?

— Nu pleca... Mai stai puţin... Nu mă lăsa singură... Nu mai suport toate astea... Nu trebuia să afli lucrurile acelea şi nici să-mi iei apărarea. Poate că Owen are dreptate, poate că sunt o femeie îngrozitoare şi nu merit pe cineva care să mă trateze cu bunătate... Dar mi-ar plăcea atât de mult să uit de el, de tot ce mi-a făcut... Aş vrea să-mi smulg amintirile cu el şi pielea de pe mine, dacă mi-ar folosi la ceva...

— Nu vorbi aşa, Nadya. Eşti... Nu te cunosc decât de ieri, dar ştiu că nu eşti o femeie îngrozitoare. Nu vreau să te mai aud vorbind astfel, bine? Trebuie să te împaci cu tine însăţi şi să-ţi cauţi

drumul în viață. Ești puternică și hotărâtă și știu că vei reuși, spuse el, luând-o de mână, nemaiputându-se abține.

— Ține-mă în brațe, Noah. Te rog să faci asta pentru mine... Am atâta nevoie de asta... l-a rugat ea, dându-se la o parte, pentru a-i face loc să se strecoare lângă ea, în pat.

Nadya se cuibări la pieptul său și începu să lăcrimeze, nerezistând emoțiilor care o încercau.

— Îmi pare rău, îmi pare rău, dar nu mai pot să mă lupt cu mine însămi. Durerea e prea puternică... știu că trebuie să-ți par ridicolă, dar nu mai pot, pur și simplu nu mai pot să mă lupt cu tot ce simt de una singură... i-a spus ea, începând să plângă de-a binelea.

— Nu mai vorbi așa, Nadya. E-n regulă, plângi cât ai nevoie, te vei simți mai bine. Promite-mi că va fi așa... o rugă în timp ce-i mângâia părul, încercând s-o liniștească.

— Nu pot decât să sper, dar îți mulțumesc că ești aici. Înseamnă enorm pentru mine... zise ea. printre lacrimi.

— Nu-mi mai mulțumi, nu e nevoie... Doar fii bine... Plângi cât vrei, eu sunt aici și nu plec nicăieri... o asigură, privind-o cu drag.

Nu suporta s-o vadă în starea aceea și și-ar fi dorit ca ticălosul care o rănise să plătească pentru suferința ei, una care nu putea fi răscumpărată decât prin dragoste... Ideea îl puse pe gânduri.

Capitolul 3

Jack nici nu deschise bine uşa, că a fost imediat întâmpinat de Abygail, care trebăluia prin sufragerie.

— Jack, băiatul meu frumos! strigă mama lui şi se grăbi să-l îmbrăţişeze.

— Mamă, mă bucur că te văd... Nu trebuie să-ţi spun că mă simt puţin sufocat, nu? glumi el, strângându-şi mama în braţe.

— Nu contează, sunt sigură că nu e chiar aşa... La cât de rar te văd, am dreptul ăsta.

Îl sărută pe amândoi obrajii şi-l mângâie pe faţă.

— Am o surpriză pentru tine, asta dacă ţi s-au terminat îmbrăţişările...

— Ce e?

Jack întoarse capul spre uşă şi vorbi pe un ton dulce:

— Poţi să intri acum...

Abygail o văzu pe Jessica intrând şi venind spre ea.

— Jessica, frumoasa mea, ce surpriză!

Cele două femei se îmbrăţişară.

— Mulţumesc, Abygail. Şi eu mă bucur că te văd.

— Luaţi loc, nu staţi aşa, doar sunteţi la voi acasă. Rebecca trebuie să fie atât de fericită, nu-i aşa?

— De fapt, am venit aici mai întâi, explică Jessica, aşezându-se pe canapea.

— Abia aşteaptă să te revadă, frumoaso. Mă bucur să vă văd aici pe amândoi. Ce să vă aduc? Trebuie să fiţi atât de obosiţi, nu-i aşa?

— Eu sunt bine, spuse Jessica, zâmbindu-i cu drag.

— Eu beau un suc, dar îmi voi aduce chiar eu, stai liniștită, mamă. Povestiți voi așa, ca fetele, până mă întorc.

Jack plecă în bucătărie.

— Jessica, uită-te la tine, ai mai crescut de ultima dată când te-am văzut. Cum v-ați întâlnit în Los Angeles?

— Am participat la selecția pentru dansatoare organizată de Jack, iar el m-a ales să-i fiu parteneră. Colaborarea mă va ajuta în viitor, în cariera de coregrafă, explică Jessica pe un ton cât mai neutru.

Privirea i se încălzi din nou, fiindcă Jack revenise în sufragerie și le servi cu suc. Deși i se citea pe chip că era puțin obosit din cauza drumului, era tot cel care îi furase inima cu mult timp în urmă. Îi venea să-l îmbrățișeze și să-l sărute, însă știa că trebuia să se abțină. Deocamdată.

Jack se uita galeș la amândouă și le asculta vorbind. Jessica se potrivea foarte bine în casa familiei Connor, nu putea nega asta.

— Unde sunt Logan și Noah? se interesă Jack.

Abia aștepta să-și revadă frații mai mari și să depene amintiri, dar și să afle ce mai era nou în viețile lor.

— Logan e la bar, iar Noah probabil e la sală. N-a venit acasă azi-noapte, spuse Abygail, zâmbind.

Își iubea foarte mult băieții și-și dorea să-i vadă fericiți, alături de femeile potrivite.

— Cred că voi merge și eu la bar. Vreau să-i

fac o surpriză lui Logan, anunță Jack, ridicându-se în picioare. Apoi mă duc și la sală, la Noah. N-am răbdare până mai târziu.

— Pot să vin și eu cu tine? Merg repede s-o văd pe mama, apoi putem merge împreună, dacă vrei. Mi-e dor să-i văd pe ceilalți frumoși ai familiei, spuse Jessica zâmbitoare, observând surâsul complice al mamei lui Jack.

— Bine, așa facem, dar numai dacă recunoști că eu sunt cel mai frumos reprezentant al familiei, dintre noi trei, băieții... Fără supărare, mamă, rosti Jack, folosindu-se de farmecul său.

— Am să mă prefac că nu te-am auzit... spuse Abygail.

— Ce pot să spun, pentru o plimbare gratuită și pentru a vedea încă doi bărbați frumoși, recunosc orice...

— Voi ține minte. Hai să mergem, atunci. Cu ocazia asta, o văd și eu pe Rebecca.

Jack surâse fermecător.

— Ne mai vedem, Abygail. Mi-a făcut plăcere, zise Jessica, îmbrățișând-o din nou.

— Cu siguranță ne mai vedem. Transmite-i salutări Rebeccăi, draga mea. Aveți grijă de voi!

Jack o cuprinse pe Jessica de mijloc, conducând-o acasă, chiar la locuința vecină. O ajută și cu bagajele, în ciuda protestelor ei. Intrară apoi în casă, unde avură parte de o primire călduroasă din partea Rebeccăi.

*

Când se trezi, Nadya simţi nişte braţe bărbă-
teşti înconjurându-i corpul. Se ridică încet de pe
pieptul lui Noah, respirând uşurată la vederea sa.
Îşi aminti imediat cele petrecute în seara anteri-
oară. Noah adormise îmbrăcat şi rămăsese la pes-
te noapte numai fiindcă îl rugase, ca să nu rămâ-
nă singură. Nadya încercă să se desprindă de el,
dar Noah, încă adormit, o lipi de el, mângâind-o
pe cap şi pe spate cu mâini calde, care erau ca un
balsam pentru inima ei.

— Noah, Noah... te rog, trebuie să te trezeşti.
E timpul să plec la serviciu, îi zise, încercând să
nu-şi lase corpul să se bucure de ceea ce îi oferea
el fără să-şi dea seama.

Nu putea nega puterea binefăcătoare a mân-
gâierilor lui. Acest lucru o făcea să se teamă din
motive ascunse şi dureroase. Adică putea să fie şi
altfel decât ceea ce trăise până atunci...

După câteva clipe, Nadya îl prinse de umeri
şi-l mişcă uşor, încercând să-l trezească. Oare
urma să strige la ea fiindcă îl trezea sau, mai rău...
Nici nu putea să se gândească la aşa ceva... Spre
surprinderea ei, Noah deschise încet ochii şi o
privi uşor uimit, dar cu blândeţe.

— Nadya... Am adormit... Cât e ceasul? o în-
trebă, eliberând-o din braţele lui când îi observă
privirea neliniştită.

— E-n regulă, am adormit amândoi. E opt
dimineaţa. Trebuie să plec la serviciu. Oricum,
îţi mulţumesc că ai rămas... Ascultă, nu vreau să
pară că te gonesc, dar chiar trebuie să plec, dacă
nu vreau să întârzii.

— Înţeleg, e-n ordine. Noah se ridică din pat.

Dacă ești gata în zece minute, te pot duce la serviciu.

— Nu trebuie să te deranjezi. Serios, ai făcut și-așa destul.

— Nu e niciun deranj, Nadya. Te aștept în sufragerie, spuse el, surâzându-i și lăsând-o singură.

Avea sentimentul că așa ceva nu i se mai întâmplase, iar acest lucru îl făcea să-și pună multe întrebări la care, cu siguranță urma să primească un răspuns, mai devreme sau mai târziu.

Peste câteva minute, Nadya ieși din dormitor, îmbrăcată într-o rochie lungă, de vară, având părul liber.

— Mergem?

— Da.

Mai târziu, în mașina lui Noah, acesta își încercă norocul, în dorința de a afla mai multe despre misterul care o învăluia.

— Ești bine, Nadya?

— Da, de ce?

— Vreau să spun, ești într-adevăr bine? Mă refer la incidentul de azi-noapte.

— Da... Nu vreau să vorbesc despre asta, Noah. Te rog să înțelegi. Pot să sper că mă vei antrena în continuare?

Noah emana atât de multă siguranță de sine și forță, încât își dorea să dobândească la rândul ei acele caracteristici.

— Într-o zi, va trebui s-o faci, Nadya. Nu poți să te lupți singură cu greutatea pe care o porți în suflet. În ceea ce mă privește, antrenamentele vor continua.

— Mulţumesc, Noah, spuse ea, evitând să-l privească.

— Cu plăcere. Cu ce te ocupi, dacă pot să întreb?

— Poţi. Lucrez la o companie de telefonie mobilă. La ora 15:00 ies din tură. Pot să vin la antrenament?

— Da. Aici e? o întrebă, ajungând în faţa unei clădiri care corespundea descrierii ei.

— Da. Ne vedem mai târziu. O zi bună, Noah!

Îl salută cu un surâs. Nu voia ca el s-o interpreteze greşit.

— O zi bună şi ţie, Nadya. Ne vedem mai târziu. Ai grijă de tine.

Noah plecă spre sală, mustrându-se în gând. Ce-i venise să-i spună să aibă grijă de ea? Nici măcar nu o cunoştea prea bine, iar faptul că dormise cu ea nu-i dădea dreptul să... Totuşi, ceea ce a trăit alături de ea în ultimele ore i-a unit într-un anume fel.

Nadya intră în birou cuprinsă de o senzaţie de siguranţă datorită lui Noah, dar şi de panică, din cauza lui Owen. Ticălosul era periculos şi îi putea face rău foarte uşor. I se făcea rău fizic doar amintindu-şi de el. Trebuia să fie atentă să nu-l implice pe Noah în problemele ei. Dar nu era deja implicat? Dacă n-ar fi venit la timp, cine ştie ce i-ar fi făcut Owen...

*

Logan era la bar, servind un client, când se apropie de el o tânără blondă şi voluptoasă care îl

fixă cu privirea şi-i spuse:

— Frumuşelule, dă-mi ce ai mai bun de oferit. Sunt convinsă că nu voi fi dezamăgită...

Logan o privi mirat. Nu era obişnuit să fie abordat astfel de o femeie. Era într-adevăr atrăgătoare. N-o mai văzuse până atunci. Purta o rochiţă scurtă, neagră şi mulată, care îi evidenţia corpul senzual. Logan se uită la ceas. Mai erau cinci minute până să vină Lindsay — dacă mai avea de gând să vină.

— Şi eu sunt convins, domnişoară. Vă pot oferi cel mai bun *martini* din oraş. Nu găsiţi altul mai bun.

Logan luă o sticlă şi se pregăti s-o servească. Tocmai atunci apăru Lindsay. Trecu grăbită pe lângă el şi-şi lăsă geaca subţire pe scaunul ei.

— Bună, Logan. Se pare că e ceva lume pe aici în seara asta. Scuze dacă am întârziat, dar traficul e îngrozitor.

— Poftim? Nu te-am auzit...

Lindsay se apropie de el şi-şi repetă spusele, nevoită să reziste impulsului de a se retrage imediat înapoi.

— Bine, am auzit acum. Cum îţi sunt mâinile? o întrebă, revenind în faţa tinerei blonde şi turnându-i băutura în pahar.

— Bine...

De ce trebuia să fie atât de drăguţ? Nu era obişnuită cu un astfel de comportament masculin.

— Băutura asta ar fi mult mai bună dacă mi-ai servi mai des din ea. Mai mult, mi-ar plăcea să bei şi tu un pahar cu mine, frumuşelule. Eşti o

companie dulce şi ademenitoare. Mă mir că roş-
cata de lângă noi nu e urcată cu totul pe tine. Eu
una, ştiu că aşa aş fi, dacă aş fi în locul ei...

— Ei, bine, frumuşelule, eu merg să iau nişte
comenzi, spuse Lindsay cu un zâmbet larg, con-
ştientă că roşise uşor, lucru care nu i se mai în-
tâmplase în ultima vreme.

— Mulţumesc, domnişoară, dar dacă aş bea,
n-ar mai avea cine să te servească, îi zise Logan ti-
nerei. Cât despre tine, Lindsay, să nu-mi mai spui
aşa. E perfect dacă îmi spui pe nume. Vezi? Nici
măcar n-am pretenţia să-mi zici şef, adăugă Lo-
gan, apropiindu-se de Lindsay.

Lindsay îşi văzu de treabă. În mod sigur, pore-
cla *Frumuşelul* i se potrivea de minune lui Logan.

— Roşcata ştie cum te uiţi după ea? întrebă
tânăra blondă, privindu-l pofticioasă.

— Ce?! Eu nu... E angajata mea şi vreau să
mă asigur că-şi face treaba.

— Nu te-ar crede nici un prunc de doi ani,
frumuşelule. Oricum, dacă roşcata nu te bagă în
seamă, uite aici numărul meu, ca să ştii unde să
mă găseşti, dacă ai nevoie de o femeie cooperantă.
Îţi mai spun ceva, doar aşa, din bunătate, fiindcă
sunt femeie şi ştiu cum merg lucrurile: şi roşcatei
îi sclipesc ochii atunci când se uită la tine. Are şi
de ce. Mai rar vezi bărbat ca tine. Ai putea să-mi
mai torni un pahar... îi zise ea zâmbind, întinzân-
du-i un bilet cu numărul de telefon.

— Poate n-ar trebui să bei prea mult, dom-
nişoară...

— Daisy, frumuşelule. Pe tine cum te cheamă?
Blonda îi întinse mâna. El i-o strânse amabil.

— Logan. Îmi pare bine, Daisy, însă insist să nu bei mult. Cu siguranță, mâine dimineață ai să regreți.

— Of, parcă ai fi mama... Știu un lucru pe care nu l-aș regreta mâine dimineață, dacă l-am face împreună, Logan.

— Mulțumesc pentru oferta extrem de tentantă, Daisy, dar mă tem că nu pot să accept, îi zise el, luând biletul de pe masă și aruncându-l în coșul din spatele barului, fără ca aceasta să bănuiască.

— Ce?! Ce fel de bărbat refuză o astfel de ofertă? E din cauza roșcatei, nu-i așa?

— Nu, e din cauza mea. Asta nu înseamnă că nu poți să-ți descarci sufletul în fața mea. Nu te-am mai văzut pe aici. Nu locuiești în zonă, nu-i așa?

— Nu, frumușelule. Nu sunt din zonă, dar, cine știe, poate mă mut prin apropiere. Mai cunoști bărbați așa frumoși ca tine, care să fie din cartier? întrebă blonda, îndreptându-și spatele și scoțând și mai mult la iveală decolteul adânc al rochiei.

— Mă tem că nu sunt în măsură să-mi exprim opinia în legătură cu subiectul ăsta. Ca bărbat, nu pot să-i apreciez pe ceilalți așa cum o faceți voi, femeile. Pot cel mult să-mi exprim părerea despre femei.

— Bine... Ce spui despre mine atunci, ce părere ai?

— Ei bine, ești drăguță, asta cu siguranță pot să spun...

— Hm... Și roșcata... Ea cum e?

— De ce trebuie să aduci vorba de ea? întrebă Logan, puţin iritat.

— Fiindcă în afară de noi două, nu prea mai sunt femei tinere, frumoase şi neînsoţite pe aici în seara asta. Haide, frumuşelule, e doar o întrebare...

— Cred că ai băut prea mult. Îţi chem un taxi, Daisy.

— Serios? Dar n-am băut decât un pahar, fiindcă mai mult nu m-ai lăsat. N-am nevoie de taxiul tău, pot să plec şi singură de aici. Ţine minte un lucru, frumuşelule: nu eşti orb şi nici de fier. Sau eşti genul ăla de bărbat care, atunci când se uită după o femeie, nu le mai vede pe celelalte?

— Daisy, cred că te-ai distrat destul în seara asta. E timpul să pleci acasă, crede-mă, e mai bine aşa. Sigur nu vrei să chem un taxi?

— Nu vreau să merg acasă decât eventual însoţită de tine... Hai, frumuşelule, ce-ai de pierdut?

— Îţi doresc o seară frumoasă, Daisy.

— Voi mai veni pe aici. Tocmai ai devenit barmanul meu preferat

Daisy plecă, unduindu-şi corpul ademenitor. Logan răsuflă uşurat, luă paharul din care băuse tânăra şi-l spălă. Mai că-i venea să zâmbească. Nu mai fusese abordat astfel, într-un mod atât de direct, de o femeie, iar asta îl făcea să se simtă oarecum încurcat. De obicei, el lua iniţiativa în relaţiile cu femeile. Simţi parfumul roşcatei înainte ca ea să ajungă lângă el, lucru care îi crea o senzaţie de încordare.

— Mai avem gin tonic? îl întrebă.

Logan părea uşor confuz. Asta o uimea, fi-

indcă, deși îl știa de puțin timp, părea mai mereu stăpân pe sine.

— Ți-e sete, Lindsay?

— Nu, frumușelule. Dacă mi-ar fi, aș prefera apa.

— Ai să regreți dacă îmi mai spui așa, Lindsay...

— Noroc că sunt singura barmaniță disponibilă deocamdată. Îmi place porecla asta, ți se potrivește, șefule... Se vede treaba că faci furori, frumușelule... Cred că o să-ți tot spun așa...

— Termină... deci crezi că mi se potrivește... pe raftul al doilea, de sus...

— Ziceam și eu... Ce e pe raftul al doilea?

— Ginul tău tonic... Ți se potrivește...

— Mulțumesc... L-am găsit...

Lindsay luă sticla de pe raft și vru să plece, însă Logan o prinse ușor de braț.

— Așteaptă puțin... Crezi că ai putea să rămâi după program, să mă ajuți la inventar? Dacă ne grăbim, nu va dura mult.

— Am de ales, frumușelule?

— Acum chiar că nu mai ai...

— În cazul ăsta, rămân. Am nevoie de slujba asta...

— Mă bucur că ne înțelegem...

La un moment dat, intrară în bar Jessica și Jack, însoțiți de Noah și Nadya. Logan merse imediat la ei, cu un zâmbet larg pe chip.

— Bună, rătăcitorule, îi spuse lui Jack, îmbrățișându-l strâns.

— Bună, Logan. Dar știu că ți-a fost dor de mine, frățioare...

— Mi-a fost, dar nu te bucura prea tare... Să nu devii îngâmfat...

— După primirea asta călduroasă, am şi eu ceva de zis: ea e Nadya.

— E iubita ta, Noah? Bravo, frăţioare, e foarte frumoasă. Nadya, îmi pare bine.

Jack îi întinse mâna frumoasei brunete de lângă fratele său.

— Îmi pare bine, Jack, dar nu sunt iubita, ci eleva lui Noah şi l-am însoţit aici fiindcă am vrut să-mi văd prietenele, îl lămuri Nadya, roşind uşor,.

— Uau, eleva lui Noah... Nu eşti cam mare pentru asta? Oricum, eşti prea frumoasă ca să fii iubita lui... vorbi Jack zâmbitor, observând privirea încruntată a lui Noah.

— Mulţumesc... spuse Nadya zâmbind.

— Ă... dacă tot suntem la capitolul prezentări, Noah şi Jack, vreau să faceţi cunoştinţă cu Lindsay, noua mea barmaniţă, asta ca să evit vreo eventuală confuzie... rosti Logan, privindu-şi fraţii cu seriozitate.

— Îmi pare bine, Lindsay, eu sunt Noah, fratele mijlociu.

— Mă bucur de cunoştinţă, Noah.

— Iar eu sunt Jack, fratele cel mic şi rău, în opinia unora.

— Îmi pare bine, Jack. Am auzit multe despre tine... spuse Lindsay, privind-o cu subînţeles pe Jessica.

— Mă întreb oare de la cine... Sper că ai auzit numai de bine...

— Numai de bine... ai fost foarte lăudat, ca, de altfel, toţi trei. Mi s-a spus că sunteţi nişte bă-

ieți foarte frumoși și buni, iar acum m-am convins de asta, spuse Lindsay, privindu-i cu drag pe toți trei, dar stăruind asupra lui Logan. La un moment dat privirile li se întâlniră. Se studiară reciproc câteva momente, până când Jack întrerupse tăcerea:

— Pot să spun cu mâna pe inimă că ești cea mai frumoasă barmaniță pe care am văzut-o în barul ăsta, și nu numai. Era cazul să văd și alt chip, în afară de al lui Logan, de care, fie vorba între noi, m-am cam plictisit.

— Mulțumesc, Jack. Lindsay surâse.

— Poartă-te frumos, Jack, altfel, te pun la servit. Încă sunt fratele tău mai mare... îi aminti Logan, făcând pe supăratul. Haideți, luați loc undeva, nu mai stați în picioare.

— Bună idee, haideți aici, îi îndemnă Noah pe toți, mergând la cea mai apropiată masă.

— Ce vă aduc de băut? E din partea casei, desigur. Nu în fiecare zi reușim să fim toți la un loc, zise Logan, privindu-și cu drag frații.

Aceștia îi răspunseră cu aceeași privire caldă, iar fetele îi priveau, la rândul lor, cu drag. Se sfătuiră între ei ce să comande, apoi Noah luă inițiativa:

— Adu-ne patru sucuri de fructe, Logan.

— Bine, imediat, zise Logan, vrând să plece, însă Lindsay îi puse mâna pe braț.

— Aduc eu sucurile, stai liniștit, se oferi ea, pierzându-se în ochii lui.

Fata plecă, simțind o puternică strângere de inimă. Tabloul acela de familie era atât de emoționant și de frumos, încât simți nevoia să se înde-

părteze de el pentru câteva minute. Închise ochii, încercând să alunge durerea care o încerca.

Mai târziu, după ce clienţii, dar şi Jessica, Jack, Nadya şi Noah plecară, Logan şi Lindsay rămaseră pentru a face inventarul. La un moment dat, Lindsay se urcă pe un scaun să numere nişte sticle de băutură, iar când vru să coboare, îşi pierdu echilibrul.

— Te-am prins, nu te speria, zise Logan, prinzând-o în braţe şi privit-o cu atenţie, numai ca să se asigure că nu a păţit nimic.

— Mulţumesc, sunt bine.

— Eşti sigură? o întrebă, ţinându-şi în continuare braţele în jurul ei.

— Da, sigur că sunt... Tu eşti cel care mă priveşte puţin ciudat.

Cu palmele lipite de pieptul lui, Lindsay realiză că abia respira. Era atât de bine să le ţină acolo, de parcă acela era locul lor.

— Ţi se pare. Ţi-a mai zis cineva că vorbeşti prea mult? o întrebă, luându-şi mâinile de pe ea.

— Doar tu, frumuşelule...

— Te-am rugat să nu-mi mai zici aşa...

— De ce te deranjează? E de bine şi, în plus, e adevărat... eşti frumuşel, ce-i rău în asta? Nu trebuie să-ţi faci probleme, nu-ţi voi cere o mărire de salariu pentru asta.

Lindsay se dădu mai în spate, ajungând între raft şi Logan.

— Deci sunt frumos? Asta crezi?

— Frumuşel. Atât... nu credeam că te deranjează. Cred că eşti obişnuit ca femeile să-ţi spună vorbe dulci.

— Nu mă deranjează. Cred că începe să-mi placă tot mai mult... Frumuşel, spui? Nu sunt de acord cu jumătăţile de măsură, Lindsay. Ori sunt frumos, ori nu. Nu accept noţiunea de frumuşel... o avertiză Logan, împletindu-şi palmele cu ale ei.

— Iar eu nu accept să mă ţii aşa... nu e în regulă... Bine, bine, eşti frumos, e suficient?

— Nici pe departe. Ştii, Jack avea dreptate: eşti cea mai frumoasă barmaniţă pe care am avut-o în barul meu... îi spuse, apropiindu-se de chipul ei cu un zâmbet ademenitor în colţul buzelor.

— Aha... Şi te apropii aşa de toate barmaniţele care lucrează pentru tine?

Lindsay tremura. Şi nu de teamă. Ceva îi spunea că nu trebuie să se teamă de el.

— Doar de cele roşcate şi frumoase.

Logan o sărută, savurându-i buzele roşii, tentante. O simţi cum se lasă moale în braţele lui şi îi răspunde cu pasiune la sărut. Închise ochii. Era ca şi cum o parte din el de-abia aşteptase s-o simtă în felul acela.

Lindsay se lipi de el, având ciudatul sentiment că se afla exact acolo unde trebuia să fie. Îl cuprinse cu braţele pe după gât, acceptându-i sărutul blând şi răscolitor. Îl simţea ca pe un bărbat pasional, care oferea şi lua în aceeaşi măsură. Deşi o voce interioară îi spunea că nu e bine ce face, Lindsay nu se putea abţine să nu se lase în voia lui. Niciodată nu mai avusese acel sentiment de siguranţă şi de bine. Îi acceptase şi felul în care îi mângâia spatele şi talia, precum şi nevoia de a-i explora buzele, până la un moment dat... când se

desprinse din sărut, distanțându-se de Logan.

— Uau... nu știu ce-a fost asta, dar a fost foarte bine, îi spuse Lindsay, sprijinindu-și palmele de bar, și încercând să-și controleze respirația întretăiată. Observă că și el arăta răvășit.

— Lindsay... eu... nu știu ce mi-a venit... nu vreau să te simți jignită ... Zici că a fost foarte bine? o întrebă el puțin confuz, trecându-și rapid mâna prin păr.

De obicei, acționa cu luciditate, rațional și controlat, însă de data asta nu știa ce fusese în mintea lui.

— Dacă m-aș fi simțit jignită, te-aș fi pălmuit, Logan. Acum ai putea să mă duci acasă sau ai alte planuri?

Trebuia să se adune, fusese doar un sărut, nimic altceva. Cu siguranță, atitudinea ei i se păruse libertină.

— Sigur, te conduc... Ce e, nu o poți închide? o întrebă Logan, văzând că se chinuie să-și încheie geaca.

— Nu, și e nouă. M-a costat ceva și acum nici nu o pot încheia...

— Poate fiindcă îți tremură mâinile... Lasă-mă să te ajut.

— Nu! Nu contează, oricum nu e atât de rece...

Lindsay tresări când îi simți mâinile pe ale ei. Logan îi ignoră protestele, încheindu-i geaca, conștient de starea de încordare care îi cuprinse pe amândoi.

— Te duc acasă acum, Lindsay. Bine? Poți să te liniștești, te rog?

— Sunt foarte calmă, Logan. Ascultă, nu știu cu ce femei ai tu de-a face de obicei, dar eu nu am să mă prefac că ceea ce am făcut noi mai înainte nu s-a întâmplat, fiindcă s-a întâmplat și mi-a plăcut. Poate nu-ți place să auzi asta, dar mi-a plăcut, repet, și nu consider că am făcut ceva rău. Iar tu nu mi-ai făcut ceva care să mă facă să mă simt jignită. Din contră, cred că ești un bărbat dulce, amabil și onorabil, și asta chiar dacă te cunosc doar de trei zile. Și... ești cel mai frumos barman pe care l-am văzut vreodată, Logan. Să nu ai vreo clipă impresia că mi-e ușor să-ți spun asta, dar ăsta e adevărul și nu am niciun motiv să-l ascund. Din partea mea, poți să uiți tot ce ți-am spus, nu e nicio problemă, însă trebuia să-ți spun.

— Bine, bine, Lindsay. E bine că am stabilit lucrurile astea. Hai să te duc acasă, e târziu... spuse Logan, vizibil surprins de reacția ei, dar reținându-și un zâmbet.

— E cea mai bună idee. Să mergem.

Lindsay o luă înainte, ieșind din bar. Urcă în mașina lui, hotărâtă să nu-i acorde atenție, ceea ce și făcu, însă doar în aparență, căci în sinea ei îi acorda mai multă atenție decât își dorea.

La rândul lui, Logan păstră tăcerea. Nu-i venea să creadă că o sărutase fără să clipească, fără să se gândească. Iar ea, în loc să-i dea o palmă, nu numai că îl lăsase s-o sărute, dar i-a mai și răspuns. Pur și simplu, i se abandonase în brațe. Nu mai simțise o astfel de sinceritate din partea vreunei femei, iar constatarea aceasta îl surprinse puternic. Odată ajunși în fața apartamentului ei, Lindsay coborî din mașină. El îi ură noapte

bună şi plecă repede, conştient că ar fi sărutat-o din nou. Nu credea că era posibil să simtă o nevoie atât de puternică de a săruta o femeie. Lindsay îi furase stăpânirea de sine, era clar. Şi totuşi, orgoliul lui pur masculin era satisfăcut: îi plăcuse cum o sărutase, iar asta îl făcu să zâmbească tot drumul spre casă.

Capitolul 4

Fiind o zi de sâmbătă, Jack s-a trezit mai târziu. S-a îmbrăcat şi a ieşit în curte, auzind agitaţie.

— Bună dimineaţa tuturor! Ce e cu atâta gălăgie? întrebă el, vesel.

— Bună dimineaţa, dragul meu. Eu şi fraţii tăi pregătim un grătar de bun venit în cinstea ta, îl anunţă Abygail, îmbrăţişându-l.

— Mulţumesc, dar nu trebuie să vă deranjaţi pentru mine...

— Nu e niciun deranj, dragule. Hai, ajută-ţi fraţii să pregătească totul, cât mă ocup eu de aranjatul mesei.

— Bine, mamă.

Jack li se alătură lui Logan şi Noah, care puneau deja carnea pe grătar.

— În sfârşit, te-ai trezit, leneşule... rosti Logan, luându-l de după umeri şi bătându-l uşor pe spate.

— Da, da... Merit să dorm mai mult, măcar în weekend.

— Lasă-l, Logan, nu vezi ce obosit e? Cine ştie până la ce oră a stat azi-noapte la Jessica... vorbi Noah, privindu-şi fratele mai mic cu subînţeles.

— Nu că trebuie să-ţi dau raportul, dar n-am făcut decât s-o conduc acasă. Pe urmă am venit direct aici, cum aţi făcut şi voi cu fetele voastre. În plus, între mine şi Jessica nu e nimic de genul ăla... Suntem doar prieteni foarte buni, dar pentru nişte masculi ca voi asta e greu de înţeles.

— Hm... Totuşi, de când e Jessica fata ta, dacă e să ne luăm după exprimarea de mai devreme?

— Taci, Logan, era doar un fel de-a spune. Mintea ta obtuză şi învechită nu poate să priceapă...

— Pe cine faci tu bătrân, pramatie mică? glumi Logan, dându-i un ghiont în coaste.

— Hei, băieți, grătarul ăsta nu se face singur, să știți.

— Așa e, Noah, dar tu ești specialistul, râse Jack.

— Da, da... Masculi, zici? Nu tu ești cel care spune mereu că ai o slăbiciune pentru femeile frumoase și că nu te poți abține să nu cucerești cât mai multe? Și doar așa, ca să știi și tu, prietenele Jessicăi nu sunt fetele noastre. Doar ne-am făcut datoria și le-am condus acasă, explică Noah încruntat, întorcând carnea pe grătar.

— Mda... Și nici nu ai realizat cât de bu... frumoasă e bruneta. Nadya, parcă? întrebă Jack, corectându-se imediat ce sesiză privirea radicală a fratelui său mijlociu.

— Nu sunt orb, sigur că e frumoasă, dar asta nu înseamnă că... E eleva mea, Jack. O antrenez ca ea să se poată autoapăra, nu e vorba de alte lucruri...

Noah mai puse un lemn pe foc.

— Da, sigur... rosti Jack, zâmbind ironic.

— Mai lasă-l în pace, Jack. Mereu ți-a plăcut să-l enervezi, interveni Logan, aducând o altă caserolă de carne.

— Așa e, și nu numai pe el, ci pe amândoi... Tu vorbești, frate mai mare, tu, cel care azi-noapte te uitai la barmanița de parcă ai fi degustat-o cel puțin de trei ori pe zi! Nimic de zis, frumoasă roșcata. În orice caz, dacă fetele astea se vor sătura de voi, știți unde să le trimiteți... îi tachină Jack.

— Cred că te vei alege cu o bătaie pe cinste

din partea noastră până pleci, promise Logan, zâmbind.

— Logan, tocmai tu vorbești despre bătaie, tu, cel care ar trebui să fie un exemplu pentru noi? făcu Jack pe inocentul.

— Lasă-l, Jack. Nu vezi că de azi-noapte, de când a făcut inventarul, Logan al nostru e cam visător?

— Cred că amândoi o căutați cu lumânarea... N-aveți altceva mai bun de făcut? Dacă am o privire visătoare, e din cauză că inventarul a ținut până târziu și sunt somnoros, atâta tot...

— Mda, sigur... Merg după niște beri, ce ziceți? propuse Jack.

— Prea târziu, dragule, le-am adus eu, rosti Abygail, punând tava cu sticlele de bere pe masă.

— Mulțumim, mamă, ești o comoară la casa omului, o complimentă Jack, îmbrățișând-o.

— Așa e, te iubim, mamă, zise și Noah, venind lângă ei și îmbrățișându-i pe amândoi.

— În sfârșit, a zis și Jack ceva adevărat, conchise Logan, apropiindu-se și cuprinzându-i pe toți în brațe.

— Băieți, faceți o biată femeie să roșească, să știți...

Abygail era mândră și fericită.

— Care biată femeie? Eu nu văd decât o femeie frumoasă și muncitoare, care și-a petrecut toată viața având grijă de noi, spuse Jack emoționat, sărutându-și mama pe obraji.

— Jack are dreptate. Ești cea mai bună mamă din lume, vorbi și Noah, zâmbitor.

— Nu pot decât să fiu de acord cu ei. Ești

unică şi eşti a noastră, iar asta ne bucură foarte mult... sublinie Logan, privind-o cu drag.

— Vă iubesc, dragii mei, şi ştiţi prea bine asta, dar să vedem dacă mai aveţi aceeaşi părere despre mine când vă voi surprinde... zise Abygail, zâmbind.

— La ce te referi? vru să ştie Logan.

— La faptul că mai am nişte invitaţi pe care îi aştept să sosească din clipă în clipă.

— Dar, mamă... credeam că va fi o masă în familie, se încruntă Jack.

— Are dreptate, mamă, şi eu credeam acelaşi lucru, spuse şi Noah, nedumerit.

— Aşa e, iar cei care vor veni sunt nişte persoane dragi mie, aşa că va trebui să rezistaţi...

Când se auzit soneria de la poartă, mama merse să deschidă, iar fraţii se apropiară unul de celălalt şi discutară în şoaptă:

— Ştiţi ceva despre asta? întrebă Jack.

— Nu, suntem la fel de uimiţi ca tine, răspunse Noah.

— Mama pune ceva la cale..., rosti Logan gânditor.

— Bine aţi venit, vă aşteptam, zise Abygail, pe un ton primitor.

Rebecca intră prima în curte, urmată de Jessica, Nadya şi Lindsay. Toate purtau rochiţe lejere, de vară, care le evidenţiau frumuseţea. Jessica avea o rochie roşie şi părul lăsat liber pe umeri. Nadya, într-o rochie albastră, avea părul strâns în coadă, iar Lindsay, purtând o rochiţă verde, avea părul strâns pe jumătate.

Băieţii constatară imediat că era un deliciu să le privească.

— Bună, fetelor, Rebecca... Cărui fapt datorăm această vizită plăcută? întrebă Jack zâmbitor şi merse să le sărute pe toate, spărgând astfel gheaţa.

— Faptului că fetele acestea frumoase sunt prietenele Jessicăi şi, prin urmare, au devenit şi ale mele, răspunse Abygail, privindu-i cu drag pe toţi.

— Bună, Jack, băieţi... Sunteţi mai frumoşi decât atunci când v-am văzut ultima dată... spuse Rebecca veselă, sărutându-i pe obraji.

— Dacă deranjez, pot pleca... Nu vreau să inoportunez... spuse Lindsay, privindu-l pe furiş pe Logan.

Arăta atât de bine îmbrăcat în tricou alb şi pantaloni scurţi negri... Era pur şi simplu irezistibil, însă o privea cu o duritate care o incomoda.

— Nu vorbi prostii, draga mea. Nu pleci nicăieri, nu deranjezi deloc, o mustră Abygail. Haideţi, luaţi loc. Totul e gata, trebuie doar să vă serviţi. Rebecca, draga mea, mă ajuţi să aduc câte ceva? Sunt prea multe ca să le aduc de una singură...

— Sigur că da, cu multă plăcere, spuse Rebecca, urmându-şi prietena în bucătărie.

— Nu aveţi nevoie de ajutor? le întrebă Logan.

— Nu, dragule, stai liniştit, ne descurcăm.

În bucătărie, Abygail şi Rebecca luară cele necesare, întârziind câteva clipe în faţa geamului prin care îi vedeau pe cei şase tineri, care erau deja aşezaţi la masă şi râdeau la glumele lui Jack.

— Ce tablou frumos! Îmi tresaltă inima de încântare, draga mea prietenă, spuse Abygail.

— Aşa e. Spune-mi, draga mea, Cupidon ştie ce faci? o întrebă Rebecca, zâmbind.

— Şi dacă ştie, am impresia că deja a început să acţioneze. Eu doar încerc să-l ajut. O, Rebecca, sunt atât de frumoşi... îţi imaginezi ce nepoţi dulci ar apărea de la ei?

— Vai, draga mea, dar ce idei ai...

— Nu-mi spune că nu te-ai gândit nicio clipă la asta...

— Ei, bine... sunt la fel de nerăbdătoare ca tine...

— Îmi vine să rămân aici şi să mă uit la ei. Nu mă mai satur... Uite cum se uită unii la alţii. Se devorează din priviri şi încă nu sunt conştienţi de asta. Ah, simt că mă topesc... băieţii mei frumoşi, alături de trei fete minunate. Ce mi-aş putea dori mai mult?

— Ai dreptate, dar dacă nu mergem, se vor întreba ce-am păţit. N-avem decât să muncim din greu să ne îndeplinim misiunea, rosti Rebecca privindu-i pe toţi cu drag, dar mai ales pe Jack, care stătea lângă fiica ei.

Jessica tocmai îl înghiontea pe Jack, fiindcă acesta îndreptase furculiţa spre ea. Cele două femei merseră apoi pe terasă şi se aşezară la masă, alături de tineri.

— Poftă bună tuturor! Jack, dragule, mă bucur că te am din nou acasă, chiar dacă pentru scurt timp, vorbi Abygail cu emoţie în glas.

I se strângea inima de fiecare dată când mezinul ei pleca de lângă ea.

— Mulţumim, la fel! rostiră tinerii într-un glas.

— Mulţumesc, mamă, pentru primirea căl-duroasă, dar am şi eu să vă dau o veste: m-am hotărât să nu mai plec de-acasă decât dacă voi fi chemat să susţin spectacole. Plănuiesc să-mi deschid propria şcoală de dans aici, în oraş, undeva cât mai aproape de casă.

Jack observă bucuria de pe chipul mamei sale şi ale fraţilor săi.

— O, dragule, asta e o veste grozavă! Mă bucur foarte mult! exclamă Abygail, încercând să-şi ascundă lacrimile.

Jack îşi îmbrăţişă iubitor mama, admirat de cei din jur, în special de Jessica. Aceasta zâmbea larg. O încerca un sentiment de fericire, ştiind că vor fi tot mai apropiaţi. Logan şi Noah îşi îmbrăţişară şi ei fratele.

La un moment dat, Lindsay se ridică de la masă şi merse la baie. Simţea nevoia să se îndepărteze de tabloul de familie dureros de frumos. Nu mică îi fu mirarea când, ieşind din baie, îl văzu la câţiva metri de uşă pe Logan.

— E liber acum, dacă vrei să intri. Scuze, sper că nu te-am făcut să aştepţi mult.

Logan se apropie de ea şi o privi cu seriozitate. Sesiză imediat că era tulburată. Nu ştia ce anume o adusese în starea aceea. Tristeţea i se vedea limpede în ochi.

— Ce s-a întâmplat?

— Nimic... Cred doar că e mai bine să plec. Nu mă potrivesc aici. Nu mă simt bine, nu sunt în largul meu şi nu are sens să mai stau, răspunse

ea, surprinsă de perspicacitatea lui.

— De ce? Te-a supărat cineva?

— Nu... Poate sună ciudat, dar tocmai asta e problema: toţi sunteţi foarte drăguţi, iar eu... simt că nu merit să fiu aici. Voi... sunteţi o adevărată familie şi arătaţi atât de frumoşi...

— Şi atunci, ce nu e în regulă?

— Eu. Îmi pare rău, dar voi pleca acasă. Nu vreau să deranjez, să te deranjez. Crezi că nu mi-am dat seama cum m-ai privit când am venit? Nu vreau să fiu un musafir nepoftit, Logan. Ne vedem mâine seară la bar. Pa!

Lindsay trecu grăbită pe lângă el. Abia reuşi să-şi reţină lacrimile care ameninţau s-o trădeze. Fără a-şi da seama ce face, Logan o ajunse din urmă şi se postă în faţa ei, blocându-i trecerea.

— Nu pleci nicăieri, Lindsay, îi zise, punându-i mâinile pe umeri.

— De ce? Oricum nu sunt o companie dorită aici...

— Mama a insistat să fii prezentă, aşa că nu pleci până nu se termină seara. Nu te las s-o superi. În plus, şi ceilalţi se simt bine în compania ta.

Îşi luă mâinile de pe umerii fetei, dar cu părere de rău. Îi plăcea s-o atingă.

— Şi tu? Abia dacă mi-ai vorbit de când am venit... Dar nu contează. Plec de aici, înainte să mă dai tu afară. Nu suport să te uiţi aşa la mine... Voi încerca să nu te mai deranjez.

— Aşa crezi? În cazul ăsta, ca şef al tău, îţi interzic să pleci.

— Cine te crezi? Dacă eşti şeful meu, nu în-seamnă că eşti stăpânul meu. Nu-mi poţi interzi-

ce nimic, Logan, protestă ea, indignată.

Logan se apropie la câţiva centimetri de buzele ei, simţindu-se cuprins de furie... sau de altceva... nici el nu mai ştia. Sau nu voia să se gândească prea mult la asta...

— Vei rămâne de dragul mamei mele, Lindsay. Nu te lasă inima s-o dezamăgeşti... şi, oricum, cred că e ceva mai mult la mijloc. Ce secret ascunzi? o întrebă, privind-o înduioşător.

— Bine, ai dreptate, voi rămâne pentru Abygail. Însă nu trebuie să-ţi dau nicio explicaţie. Nu sunt un obiect oarecare din inventarul barului tău.

Lindsay îi aruncă o căutătură supărată. Logan era de-a dreptul ciudat: când dur şi nepăsător, când tandru, capabil s-o topească într-un mod pe care nu-l credea posibil.

— Nici n-am zis că ai fi aşa ceva, rosti el pe un ton ciudat, apoi plecă, lăsând-o fără replică.

În mod sigur, Logan era cel mai serios dintre fraţi, conchise Lindsay. Ieşi la rândul ei, afară, încercând să adopte o ţinută naturală, ca să nu dea cuiva ceva de bănuit în privinţa stării ei sufleteşti deplorabile. Nu-i putea permite lui Logan s-o facă să se ataşeze de el doar fiindcă o sărutase atât de dulce cu o noapte înainte. Cu experienţa ei în ceea ce privea ataşamentul faţă de anumite persoane, cu siguranţă va avea numai de suferit. Logan nu era bărbatul potrivit pentru ea. Niciunul nu era. Tot ce avea Lindsay erau prietenele ei şi pe sine însăşi.

Odată întoarsă la masă, Jack le propuse tuturor să joace un joc, lucru acceptat în mod unanim.

Numai Abygail şi Rebecca se scuzară, spunând că trebuie să meargă să se întindă puţin, din cauza unei migrene subite. Îi urmăriră zâmbitoare pe tineri încă vreo câteva minute de la fereastră, apoi începură să povestească, având multe lucruri de pus la punct împreună.

După un timp, Rebecca plecă acasă, spunând că e cam somnoroasă. Îi trasă lui Jack sarcina importantă s-o aducă pe Jessica acasă, deşi erau doar câteva sute de metri între casele lor. Băiatul acceptă fără ezitare.

Mai târziu, după ce tinerii jucară mai multe jocuri de societate împreună, fiecare dintre cei trei fraţi le-au condus acasă pe cele trei prietene.

— Mâine merg să văd un spaţiu pentru şcoala de dans pe care vreau s-o deschid cât mai curând. Ai vrea să vii cu mine? o întrebă Jack pe Jessica.

— Ştii că atunci când îmi zâmbeşti aşa, nu-ţi pot refuza nimic... zise fata în glumă, dar extrem de încântată.

— Voi ţine minte asta, Jessie... Ne vedem mâine, da?

— Numai să nu te foloseşti de asta, Jack... Ştiu prea bine cine eşti, cu aerul tău inocent, dar ademenitor... Lăsând gluma la o parte, sigur că voi veni, doar la ce sunt buni prietenii, nu-i aşa? Te voi ajuta mereu cu tot ce voi putea.

Jessica se pierdu în ochii lui frumoşi. Îşi încrucişase braţele pentru a nu-l îmbrăţişa, fiindcă ştia că s-ar topi în braţele lui, dacă ar putea...

— Tu eşti prietena mea, Jessie, nu pot să mă comport cu tine aşa cum o fac cu alte femei. Ţin

prea mult la tine ca să te supăr cu ceva... Iar dacă o voi face vreodată, să-mi dai vreo două, să-mi revin, bine?

Jack o luă în brațe, lipind-o de el câteva secunde.

— Așa voi face... îi promise Jessica, îmbrățișându-l la rândul ei.

Îi era atât de bine în brațele lui! Nimic nu putea să întreacă senzația aceea liniștitoare și ademenitoare în același timp. Însă în niciun caz nu voia ca el doar să țină la ea. Voia să fie înnebunit după ea, așa cum era ea după el... și știa că va face tot ce-i va sta în putință pentru ca acest lucru să se întâmple.

— Bine... E timpul să mergi la culcare, Jessie. Să fii pregătită, mâine dimineață vin după tine. Noapte bună, frumoaso. Să fii cuminte, nu ca mine... adăugă Jack, sărutând-o pe obraji.

— Noapte bună, Jack... Într-o zi, te vei cuminți și tu și vei vrea să fii liniștit alături de o singură femeie, una care te va iubi cu adevărat.

— Nu cred... Nu s-a născut femeia care să mă atragă atât de mult, draga mea Jessie. Eu sunt cine sunt, un băiat frumos și cuceritor... Cel puțin, așa mi s-a spus... Du-te la culcare. Fetele cuminți ca tine trebuie să doarmă la ora asta, nu să povestească pe la porți cu băieții răi.

— Poate că nu sunt chiar așa cum ai tu impresia, Jack. Am crescut, nu mai sunt fetița speriată de băieții ca tine, așa cum eram în trecut...

— Dacă te-aș lua în serios, ți-aș cere să mă săruți doar ca să mi-o demonstrezi, dar nu cred niciun cuvânt din ce-mi spui, Jessie...

Observase şi el că fata crescuse, însă ea era doar Jessie, amica lui pe care, eventual, trebuia s-o protejeze de cei care ar supăra-o, nu să-i vină s-o sărute, aşa cum, în mod ciudat, îi venea în acel moment.

— Noapte bună, Jack.

Jessie îşi umezi involuntar buza inferioară. Zâmbetul lui Jack se stinse treptat.

— Noapte bună, Jessie...

Ciudat lucru, îşi zise Jack plecând, conştient de graba care punea stăpânire pe el. Mereu fusese în largul său în preajma ei... Tocmai acum trebuia să simtă un nod în gât, privindu-i preţ de o clipă buzele frumoase. Dacă ea ar fi ştiut ce gânduri îi stârnea, ar fi fost, cu siguranţă, oripilată. Nu putea să se gândească astfel la ea. Putea face asta cu orice femeie, dar nu cu ea. Doar faptul că petrecuse câteva ore bune în compania ei era de vină pentru agitaţia care îl stăpânea acum.

Între timp, Noah ajunse cu Nadya în faţa blocului ei. Se opriră în faţa uşii de la intrare. El se uită câteva secunde în jur, pentru a se asigura că totul era în ordine.

— Noapte bună, Nadya. Vizita pe care ne-ai făcut-o a fost o surpriză foarte plăcută. Sper că te-ai simţit bine cu noi.

Părea atât de fragilă uneori, că nici nu ştia cum să-i vorbească pentru ca ea să nu-i interpreteze greşit cuvintele. Azi, văzând-o alături de familia lui, observase că teama pe care i-o citea deseori în ochi îi dispăruse puţin. Asta îl bucura, desigur, doar aşa, fiindcă erau prieteni, nu în mod special.

— Noapte bună, Noah. M-am simțit foarte bine alături de voi toți. Ai o familie foarte frumoasă și niște frați foarte drăguți și amabili. Ești norocos, dar sunt sigură că o știi deja, mărturisi Nadya, privindu-l cu simpatie.

— Știu....

Nadya vru să se întoarcă și să deschidă ușa, când văzu că Noah ridică mâna deasupra ei. Împietri de spaimă și începu să tremure. Închise ochii, punându-și mâinile în față, într-un gest de apărare.

— Nadya, ce faci? Deschide ochii, e-n ordine... rosti Noah pe un ton blând.

Nadya îl ascultă, lăsându-și mâinile pe lângă corp și respirând ușurată. O clipă își imaginase că el avea s-o lovească. Numai gândul acela îi făcea rău.

— Nu-i decât un păianjen, îi arăta el, surâzând ușor.

Nadya se uită confuză la păianjenul prins în pânza lui.

— De unde l-ai luat? îl întrebă, urmărindu-l cum îl lasă pe ramura copacului de lângă ei.

— Era chiar deasupra ta. De asta l-am luat. Ce-a fost gestul de mai devreme? o întrebă, observând din nou acea frică din ochii ei.

— Nimic... E timpul să merg la culcare. Trebuie să mă odihnesc pentru mâine. Ne vedem la antrenament, Noah. Mulțumesc că m-ai adus acasă...

Nadya încercă să-și revină. Nu voia să-i dea de gândit. Nu voia să stârnească mila nimănui, cu atât mai puțin a lui.

— Bine... Vreau doar să-ţi spun că... Nu ştiu ce a fost gestul tău de mai devreme, dar am nişte bănuieli care nu-mi plac deloc. Ascultă-mă cu atenţie: niciodată, dar absolut niciodată nu te-aş lovi, dacă la asta te-ai gândit, o asigură, privind-o cu seriozitate.

— Scuze, Noah, a fost o prostie, nu mă lua în seamă... E mai bine să pleci acum... N-am vrut să te supăr...

Nadya încercă să zâmbească şi să mintă, aşa cum se obişnuise deja de ceva timp...

— Plec. Ai grijă de tine, Nadya, rosti Noah, punându-şi mâna pe umărul ei preţ de câteva secunde. O simţi tremurând şi i se strânse inima.

— Întotdeauna am. La revedere, Noah! salută ea grăbită, apoi intră în bloc, lăsându-l mai surprins ca niciodată.

Prin mintea lui Noah treceau o mulţime de întrebări, la care spera să primească un răspuns cât de curând. Nu mai întâlnise o femeie ca ea, poate de-asta era atât de contrariat. Nadya era un mister, iar lui îi plăceau misterele, mai ales cele feminine.

Între timp, Logan ajunse cu Lindsay în apartamentul ei. Simţi o grabă aproape ciudată de a pleca acasă. Era periculos să se afle acolo şi o ştia prea bine.

— Ei bine, iată-mă acasă, în siguranţă. Poţi să pleci acum, ţi-ai făcut datoria de cavaler în armură strălucitoare. Noapte bună, Logan!

Lindsay veni spre el, privindu-l cu o duritate aparentă. Era uşor nedumerită de propria sa reacţie: aproape că ar fi vrut ca el să nu plece, oricât

ar fi fost de ciudat şi de nepotrivit. Nici ea nu ştia de ce se simţea atât de atrasă de el. Era doar un bărbat foarte frumos, ca atâţia alţii.

— Mă bucur că ai rămas până la final, Lindsay. Adică şi Abby, şi ceilalţi s-au bucurat... spuse el, realizând că respiră cu greutate. Voi pleca acum, s-a făcut târziu. Noapte bună, Lindsay. Ne vedem mâine...

— Ce se întâmplă, Logan? De ce eşti atât de grăbit şi de agitat? Ţi-e teamă că aş putea să te sărut? îl întrebă, oprindu-se chiar în faţa lui.

— Tu mi-ai zis să plec. Asta fac... Nu mi-e teamă de tine, Lindsay. Ar fi culmea... Dar sunt obişnuit să fiu eu cel care preia iniţiativa în relaţiile cu femeile. Iar tu nu te încadrezi în ceea ce aştept eu de la o femeie, îi zise el, băgându-şi mâinile în buzunar, căci altfel risca să nu se poată controla.

— Adică nu mă consideri o femeie dezirabilă, Logan? Să înţeleg că sărutul de ieri noapte nu a fost iniţiativa ta? Ce se întâmplă? Semăn cumva cu vreo fostă iubită de-a ta? Sau eşti prea surprins de ceea ce ţi se întâmplă şi, dintr-un anume motiv, alegi să mă respingi? Ei, bine, n-ai decât să faci ce vrei. Eu nu sunt datoare să mă încadrez în standardele nimănui, frumuşelule, îl avertiză, punându-şi braţele în jurul gâtului său, înainte ca acesta să poată reacţiona.

Până şi ea era surprinsă de atitudinea pe care o avea. Niciodată nu se mai comportase astfel. Logan scotea la iveală tot ceea ce era mai feminin în ea. Pe de o parte, îi venea să-l scoată pe uşă afară, pe de alta... s-ar fi predat de bunăvoie farmecului său masculin.

— Opreşte-te, Lindsay. Te asigur că nu vrei să te joci cu focul în felul ăsta... spuse el, punându-şi mâinile pe braţele ei, inspirându-i fără să vrea parfumul feminin şi ademenitor.

— Mă vrei, Logan. O citesc în ochii tăi... Nu-i nimic rău în asta. De ce mă respingi?

— Poate că aşa e, însă tu nu eşti pregătită pentru asta, Lindsay. Când şi dacă te voi avea, va fi fiindcă ţi-o vei dori cel puţin la fel de mult ca mine, nu doar fiindcă reprezint vreo provocare prostească pentru tine. Am impresia că nu eşti decât o fetiţă răsfăţată şi nu sunt dispus să fiu jucăria ta, oricât de ispititoare ai fi în momentul ăsta.

Logan îi dădu braţele la o parte, încercând să-şi păstreze ultima fărâmă de raţiune.

— Nu îndrăzni să spui asta, Logan! Nu sunt nicidecum vreo răsfăţată, te asigur... şi nu-mi spune tu mie ce vreau şi ce nu. Nu eşti în măsură să faci pe cavalerul cu mine, n-am nevoie de asta!

— Noapte bună, Lindsay. Dacă mai vrei slujba de la bar, încearcă să nu-mi stai în cale.

Roşcata îl intriga teribil. Comportamentul ei nu se potrivea cu vulnerabilitatea pe care i-o trăda privirea. Era ca şi cum ar fi încercat să se poarte diferit de cum îi stătea în fire.

— Nu eu ţi-am stat în cale ieri noapte, Logan, ci tu mi-ai stat mie... Ai uitat?

— A fost o greşeală. N-ar fi trebuit să...

— Bine. Deci soluţia e să ne prefacem şi să ne ignorăm...

— E cea mai bună soluţie...

— Ştii unde e uşa, Logan. Asta a fost ultima

dată când m-ai adus acasă. Chinul tău s-a sfârşit. Nu-mi rămâne decât să găsesc pe cineva care să fie dispus să primească ceea ce am de oferit.

— Eşti liberă să faci ce vrei.

Logan închise uşa în urma lui. Se urcă în maşină şi plecă în viteză, spunându-şi că nu e în toate minţile. Imposibil să nu fie ispitit astfel de o fetişcană roşcată şi atrăgătoare. Era cel mai mare dintre fraţi şi trebuia să dea dovadă de raţiune şi echilibru. Nu putea risca să ajungă în situaţia tatălui său. În niciun caz nu voia să semene cu el. Nu va preţui o femeie mai mult decât propria familie. Niciodată.

Capitolul 5

— Şi... ce spui Jessie, îţi place?

— Da, locul e perfect. Abia aştept să dansez aici... cu tine, adăugă Jessica în gând, în timp ce privea în jurul ei.

Sala avea nevoie de mici retuşuri, însă era locul ideal pentru dans. Îl făcea pe Jack să rămână în oraş, alături de familia sa, iar asta nu-i putea aduce decât bucurie Jessicăi.

— Am putea dansa chiar acum, Jessie. Sau e prea de dimineaţă pentru tine? o întrebă Jack, cu un surâs îmbietor în colţul buzelor.

— Niciodată nu e prea devreme pentru dans, Jack. Dar nu avem muzică... îi spuse, privindu-l cu drag, în timp ce el căuta ceva în rucsac.

— Nu că nu am putea să dansăm şi fără muzică, dar aşa e mult mai bine...

Jack îşi folosi telefonul pentru a avea acces la muzică.

Melodia răsună în toată sala. Jack veni spre ea. Jessica îi răspunse, mişcându-se după cum cerea ritmul melodiei, transmiţându-i din priviri şi din mişcări cât de mult îi plăcea să fie în compania lui. Dacă ar fi existat un răspuns la întrebarea cât de bine putea arăta un bărbat dansând, atunci acest răspuns ar fi fost Jack. Inspira profesionalism, pasiune şi implicare prin fiecare mişcare, iar atunci când o ridica pe Jessica şi o ţinea câteva secunde în aer, ei i se părea că atinge cerul.

La un moment dat, se îndepărtară unul de celălalt, doar pentru a reveni unul lângă altul, îmbrăţişându-se. Jack dansă în jurul Jessicăi, ţinându-şi palmele pe şoldurile ei, iar ea îşi puse mâinile în jurul gâtului său. Se priviră cu pasiu-

nea specifică acelui moment intens.

— Eşti grozavă, Jessie, ştii asta? îi şopti la ureche, înfiorând-o.

— Nici tu nu eşti mai prejos, Jack. Am învăţat de la cel mai bun...

— Şi abia am început să dansăm împreună. Îţi imaginezi ce va fi după un timp, când ne vom anticipa şi mai bine mişcările?.

— Ce pot să spun... Suntem echipa perfectă, Jack. Ca în vremurile trecute...

— Aşa e, dar nu sunt vremuri atât de trecute.

Jessica se întoarse cu spatele la el, punându-i pe neaşteptate braţele în jurul gâtului. Era conşti-entă de cât de provocatoare era mişcarea aceea, însă nu se putea abţine. Adora să-l simtă lângă ea. Îi fusese atât de dor de el... Pur şi simplu nu-i mai păsa de nimic altceva.

Jack îi coborî încet braţele de-a lungul cor-pului ei, atingându-i discret părţile laterale ale sânilor. O simţit tresărind, lucru care i se păru adorabil. Când simţi că vrea să se îndepărteze de el, o îmbrăţişă, reţinând-o lângă el.

— Jack...

Jessica gâfâia uşor. Tremura, şi nu de teamă, şi nu mai gândea raţional.

— Jessie... e-n ordine... N-am vrut să te stân-jenesc, dar trebuie să ştii că astfel de lucruri se pot întâmpla, accidental, desigur, şi nu vreau să te simţi ciudat în preajma mea, bine?

— Bine... poţi să-mi dai drumul acum...

— Da, ai dreptate, scuze... îi zise Jack, întor-când-o spre el şi privind-o cu intensitate. Jessie... cred că e evident că suntem atraşi unul de altul.

Putem face ca lucrurile să fie foarte simple: ai putea să fii iubita mea, dacă vrei. După cum știi, nu pot să iubesc, nu sunt genul de bărbat care se îndrăgostește, deci nu-ți pot oferi iubire. Însă pot să-ți ofer toate celelalte lucruri: respect și fidelitate – în sensul că, atât timp cât suntem împreună, voi fi numai al tău — atenție, timpul meu și... plăcere. Multă plăcere... atât cât mă pricep, cel puțin... Ținem unul la celălalt, n-ar trebui să fie greu... singura mea condiție e să nu te îndrăgostești de mine și să nu aștepți asta de la mine.

Jessica îl privea, îl asculta și nu-i venea să creadă: Jack Connor îi cerea să fie iubiți. Oricât de rațional ar fi analizat situația, nu putea să nu se gândească la faptul că aceasta era șansa pe care o așteptase încă de când îl cunoscuse. Era singura cale prin care putea să fie aproape de el, în toate sensurile, mai puțin în sensul acela al sentimentelor. Putea avea totul cu Jack, numai iubirea lui, nu... Sigur că ar putea încerca să ajungă la inima lui și poate, în timp, ar reuși să-l facă s-o iubească. Îi era atât de greu să gândească, în condițiile în care Jack îi mângâia chipul, privind-o parcă absorbit cu totul.

— Jack... vorbești serios? Adică, ești în regulă, nu ai pățit nimic, de îmi spui toate astea tocmai mie? îl întrebă, pierzându-se în privirea lui fierbinte.

— Sunt foarte bine, Jessie. Însă dacă toate astea ți se par o prostie din partea mea sau crezi că e ridicol, atunci nu mă lua în seamă. În niciun caz nu vreau să te simți jignită sau ceva de genul ăsta, rosti el, luând-o de mâini.

— Jack... dacă aş accepta propunerea ta, bănuiesc că tu ai vrea să... Cât timp mi-ai da să mă gândesc la asta, la noi?

— Cât mai puţin posibil. Aş vrea să ştiu răspunsul tău cât mai repede. Suntem prieteni şi mă aştept la onestitate din partea ta, aşa cum ţi-am oferit şi eu la rândul meu.

Jessica încercă să-i răspundă fără să-şi trădeze emoţia:

— Bine...

— Bine? Atât?

— Da... nu e suficient?

— Ba da, sigur... deci am stabilit: începând de acum, suntem iubiţi. Bineînţeles că putem să ne despărţim oricând, fără resentimente şi alte lucruri de genul ăsta. Ştiu că va exista o oarecare implicare emoţională, mai ales din partea ta, însă dacă relaţia noastră nu va funcţiona, nu vreau să pierd şi prietenia ta, oricât de ciudat ţi s-ar părea. Eşti importantă pentru mine, Jessie, ştii asta, nu?

— Da... Deşi e o nebunie, accept să fiu iubita ta, Jack, spuse fata, sperând că-şi maschează bine tremurul vocii.

— Bine, Jessie...

O sărută prin surprindere, gustându-i buzele câteva minute bune. Se îndepărtă încet de ea şi o privi ca şi când ar fi vrut să se asigure că nu a făcut ceva greşit.

— Hm, Jack, a fost...

— Bine, nu? Ca la balul de absolvire, dar mult mai bine, nu-i aşa?

— Da, mult mai bine... Dar ajunge cu asta, nu vreau să ajungi să fii prea mândru de tine...

— Oricum sunt... dar şi tu săruţi bine, Jessie. Să înţeleg că te-ai mai antrenat între timp?

— Jack! Nu-i frumos să întrebi asta... i-a spus ea, întorcându-se cu spatele la el ca să-şi ascundă roşeaţa din obraji.

— Da... aceeaşi Jessie: sensibilă, dar ispititoare...

— De ce spui asta? îl întrebă înfruntându-l, întorcându-se spre el. Jack... să nu-mi spui că...

— Ba da. Acum pot să-ţi spun... Te-am dorit încă de atunci, Jessie. Erai însă o copilă şi nu puteam să fac ceva în privinţa asta. Încă te doresc. Mult. Foarte mult. De asta ţi-am propus să fii iubita mea. Pur şi simplu nu mai pot să mă opun chestiei ăsteia care mi se întâmplă cu tine. În plus, acum nu mai eşti copilă, ci femeie, Jessie, şi încă una foarte atrăgătoare.

— Deci... vrei doar să-ţi satisfaci curiozitatea în privinţa mea? îl întrebă prudentă, deşi oricum nu i-ar fi păsat prea mult.

Chiar dacă era conştientă că el îi va frânge inima fiindcă nu o va iubi vreodată, Jessica voia să încerce. Ea, fata mereu cuminte şi raţională, cea care n-ar fi făcut asta cu nimeni altcineva dacă i-ar fi propus, voia să fie cu el, să-l poată îmbrăţişa şi săruta în voie... Toate astea fuseseră doar un vis până acum câteva minute. Ajunsese în punctul în care nu-i mai păsa de buna-cuviinţă sau raţiune. Acestea îşi pierdeau rostul în preajma lui Jack. Pur şi simplu nu mai contau. Nimic nu mai conta. Totuşi, faptul că el îi mărturisise că o dorea o bucura. Reuşise măcar atât: Jack Connor era atras de ea... Îi venea să

strige de fericire, însă trebuia să se controleze.

— Jessie... nu am nicio explicaţie raţională. Te doresc şi atât. Ai fost... cum să spun... ca un fruct interzis pentru mine. Poate îţi par un ticălos, poate chiar sunt, fiindcă îţi spun toate astea, însă eu nu ştiu să fiu altfel decât direct. Poate n-o să-ţi placă de fiecare dată ce vei auzi de la mine, însă cu siguranţă vei şti că sunt sincer. De asta poţi să fii sigură... Dar tu?

— Eu, ce...?

— Mă doreşti? o întrebă, păstrând numai câţiva centimetri distanţă între ei.

— Păi... eşti un bărbat pe care orice femeie şi l-ar dori: frumos, carismatic, cu simţul umorului, pasionat de ceea ce face, adică de dans...

— Da sau nu, Jessie? insistă el, privind-o ca un prădător sigur de reuşită.

— Jack...

— Ce e, ţi-e jenă să recunoşti?

— De obicei, nu mi-e jenă să recunosc ceva, însă asta nu e o situaţie obişnuită...

— Da sau nu? Pentru mine, e simplu, spuse el amuzat, surâzându-i provocator.

— Pentru tine, totul e simplu. Pentru mine, nu e chiar aşa...

— Dar tocmai ai acceptat să fii iubita mea. Asta nu a fost uşor?

— Nu chiar...

— Care e motivul, Jessie, de ce ai acceptat? Sunt doar curios...

— Ei bine, fiindcă... ştii ceva? La fel ca tine, nici eu nu am o explicaţie logică... Am acceptat şi gata.

— Ai mai făcut asta vreodată?

— Ce anume?

— Să fii iubita cuiva în condiţiile astea?

— Nu. Dar tu eşti cel mai ciudat, mai misterios şi mai amuzant tip pe care îl cunosc, aşa că... Probabil curiozitatea e de vină...

Jessie simţea că se apropie de adevăr, unul pe care nu i-l putea dezvălui, dacă voia să fie iubita lui chiar şi pentru o perioadă scurtă de timp. Nu putea să-şi refuze asta.

— Ai uitat să spui ceva despre mine...

— Ce?

— Că sunt frumos. Nu că vreau să mă laud, dar mi s-a spus de atâtea ori, încât am ajuns să cred că e adevărat... Tu ce crezi, Jessie?

— Eşti frumos... Ai terminat cu întrebările pe ziua de azi?

Încerca să adopte un ton cât mai indiferent, deşi îi venea foarte greu. Îl iubea, îl adora, dar trebuia să păstreze secretul.

— Poate. Acum hai să te duc acasă. Rebecca probabil se întreabă ce se întâmplă cu tine, de nu mai ajungi...

— Sunt sigură că nu-şi face griji pentru mine. Ştie ce fiică are...

— Eu mi-aş face griji... compania mea nu e de dorit în preajma fetelor ca tine, Jessie...

O luă de mână, însoţind-o spre ieşirea din sală.

— Poate că are încredere şi în tine, Jack... Mama te place foarte mult. Ştie că sunt în siguranţă cu tine.

— Dar tu? Crezi că eşti în siguranţă cu mine, Jessie?

— Aş putea paria pe asta...

— Ai prea multă încredere în mine. Sunt, totuşi, un băiat rău, cum ar spune unii...

— Eşti prietenul meu şi nu-mi pasă de ce spune lumea. Te cunosc şi, indiferent de ceea ce se va întâmpla între noi, nu voi regreta vreodată că, la un moment dat, am ales să fiu cu tine. E viaţa mea şi eu decid ce fac cu ea. Aşa văd eu lucrurile.

Niciodată nu i se păruse mai frumos să meargă pe stradă decât în momentul acela. Să-i fie alături era un vis împlinit pentru ea.

— Ce pot să spun? Eşti curajoasă şi ai o părere prea bună despre mine. Însă trebuie să-ţi spun că, deşi lumea mă priveşte într-un anumit fel, în fond, nu sunt un ticălos şi n-am suflet rău. Singurul meu defect e că îmi place să mă bucur de viaţă, aşa cum cred eu de cuviinţă.

— Adică îţi place să te bucuri de femei...

— Dacă vrei s-o spui aşa... Nu sunt bărbatul unei singure femei, însă atunci când sunt cu vreuna, rămân cu ea cât vreau. Adică nu mă întâlnesc cu altele în acelaşi timp.

— Apreciez sinceritatea ta...

— Doar de asta vei avea parte, Jessie.

— Pot să te întreb ceva?

— Orice.

— Care a fost cea mai lungă relaţie a ta de genul ăsta?

— O lună...

— O lună...

Deci atât avea la dispoziţie să-l facă pe Jack să se îndrăgostească de ea. O misiune imposibilă, dar chiar şi aşa, urma să încerce să se bucure de

timpul petrecut împreună. Era sigură că urma să aibă parte de cea mai interesantă, palpitantă şi... fierbinte lună din viaţa ei... dacă nu cumva Jack avea să se sature de ea mult mai repede... Numai gândul acela o durea enorm...

— Acum pot să-ţi mai spun ceva?

— Da.

— Sper să nu fi o începătoare în domeniul ăsta şi să nu te îndrăgosteşti de mine. Asta te-ar face vulnerabilă şi ultimul lucru pe care mi-l doresc e să te fac să suferi. Mă crezi? o întrebă, oprindu-se din mers şi privind-o captivat.

— O, nu, nu sunt... Poţi să stai liniştit... Nu m-ai putea face să sufăr în niciun fel... minţi ea, conştientă că se îmbujorează.

Nu putea să-i spună adevărul. Risca să piardă ocazia de a fi cu el şi nu-şi dorea asta.

— Sper. În cazul ăsta, ne-am înţeles?

— Da, Jack, ne-am înţeles...

Nu-i putea refuza nimic, mai ales atunci când zâmbetul lui o făcea să simtă o căldură puternică în tot corpul.

— Perfect, spuse el, strângându-şi degetele în pumn şi aşteptându-i răspunsul la semnalul deja cunoscut.

Jessica îşi lipi pumnul de al lui un timp, pe urmă degetele li se împletiră, iar el îi sărută rapid mâna.

— Asta e ceva nou... partea asta nu era în gestul pe care îl făceam de obicei... zise Jessica încântată, simţindu-şi ochii sclipind de bucurie.

— Da, asta e ceva în plus, fiindcă acum eşti iubita mea.

Buzele ei îl atrăgeau ca un magnet şi nu ştia cât va mai putea rezista până când o va avea cu totul. Era surprins de el însuşi: era ca şi cum şi-ar fi găsit un nou scop în viaţă, unul temporar, desigur, însă atât de plăcut.

Odată ajunşi acasă la Jack, ceilalţi membri ai familiei, dar şi Rebecca, au primit cu entuziasm vestea că cei doi erau împreună.

— Felicitări, dragilor! Nu ştiu de ce, dar mereu am avut o presimţire în privinţa voastră... le mărturisi Abygail, îmbrăţişându-i pe amândoi. Ştii, Jessica, eşti prima fată pe care Jack ne-o prezintă ca fiind iubita lui.

— Mamă... Astea sunt detalii... zise Jack.

— Nu şi pentru mine, dragul meu. Nici nu vă daţi seama cât de bine vă potriviţi. Sunt atât de fericită pentru voi!

— Şi eu sunt foarte fericită, rosti Rebecca, privind-şi fiica într-un mod complice.

Era sigură de sentimentele Jessicăi pentru Jack, deşi fata nu-i vorbise niciodată despre ele.

— Frate... Asta da, veste bună. Cum ai reuşit să convingi o fată atât de bună să fie iubita ta? glumi Noah.

Se bucura pentru fratele său. Nimeni nu putea fi mai potrivit pentru Jack decât Jessica.

— Am şi eu farmecul meu... râse Jack.

— Felicitări, Jack... spuse şi Logan, privindu-l cu seriozitate.

— Mulţumesc...

— Ai grijă ce faci şi cum te porţi cu ea, îi şopti Logan, în timp ce îl îmbrăţişa.

Jack nu-i răspunse, însă îl privi concentrat

câteva clipe. Se aşeză lângă Jessica şi o ţinu în braţe. O linişte necunoscută i se cuibări în suflet.

Mai târziu, când Jack ieşi afară, Logan veni după el, decis să vorbească serios cu fratele lui mai mic.

— Ce-i cu toate astea?

— La ce te referi?

— Tu şi Jessica. Ce-ai de gând, să-i frângi inima, aşa cum ai făcut cu atâtea altele?

— De unde ştii tu asta? se încruntă Jack.

— Lasă prostiile, ştiu cu cine am de-a face. Nu eşti decât un fustangiu şi de data asta e vorba de Jessica. Unde ţi-e mintea? Nu-i o fată oarecare, Jack. E prietena ta cea mai bună, ce te-a apucat?! se răsti Logan, venind spre el.

— Nu-i treaba ta ce fac, Logan. Mai bine ţi-ai vedea de roşcata ta şi m-ai lăsa în pace! ripostă Jack, venind, la rândul lui, spre Logan.

— Ce?! Nu e roşcata mea, ce ţi-a venit?! În plus, nu ea e subiectul discuţiei noastre. Nu te las să-i faci rău unei fete minunate ca Jessica. Gândeşte-te şi la reacţia Rebeccăi când îşi va vedea fiica plângând din cauza ta. Cum poţi să fii atât de lipsit de inimă, mai ales cu nişte persoane care s-au purtat atât de frumos cu noi încă de când am venit în oraşul ăsta? Ştiam că eşti un tânăr problematic, dar acum mi-ai dovedit că eşti mai rău de atât. Nu eşti în toate minţile, Jack! Când o să te maturizezi odată?

— Ştii ceva, Logan? Discuţia asta e lipsită de sens. N-are rost să mă cert cu tine. N-ai decât să-ţi vezi de viaţă. Eu voi face acelaşi lucru ca până acum. Nu poţi controla totul în jurul tău, cu atât

mai puțin pe mine. Cu cât înțelegi asta mai repede, cu atât va fi mai bine pentru toată lumea.

— Ascultă-mă bine, Jack. Dacă o rănești pe Jessica, vei avea de-a face cu mine, atât îți spun... rosti Logan, micșorând și mai mult distanța dintre ei.

— Nu zău... și cine ești tu, mă rog, de o aperi cu atâta înverșunare? Nu mi-e frică de tine, Logan. Niciodată nu mi-a fost. Ești doar un tip care pretinzi că ești perfect și că le știi pe toate. Ei, bine, nu e chiar așa. Ia stai... nu cumva o vrei pe Jessica pentru tine? Spune-mi, de-asta reacționezi așa?

— Ești un idiot, Jack. Știi la fel de bine ca mine că nu e vorba despre asta. Păcat că sunt singurul dintre noi doi care gândește, ca întotdeauna.

— Ce se întâmplă aici?

Logan și Jack se îndepărtară unul de celălalt, văzându-l pe fratele lor mijlociu îndreptându-se spre ei.

— Nimic... Logan îmi spunea niște lucruri, ca de la bărbat la bărbat...

— Serios? Mie mi s-a părut că mai aveați puțin și vă luați la bătaie, ceea ce ar fi complet prostesc, mai ales dacă ne gândim că le respectați pe doamnele care sunt în casă. Nu cred că vreți să vă surprindă astfel. Știu că aveți diferențele voastre de opinie, dar reveniți-vă. Până la urmă, suntem frați și trebuie să ne înțelegem, indiferent de orice. Acum ați face bine să vă întoarceți în casă, dacă nu vreți să treziți bănuieli.

— Ai dreptate, Noah. De obicei nu mă comport așa, dar Jack are uneori talentul de a mă enerva la culme, zise Logan, respirând cu greuta-

te şi controlându-şi impulsul violent.

— Ce să spun, cine vorbeşte... nu eşti decât un încăpăţânat care crede că toată lumea trebuie să facă ce spune el, spuse Jack, pe un ton iritat.

— Sunteţi mai rău decât doi copii mici uneori.

Noah se deplasă între ei, privindu-i cu severitate. Mai făcuse asta de-a lungul timpului, însă acum lucrurile păreau mai serioase ca oricând.

Logan se întoarse şi plecă, încercând să-şi alunge sentimentul de nervozitate. Noah îl urmă, făcându-i semn lui Jack să intre în casă.

— Trebuie să merg la bar, le zise Logan tuturor celor care se aflau în casă.

— Aşa de repede, dragule? îl întrebă Abygail, observând încordarea pe care fiul ei cel mai mare încerca s-o ascundă.

— Da, am multe de făcut... Ne vedem mai târziu.

— Şi eu trebuie să merg la sală, anunţă Noah.

— Bine...

Abygail simţi o uşoară tristeţe. Îi plăcea să-şi vadă fiii lângă ea sau măcar să-i ştie prin preajmă. Erau fiinţele pe care le iubea cel mai mult.

După ce Jessica şi Jack plecară să se ocupe de aranjatul sălii de dans, cele două vechi prietene rămaseră să discute despre copiii lor.

— Mă bucur foarte mult pentru Jessica şi Jack. Frumoşii ăştia doi sunt meniţi să fie împreună... Adică, ştiu cum e Jack, dar să sperăm că de data asta va fi bine, zise Abygail, entuziasmată.

— Tocmai fiindcă ştiu la ce te referi, sper ca el să nu o facă să sufere. Jessica îl iubeşte din toa-

tă inima şi îmi doresc foarte mult ca fiica mea să fie fericită.

— Nu pot decât să sper că se va întâmpla ceva foarte frumos şi că vom avea parte de o poveste de dragoste frumoasă din partea lor, dar şi din partea celorlalţi doi fii ai mei. Vreau să-i ştiu fericiţi şi iubiţi, aşa cum merită...

— Te cred, draga mea Abby. Şi eu îmi doresc acelaşi lucru pentru Jessica. Să sperăm că dragii noştri copii vor avea parte de fericire şi iubire.

— Aşa să fie, draga mea Rebecca.

*

— Ce faci, Logan, bei în timpul serviciului?

— E doar un pahar... Şi îmi pot lua liber după aceea dacă vreau, îi răspunse Logan roşcatei care îl privea mirată.

— Nu bei, decise Lindsay, luându-i paharul din faţă şi aruncând conţinutul în chiuvetă.

Avea noroc că nu se afla nimeni în bar la ora aceea, fiindcă era ora închiderii.

— Cine te crezi, Lindsay? se supără Logan, ridicându-se de pe scaun şi privind-o încruntat.

Îşi simţea corpul încordat. Numai ea era de vină. Mereu se tulbura în preajma ei şi aproape de fiecare dată simţea o dorinţă ciudată şi nebunească de-a o săruta. În mod sigur era ceva cu el. În mod normal, nu se comporta aşa, însă nu mai avusese o astfel de angajată, atât de tânără, disponibilă şi roşcată. Şi îndrăzneaţă...

— Sunt angajata ta şi trebuie să-ţi aduc aminte că alcoolul nu e o idee bună pentru nici

o problemă, în general. Vorbeşte cu mine, Logan, ştii că măcar atât poţi să faci... Ce s-a întâmplat, e vorba despre vreo femeie? îl întrebă, punându-şi palma pe braţul lui, într-o atingere care îi arse pe amândoi, într-atât de puternic o resimţiră.

— Nu chiar, dar... oricum, nu e ceva ce te priveşte pe tine, răspunse Logan, dându-se un pas înapoi ca să mărească distanţa dintre ei.

Îşi detesta semnalele corpului, care îl făceau să fie conştient de puterea ei de atracţie. Cum putea să fie atât de dulce şi de apetisantă în acelaşi timp era un mister pentru el.

— Bine, ziceam şi eu... de obicei, bărbaţii beau din cauza unei femei. Dar eu nu pot să te las să bei, mai ales că e posibil să mai vină vreun client şi să te găsească aşa. Ce-ar spune despre tine? Nu te gândeşti la asta?

Parcă nu-l recunoştea: Logan cel pe care îl ştia n-ar fi făcut asta.

— Mai sunt cinci minute, sigur nu mai vine nimeni. În plus, de la un pahar nu mă îmbăt. Cât despre tine, din partea mea, poţi pleca acasă, ţi-ai terminat programul.

— Logan, nu te pot lăsa singur aici, să bei şi să se întâmple ceva. Ce-i cu tine?

— Poate că nu mai vreau să fiu responsabil şi plictisitor... De ce nu pot să fac şi eu o nebunie, măcar din când în când?

— Ce? Cine ţi-a spus asta?

— Am avut o discuţie cu Jack despre el şi Jessica. Ştii că sunt iubiţi?

— Aha. Şi... te deranjează? îl întrebă, ridicând o sprânceană.

— Doar în sensul în care ştiu ce fel de bărbat e fratele meu. El e mai... instabil atunci când vine vorba de femei. Ştii ce vreau să spun...

— Cred că ei doi sunt destul de mari ca să ştie ce fac. Însă spiritul tău protector e de apreciat. Ţii mult la Jessica, nu-i aşa? Sau... e mai mult decât atât?

— De ce spune asta toată lumea? Nu am astfel de sentimente pentru Jessica. Sunt doar... îi vreau binele, atâta tot. Dar, analizând mai bine situaţia, poate că ai dreptate, Lindsay: e treaba lor ce fac... Logan îşi încrucişă braţele la piept. S-a făcut târziu, ar trebui să plecăm...

— Aşa e, ar trebui... Dar vreau să te conving să faci o nebunie... Trebuie să-ţi dai voie să trăieşti, Logan. Nu există perfecţiune, nici măcar tu nu poţi fi perfect. Însă eşti perfect pentru mine...

Se apropie de el şi-l îmbrăţişă.

— Lindsay... ştii că nu e o idee bună. N-ar trebui nici măcar să mă gândesc să fac asta cu tine. Eşti angajata mea. Nu vreau probleme.

Îşi puse mâinile pe braţele ei, în dorinţa de a o îndepărta de el cât încă mai putea...

— Logan... De-o vreme încoace, ai devenit problema mea preferată... N-ar trebui, ai zis? Deci te-ai gândit la asta, la noi, măcar o dată? îl întrebă, privindu-l cu drag.

Lindsay putea face pariu că nu-şi dă seama ce ochi frumoşi avea când făcea pe seriosul. De fapt, Logan era atrăgător în întregime. Până şi ea era surprinsă de ceea ce făcea, însă nu mai gândea cum trebuie atunci când se afla în preajma lui.

— Eşti foarte amabilă, dar...

— Logan Connor, ascultă-mă bine: nu ești plictisitor și în niciun caz nu e un lucru rău faptul că ești responsabil. Chiar mi-ai indus și mie puțină responsabilitate, una care se evaporă însă atunci când ești lângă mine, explică Lindsay, înconjurându-i gâtul cu brațele, în timp ce se lipea tot mai mult de el, pentru a nu-i lăsa vreo cale de scăpare.

— Lindsay... cred că ai băut ceva, de faci toate astea... nu se poate... protestă el, înconjurându-i talia cu brațele și simțind că e pe cale să piardă acel joc al seducției.

— Tocmai o fac... și crede-mă că nu am băut nimic. Sunt perfect conștientă de faptele mele... De când m-ai sărutat acum câteva zile, am vrut să te simt din nou, Logan. Nu e nimic greșit în asta. Uite, ca să-ți fie mai ușor, mâine putem uita că facem asta...

— În mod sigur... Lindsay... ce-mi faci... ce mi se întâmplă cu tine? întrebă Logan, în timp ce-i mângâia chipul și buza de jos, simțind că ia foc în momentul în care văzu că-și linge ușor buzele, invitându-l s-o sărute.

— Exact ceea ce-mi faci tu mie, Logan... Ne facem unul altuia același lucru... Dacă nu mă săruți tu primul, o voi face eu. Nu mai rezist...

— Și vom uita totul despre asta, mâine... da?

Logan își apropie buzele la câțiva centimetri de ale ei. Roșcata era periculoasă: îl făcea să uite de tot ... iar felul în care se lipea de corpul lui îl înnebunea...

— Absolut tot... confirmă ea, întreruptă apoi de sărutul lui pasional, blând la început și pătimaș mai apoi.

O săruta de parcă ar fi fost ultimul lucru pe care îl făcea: îi explora buzele, trecându-şi limba peste ele, explorându-i şi interiorul gurii, făcând ca totul să ardă în jurul lor... O urcă pe masa barului, ţinându-şi palmele pe mijlocul ei, în timp ce o săruta în continuare. Mâinile ei se plimbară pe chipul, pe pieptul lui. Sărutul dură câteva minute, timp în care îşi strecură mâinile sub tricoul lui, simţindu-i pielea. Logan s-a îndepărtat de ea, privind-o, încercând să-şi revină. Fusese atât de intens... prea mult, prea repede, prea puternic... Nu-şi putea permite luxul de a se ataşa cumva, din greşeală, de ea.

— Data viitoare vom avea nevoie de un pat, Logan. E a doua oară când ne sărutăm în bar... De ce te-ai oprit? îl întrebă, coborând de pe masa de bar.

Se simţea rănită în orgoliu: vedea respingerea în ochii lui.

— E cel mai bine aşa, Lindsay. Ai vrut un sărut, l-ai primit. Mai mult de atât nu-ţi dau...

— Nu te amăgi singur, Logan. Vom ajunge şi la asta, te asigur. Nu ştiu de ce te prefaci că nu simţi nimic pentru mine, că nu mă vrei, când ştiu sigur ce-am simţit mai devreme.

— Atracţie fizică, Lindsay. Aşa se numeşte... îi zise el, privind-o serios.

Era răvăşit. Numai văzând-o stând în faţa lui, îmbujorată, cu părul în dezordine, şi gata să fie a lui, îl făcea să uite pentru o clipă ceea ce îşi promisese în urmă cu câţiva ani. Nicio femeie nu va avea rolul suprem în inima lui. Totuşi, ceva ce îi atrăgea de fiecare dată atenţia asupra ei: vulnera-

bilitatea din priviri. Lindsay ascundea mai multe decât lăsa să se vadă la prima vedere. Avea impresia că atitudinea de femeie fatală era o faţadă pentru a disimula cu totul altceva. Roşcata îl contraria într-un fel în care nu i se mai întâmplase cu vreo altă femeie.

— Şi? De ce mă respingi? De ce nu mă laşi să mă apropii de tine? Aşa ai făcut cu toate femeile din viaţa ta sau doar cu mine? Anunţă-mă când te decizi să fii cu mine, Logan. Vezi numai să nu fie prea târziu. Noapte bună! îi spuse, fulgerându-l cu privirea, după care plecă trântind uşa.

Logan închise rapid barul şi fiindcă o văzu la vreo două străzi distanţă, o urmă, simţind nevoia să-i vorbească, fie şi numai câteva minute. Era de nerecunoscut ceea ce făcea, chiar şi pentru el însuşi.

— Lindsay, aşteaptă!

— Ce-i? Ce-ai putea să-mi spui? Până acum, n-ai făcut decât să mi te opui. Vorbeşte cu mine, Logan, arată-mi că simţi ceva, că poţi fi capabil să ieşi din carapacea ta şi să fii sincer, atât cu mine, cât şi cu tine însuţi!

O irita faptul că el putea fi atât de convingător, deşi nu-i vorbise mai mult de câteva cuvinte.

— Vreau doar să-ţi spun că nu e cinstit să te las să te ataşezi de mine, fiindcă eu nu pot să fac asta, la rândul meu. Poate ţi se pare o prostie, dar acum câţiva ani, în urma plecării tatălui meu, mi-am promis că n-am să pun nicio femeie mai presus de familia mea, adică n-am de gând să mă însor vreodată. Alte femei au înţeles asta şi totul a fost foarte bine. Tu însă pari să fii genul care dez-

văluie prea puțin din ceea ce are de fapt în inima ei. Nu vreau să te fac să suferi, tocmai fiindcă am ajuns să țin oarecum la tine.

— Bine... trecând deocamdată peste cele-lalte detalii... de ce a plecat tatăl tău? V-a părăsit, nu-i așa? îl întrebă, conștientă de cât de greu îi venea lui să-i spună lucruri atât de personale.

— A părăsit-o pe mama pentru o altă femeie. Una mai tânără cu zece ani decât el. O oportunistă care l-a făcut să uite de noi, de familia lui.

— Când a plecat?

— Acum zece ani, când eu aveam 14 ani. Nu l-am mai văzut de atunci și nici nu-mi doresc să-l văd. Am aflat de la niște rude mai demult că tână-ra aceea l-a părăsit în final, furându-i și banii pe care îi avea în cont.

— Logan, nu știu ce să spun. E groaznic, dar asta nu are nici o legătură cu mine, cu noi... eu vreau doar să fiu cu tine, Logan. Ce-i atât de rău în asta?

— Nu ți-am spus totul, Lindsay. N-am vă-zut-o niciodată pe femeia aia și nici nu vreau asta, desigur, dar rudele mele mi-au zis că era...

— Nu-mi spune: roșcată...

Lindsay își mușcă buza de furie.

— Da...

— Stai puțin... doar nu crezi că eu aș fi feme-ia aceea... Logan! Pentru liniștea ta, îți jur că nu sunt acea femeie. Nu eu l-am luat pe tatăl vostru de lângă voi, ai înțeles? E o prostie din partea ta să crezi fie și pentru o secundă lucrul ăsta. Eu nu v-am cunoscut decât din pozele pe care mi le ară-ta Jessica atunci când eram colege la facultate.

— Nici n-am spus că...

— Dar te-ai gândit, Logan. O secundă, chiar te-ai gândit la asta. Ce credeai, că am venit să lucrez pentru tine şi să te jefuiesc? Ei bine, decât să ai impresia asta despre mine, mai bine demisionez chiar acum. N-am nevoie de toate astea şi nici de tine. M-am descurcat şi singură până acum, de ce să aştept afecţiune sau un salariu de la tine... nu eşti decât un... nici nu pot să te descriu, în clipa asta sunt prea nervoasă. N-ai decât să rămâi în lumea ta perfectă şi să fii în continuare aşa cum vrei, fără influenţa mea negativă! A! Şi dacă pentru o secundă am vrut să... ştii tu... nu a fost fiindcă voiam să te iau de soţ, Logan, ci fiindcă mi-am dorit să fiu cu tine...

— Lindsay, stai... n-am intenţionat să-ţi provoc o asemenea reacţie. Nu ştiu ce mi-a venit. Poate că nu trebuia să-ţi spun nimic... Îmi pare rău, n-am vrut să te supăr...

— Eşti cel mai înfumurat bărbat pe care l-am întâlnit, Logan Connor! Bine că nu vrei să te însori vreodată! Femeile vor fi mult mai fericite! Mâine voi mai veni la bar numai ca să-ţi las demisia mea scrisă. Abia aştept să nu te mai văd!

Lindsay opri un taxi care s-o ducă acasă. Nu-i venea să creadă ceea ce tocmai trăise. Logan Connor o purtase de la extaz la agonie, dacă era să poetizeze puţin situaţia... Şi nici măcar nu fusese un extaz în adevăratul sens la cuvântului... De ce credeau cei din jurul ei tot ceea ce era mai rău despre ea? Era nevinovată de acuzaţiile pe care el i le-a adus indirect. Aşa-i trebuia, dacă s-a uitat la el mai mult decât trebuia s-o facă. Era o nouă dez-

amăgire din partea destinului, una amară, care se adăuga la atâtea altele...

Logan ajunse acasă dezamăgit și nervos. Se purtase ca un ticălos. Pe bună dreptate reacționase Lindsay astfel. Totuși, nu-i mai vorbise altei femei despre amintirea aceea care îi otrăvise inima, copilăria și adolescența. De ce făcuse asta tocmai cu ea? Ce avea ea atât de special, încât îl făcuse să i se destăinuie?

*

— Știi, Noah... nu-i nevoie să mă tot conduci acasă. N-ai o iubită de care să ai grijă? îl întrebă Nadya, surâzând, simțind o ușoară strângere de inimă.

— Nu, n-am. Și, dacă nu te deranjează, m-aș simți mult mai bine să știu că ai ajuns cu bine acasă.

— Bine, cum vrei, dar să știi că...

— Știu, nu-i nevoie, dar vreau s-o fac, stărui Noah, zicându-și în sinea lui că e vorba numai de un gest de prietenie, nimic altceva.

Își aminti de reacția ei de mai devreme, la antrenament, când tricoul i se ridicase puțin mai mult decât trebuia, dezvăluindu-i abdomenul. Ar fi putut jura că, timp de câteva secunde, cât durase ca ea să se acopere, chipul ei devenise la fel de negru ca vânătaia pe care i-o văzuse. „Ți s-a părut", îi spusese ea, cerându-i să nu-i mai pună astfel de întrebări. Aproape îl implorase din priviri să nu o mai întrebe nimic, iar el cedase, numai ca să nu-i mai vadă privirea aceea tristă și pierdută. Uneori,

Nadya era zâmbitoare şi senină, iar în acele momente o simţea mai liniştită; alteori, se schimba la faţă şi îl ruga să n-o întrebe nimic, să nu o ia în seamă. Îi respecta dorinţa, cel puţin în aparenţă. Era imposibil de ignorat o femeie ca ea: pe lângă frumuseţe, sensibilitatea şi vulnerabilitatea o completau, întregind-o. O vedea bucurându-se când reuşea să-l lovească în timpul antrenamentului, pentru ca mai apoi să devină îngrijorată că poate l-a lovit prea tare. Acelea erau momentele în care Noah încerca s-o liniştească, spunându-i că era bine. Oricum, adevărul era că Nadya se descurca tot mai bine, iar asta îl mulţumea pe de o parte... Îşi dorea ca ea să se poată apăra singură de vreun eventual pericol, dar şi să se simtă în siguranţă. Era clar că ceva i se întâmplase în trecut, un lucru dureros, despre care nu îndrăznea să vorbească. Îi putea citi asta în privire şi, chiar dacă se cunoşteau doar de câteva zile, simţea că era ceva în neregulă cu ea. Dar şi cu el... devenea tot mai chinuitor să stea în preajma ei fără să simtă nevoia s-o sărute, iar atunci când o atingea întâmplător, se retrăgea, ştiind că ea urma să-l privească tulburător, ca un animal speriat. Atunci îi venea cel mai mult s-o ia în braţe şi s-o liniştească, dar se abţinea, respirând adânc şi uitându-se în altă parte, pentru binele amândurora. Îşi amintea şi lovitura ei uşoară pe care o suferise la picior, tot acum câteva ore. O ridicase în braţe şi o aşezase pe o bancă, cercetându-i glezna, deşi ea protestase la început, zicându-i că se putea descurca de una singură. Geamătul de durere pe care-l scosese mai târziu îl făcuse să reacţioneze.

Având-o câteva secunde aproape de pieptul lui, Noah simţise ceva ciudat. Era mai mult decât compasiune, de asta era sigur... Îi pansase glezna, sfătuind-o să meargă la doctor dacă nu-i trecea în câteva ore. Nadya refuzase categoric, spunându-i că avea să-i treacă de la sine, doar nu era ceva grav. Fiindcă maşina lui era în service, Noah îi propusese să ia un taxi, dar ea ţinuse să-i demonstreze că putea călca foarte bine pe picior. El cedase, în cele din urmă, având grijă să meargă cât de încet posibil, iar ea să nu-şi dea seama că încerca s-o protejeze. Era eleva lui, sigur că trebuia să aibă grijă de ea...

— De ce faci asta, Noah? De ce eşti atât de amabil cu mine? N-ar trebui... eu sunt doar...

— O femeie care are nevoie de ajutor, în cazul ăsta, de al meu, Nadya. Aşa sunt eu, nu trebuie să vezi ceva ciudat în asta...

— Poate că ai dreptate. Îţi mulţumesc pentru tot, serios... Mi se pare incredibil că există bărbaţi ca tine, zise ea, muşcându-şi uşor buza, ştiind că spusese prea multe. Privise apoi în altă parte, conştientă de frumuseţea stelelor care străluceau pe cer. În mod sigur, existau şi lucruri frumoase în viaţă...

— Ce vrei să spui cu *bărbaţi ca mine*? o întrebă, surâzând, surprins plăcut de tonul pe care îl simţise în vocea ei.

— Adică binevoitori. Eşti o raritate, Noah...

Fata zâmbi şi-şi făcu curaj să-l privească în ochi.

— Nu pot decât să mă bucur că ai părerea asta despre mine. Nici eu nu am mai întâlnit o femeie ca tine, Nadya.

— La ce te referi?

— La faptul că ești atât de liniștită și de calmă, dar atât de închisă în sine. Pare că duci o luptă cu tine însăți. Cel puțin, asta văd eu când te privesc.

— Nu vorbești serios... spuse ea, mirată de felul în care el reușea s-o citească.

— Ba da. E evident, deși nu vrei să lași să se vadă. În plus...

Noah își lăsă propoziția neterminată, sesizând că Nadya se uită peste umărul său. Vedea din nou teamă în ochii ei, lucru care îl surprindea, doar nu-i spusese nimic deplasat. Faptul că ea se lipi de pieptul lui dintr-o dată îl surprinse și mai mult. Parcă se ascundea.

— Nu te supăra, Noah, lasă-mă să stau puțin așa, te rog...

— Bine, dar ce s-a întâmplat? o întrebă pe un ton blând, îmbrățișând-o.

Se simțea atât de bine, încât i-ar fi spus că putea să stea în brațele lui cât voia, fiindcă el n-ar fi avut nimic de obiectat. Nadya nu apucă să-i răspundă. O opri întreruptă o voce masculină din spatele lor.

— Ia-ți mâinile de pe femeia mea! Numai eu am dreptul s-o ating! Ce, Nadya, credeai că nu te voi vedea?

Nadya se desprinse de Noah, care se răsuci spre cel care, în mod clar, îi inspira teamă brunetei.

— Owen, te rog, trebuie să pleci și să mă lași în pace! Iar mă urmărești? Știi că n-ai voie să fii în preajma mea! Numai gândul că exiști îmi face rău...

Owen vru să vină spre ea, însă Noah se deplasă în faţa ei, privindu-l cu mânie.

— Nu mai faci niciun pas spre ea. Ai auzit ce-a spus. Nu ştiu cine eşti, dar e clar că nu te vrea în preajma ei, iar eu mă voi asigura de asta... spuse Noah, făcând un pas către intrus.

— Nu că e treaba ta, dar sunt iubitul ei, iar tu te bagi unde nu trebuie... Pleacă de aici, discuţia e între mine şi Nadya, atacă Owen, făcând, la rândul lui, un pas spre Noah.

— Fost iubit, Owen, nu uita... Trebuie să-ţi reamintesc că am ordin de restricţie pe numele tău, interveni Nadya.

Spre disperarea ei, începuse să tremure şi nu putea suporta ideea.

— Nu dau doi bani pe ordinul ăla, Nadya, o ştii prea bine! Nu te mai prosti şi vino cu mine. Ştii că locul tău e alături de mine.

— Atunci ar fi bine să chem poliţia, să vedem ce are de spus despre asta, vorbi Noah, strângându-şi pumnii pe lângă corp.

— Nu chemi pe nimeni. Ar fi bine s-o laşi în pace pe Nadya, ea are nevoie de mine, nu de un băieţaş ca tine! Să-ţi spun nişte lucruri despre ea, să te convingi de ce fel de femeie e: în primul rând, nu e o amantă bună, dar nici o sfântă, aşa cum poate te-a păcălit că e...

— Chiar nu sunt obligat să ascult toate astea, Owen. Pleacă de aici şi las-o în pace! Ce i-ai făcut, de îi e atât de teamă de tine, ticălosule? întrebă Noah, simţind că mai are puţin şi exploda de nervi.

Nu i se întâmpla des, însă nu suporta gândul că bărbatul ăla o rănea pe Nadya doar privind-o

şi vorbindu-i.

— Mai vrei să ştii ceva, băieţaş? Nici măcar copii nu e în stare să facă, e o inutilă...

— Opreşte-te, Owen, te rog, nu face asta. N-ai niciun drept, strigă Nadya, cuprinsă de disperare.

Owen îl implica pe Noah în intimităţile lor, iar asta o durea enorm. Pur şi simplu secretele ei ieşeau la iveală brutal şi nemilos, fără să le poată opri.

— Gata, eu nu mai suport, e de ajuns! Pleacă de aici, Owen, vorbesc serios! Dacă te mai văd în preajma Nadyei, nu mă voi mai abţine să fac ceea ce îmi doresc atât de mult, rosti Noah, surprins de cele auzite.

În momentul respectiv, siguranţa Nadyei era însă mai importantă decât orice altceva.

Owen vru să-l lovească pe Noah, dar acesta se feri, încercând doar să se apere. Când Owen scoase un cuţit din buzunar, ştiu că trebuie să facă mai mult: îi pară loviturile, apoi, răsucindu-se în aer, îl lovit cu piciorul peste mâna în care ţinea cuţitul, făcând astfel ca Owen să-l scape pe jos. Owen încercă să-şi recupereze arma, însă Noah îl trânti la pământ dintr-o lovitură.

— Ascultă-mă bine, Owen, e ultima dată când ţi-o spun: dacă o mai deranjezi pe Nadya, pun poliţia pe urmele tale. Ai face bine să pleci din oraş. Dacă doar mi se pare că-ţi văd umbra, vei afla ce înseamnă să suferi, canalie! Eşti un ticălos care nu merită nici măcar să respire, m-ai înţeles?! îl întrebă, apăsându-i genunchiul pe gât.

— Noah! Te rog, nu-ţi cauza probleme din cauza lui. Nu merită! strigă Nadya, neîndrăznind să se apropie de ei.

— Aşa e, nu merită... Sper că ai înţeles foarte clar ce ţi-am zis, Owen. Dacă ne mai întâlnim fie şi o singură dată, vei ajunge în spital sau chiar mai rău... Nu mă face să repet!

Noah îi mai trase un pumn în faţă, făcându-l să sângereze. O luă pe Nadya plecară spre apartamentul ei. Tăcură amândoi, stânjeniţi. La un moment dat, el nu mai rezistă şi îi vorbi, sperând s-o facă să se simtă puţin mai bine:

— Nadya...

— Noah... ştiu ce vrei să mă întrebi, însă nu pot să te lămuresc, cel puţin nu acum. Te rog, trebuie să înţelegi... îmi pare rău că ai parte de neplăceri din cauza mea, dar...

— Nu e din cauza ta, Nadya. Numai ticălosul ăla e de vină, nu tu... zise el

Ajunseseră în faţa blocului.

— Ai dreptate... Îţi mulţumesc, ai fost acolo din nou când am avut nevoie de ajutor şi te apreciez foarte mult... Te mai rog un singur lucru, Noah...

— Ce anume?

— Uită ce-ai auzit în noaptea asta.

Nadya abia îşi reţinu lacrimile.

— Nu pot, Nadya. Pur şi simplu nu pot.

— Noah, te rog... Nu trebuie să te amesteci... Sunt problemele mele şi mă voi descurca foarte bine şi singură cu ele. Nu vreau să ai de suferit din cauza lor, spuse Nadya, luându-i mâna de pe chipul ei, deşi mângâierea lui fusese un adevărat răsfăţ. O uimea felul în care se purta cu ea.

— Nu poţi să ai singură grijă de tine, Nadya. Pot să te ajut, numai să mă laşi... Vino aici, îi ceru,

apropiindu-se de ea şi îmbrăţişând-o. Ea plângea deja, nemaiputându-se stăpâni. E-n ordine, plângi, numai să-ţi treacă. Ar trebui să intri, ar fi neplăcut să te audă cineva...

— Nu pot... să rămân singură, Noah... Vino cu mine... ca data trecută... îl rugă ea, ştergându-şi lacrimile.

Cu siguranţă arăta ridicol aşa, cu ochii plânşi. Însă mai rău era că avea inima zdrobită. Era un sentiment de care se săturase, însă de care nu putea să scape...

— Nu, Nadya, nu la fel ca data trecută. Dacă intru acum, îmi vei spune tot, ştii asta, nu-i aşa? Vreau să ştiu totul, bine?

— Dar nu pot, Noah. Vei crede că sunt...

— Nu voi crede nimic. Nu te judec, Nadya, vreau doar să te ascult. Te va ajuta să-ţi descarci sufletul, sunt convins.

— În momentul ăsta, nu mai ştiu ce fac, Noah. Bine, fie... Nu vreau să rămân singură, deşi nu-i corect să-ţi cer să rămâi...

— Lasă asta în seama mea, Nadya... Hai să intrăm, se răcoreşte.

Nadya intră în bloc, urmată de Noah, care se gândi că, în sfârşit, urma să afle răspunsurile la întrebările pe care şi le punea întruna de o vreme încoace. Avea mare nevoie de ele.

Odată ajunşi în casă, se aşezară pe canapea. Nadya întoarse capul, conştientă că Noah o fixa din priviri.

— Nici nu ştiu de unde să încep... îi zise, trecându-şi o mână prin păr.

Gestul îl făcu pe Noah să clipească des câte-

va secunde, pentru a se concentra şi a-şi păstra judecata.

— De unde vrei, numai să-ţi descarci sufletul atât de apăsat...

— Mă vei judeca şi poate nici nu vei mai vrea să mă antrenezi.

Nadya îşi făcu curaj să-l privească. Ghici bunăvoinţă în privirea lui şi, poate, ceva în plus...

— Nu voi face asta, nu ăsta e rolul meu. Vreau doar să te ajut într-un fel, Nadya...

— Bine. Pe scurt, povestea e asta: m-am îndrăgostit de Owen acum şase luni. S-a purtat atât de frumos cu mine la început, încât am crezut că el e alesul meu. Dar n-a fost să fie aşa... M-am certat şi cu părinţii pentru el, iar de atunci am întrerupt orice legătură cu ei. Ei susţineau că nu e bărbatul potrivit pentru mine, însă nu i-am ascultat, orbită de sentimente. Mai târziu, a început să devină tot mai gelos, deşi nu-i dădeam motive. De la gelozie la violenţă nu a fost decât un pas. A început să mă lovească. Privind în urmă, realizez că m-a rănit şi psihic. După prima palmă, a căzut în genunchi în faţa mea şi m-a implorat să-l iert, iar eu am făcut-o, fiindcă l-am iubit... Mi-a jurat că nu-mi va mai face rău vreodată, iar eu l-am crezut... Nu m-a mai lovit de atunci, până când i-am mărturisit ceva care l-a făcut să devină din nou violent...

— Presupun că e ceva important, din moment ce te-ai albit la faţă... Despre ce e vorba?

— Doare numai când mă gândesc la asta, spuse Nadya, închizând ochii.

— Sunt aici şi nu plec nicăieri, crede-mă.

Noah o luă de mână, încercând s-o liniștească.

— Am fost... am avut... i-am spus că am rămas însărcinată. Eram atât de fericită, credeam că un copil ne va uni și mai mult, însă... a început să mă lovească. A făcut-o în mod repetat, în timp ce mă jignea și îmi spunea tot felul de lucruri pe care nu le meritam... În cele din urmă, un vecin m-a scos din mâinile lui și a chemat ambulanța. Deși am fost transportată repede la spital și am încercat să-mi apăr copilul de loviturile lui, nu am reușit... L-am pierdut... am pierdut o ființă nevinovată, pe care mi-o doream enorm... Și nu am fost vinovată cu nimic... Uite aici...

Cu lacrimi în ochi, Nadya se ridică de pe canapea și aduse o cutiuță. În ea, Noah văzu testul de sarcină, dovada că Nadya fusese într-adevăr însărcinată.

— Eu... n-am putut să-l arunc... îi mărturisi ea, așezându-se din nou pe canapea.

Putea să-i citească furia și surprinderea pe chip. În acele momente, simțea că Noah rezonează cu ea.

— Nadya... Nici nu știu ce să spun... Nu mă așteptam la asta... Nu știu decât două lucruri: sper să nu-l mai văd pe Owen în fața ochilor vreodată, altfel va regreta până și faptul că s-a născut, crede-mă... Al doilea lucru e că, dacă îmi dai voie, voi fi alături de tine în felul în care vei dori. Îmi pare atât de rău pentru ce ți s-a întâmplat, Nadya... nu pot să exprim în cuvinte ceea ce simt acum... Ești o femeie minunată și nu meritai ororile la care ai fost supusă...

— Mulţumesc, dar nu vreau mila ta. Ţi-am spus toate astea doar fiindcă mi-ai cerut.

— Dar nu e vorba de milă. E... ceea ce simt... Oricum, sunt sigur că va veni şi ziua în care vei fi pregătită să încerci să iubeşti din nou, dar şi să devii mamă, dacă îţi doreşti. Nu trebuie să renunţi. Suntem oameni şi nu putem trăi fără iubire. Iubirea e în natura noastră, sau, oricum, a unora dintre noi, a celor care sunt capabili de ea... Vei fi bine, ai încredere, o încurajă el, îmbrăţişând-o.

Fata plângea în braţele lui, iar el nu putea decât să încerce s-o aline, aşa cum ştia mai bine. În sinea lui, suferea pentru durerea ei.

— Îmi pare rău, Noah, dar nu mai pot... pur şi simplu nu mai pot să mă abţin... doare... doare atât de mult... Nu vreau să te obosesc cu toate astea... Iartă-mă, îl rugă, plângând în continuare la pieptul său.

— Nu vorbi aşa, Nadya... nu mă oboseşti... Sunt aici, lângă tine şi nu plec nicăieri... nici măcar dacă mi-o ceri...

Noah simţea un regret profund, însă ştia că plânsul o ajuta. Îşi dădea seama că se ataşează tot mai mult de ea, deşi o cunoştea de puţin timp. Timpul însă nu părea esenţial când venea vorba de sentimentele lui pentru ea, sentimente care deveneau tot mai puternice.

Câteva minute mai târziu, puţin mai liniştită, Nadya se desprinse de Noah, privindu-l jenată.

— Mulţumesc că ai mai rămas. Dacă ai alte planuri, nu vreau să te reţin...

— Nu am alte planuri, Nadya şi nu trebuie să-mi mulţumeşti. Voi rămâne aici peste noapte.

Voi dormi aici, pe canapea. N-am de gând să plec. Eşti în siguranţă cu mine, ştii asta, nu-i aşa?

— Da, ştiu... Bine, atunci, rămâi. Te rog să te simţi ca acasă. Eu merg la culcare. Noapte bună, Noah!

— Mulţumesc şi noapte bună, Nadya! îi zise el, privind-o în timp ce mergea spre camera ei.

Atât de fragilă, de sensibilă, de îndurerată, şi totuşi, atât de femeie... vulnerabilitatea ei îl făcea să simtă o nevoie bruscă de a o proteja. Cu aceste gânduri, Noah se întinse pe canapea. Adormi cu greu în noaptea aceea.

Capitolul 6

Soneria telefonului îl trezi din somn pe Logan. Era șase dimineața.

— Da? rosti cu glas somnoros.

— Logan, sunt Chad Reeds. Îmi cer scuze că te trezesc la ora asta, dar trebuie să vii imediat la bar.

— Oricum veneam, dar puțin mai târziu. Ce s-a întâmplat?

Îl cuprinse o stare de neliniște. În fond, vorbea cu căpitanul pompierilor secției 51 din San Diego.

— Barul tău... a luat foc. Vino acum, Logan, eu trebuie să închid. Vorbim când ajungi.

Logan se ridică din pat mai repede ca niciodată, se îmbrăcă și a plecă. Conduse cu viteză. Strângea volanul în mâini, oarecum ușurat de faptul că mama lui încă dormea la ora aceea. Oricum avea să afle, dar în acele momente nu putea să vorbească cu ea, atât de îngrijorat era.

În câteva minute ajunse în fața barului. Pompierii se luptau cu flăcările. Vacarmul din jurul lui se făcea resimțit și în interiorul său. Era cuprins de o deznădejde și de o tristețe cruntă. Barul acela fusese visul său de o viață, vis care acum se năruia în fața ochilor, iar el nu putea face nimic.

— Ce s-a întâmplat, Chad? îl întrebă Logan pe șeful pompierilor, trecându-și o mână prin păr.

— Abia am ajuns și noi. Apelul a fost dat acum douăzeci de minute.

— De către cine?

— De o persoană care în aceste momente se află în interiorul barului și care mai mult ca sigur a inhalat ceva fum. Încercăm s-o scoatem de acolo

cât mai repede, însă există pericolul unei explozii.

— Ce?! S-o scoatem?

— Da, persoana care a sunat are voce de femeie.

— Doamne, Dumnezeule, Chad! E Lindsay! Trebuie s-o scoţi de acolo cât mai repede, mă auzi?! îi zise Logan, apucându-l de braţ.

Avea un sentiment ciudat şi era mai îngrijorat ca oricând, iar ceva îi spunea că îl preocupa mai degrabă starea femeii decât a clădirii.

— Calmează-te, Logan, facem tot posibilul, crede-mă...

— Intru acolo, să ştii, Chad. Nu mai aştept nici un minut, îl avertiză Logan, îndreptându-se spre clădirea în flăcări.

Chad îl prinse de braţ.

— Nu pleci nicăieri, Logan! Ai înnebunit?! Stai aici, nu vreau încă o victimă în dimineaţa asta!

Logan îl privi cu o hotărâre de nezdruncinat, ştiind că nu poate să facă decât un singur lucru. Gândul că Lindsay era în clădirea care ardea îl înnebunea. Se eliberă din strânsoarea lui Chad şi alergă într-un suflet spre bar, ignorând strigătele alarmate ale lui Chad, negându-şi teama pentru propria viaţă. Unicul său gând era s-o scoată pe Lindsay de acolo vie şi nevătămată. Un pompier fugea după el pentru a-l aduce înapoi la Chad. Logan era conştient de pericolul la care se expunea, însă nu-i păsa. Tot ce conta în acele momente era ea...

Intră repede în bar, întrebându-se unde ar putea fi Lindsay. Încercând să se ferească din

calea flăcărilor, o strigă, fără să primească însă vreun răspuns. La un moment dat, o zări întinsă pe jos, cu ochii închişi. Fără să se gândească prea mult, îşi scoase geaca şi o acoperi, verificându-i rapid pulsul. Era normal şi fata respira. O luă în braţe şi ieşi cu ea afară din bar. Pe Lindsay o prelua imediat medicul de pe ambulanţă, care îi puse masca de oxigen. Ambulanţa plecă de urgenţă la spital.

— Eşti nebun, Logan?! Ce-a fost asta?!

— Las-o pe altădată, Chad. Mă duc la spital, n-am timp de morala ta.

— Să faci bine să te duci la medic, auzi? Vorbim noi mai târziu, poţi să fii sigur ... îi strigă Chad, preocupat. Se întoarse apoi spre oamenii săi, dându-le indicaţii.

Logan îl ignoră, urcându-se în maşină. În clipele acelea, nu mai raţiona. Orice i s-ar fi spus, ar fi trecut neobservat. Nu se gândea decât cum să ajungă mai repede la spital. Sigur că ar fi fost îngrijorat pentru oricine s-ar fi aflat în acele momente în bar, însă când venea vorba de Lindsay era cu totul altceva, deşi îl tulbura starea pe care o avea când se gândea la ea. Mirosea a fum, dar nu-i păsa. Orice altceva în afară de dorinţa de a o vedea mai putea aştepta. Drumul la spital nu i s-a părut vreodată mai lung decât atunci. Ce căutase Lindsay în barul lui, la ora aceea, atât de devreme? O bănuială sumbră îi întunecă sufletul o fracţiune de secundă. O alungă, sperând că totul se va lămuri curând. De ce trebuia să fie atât de misterioasă, de feminină, de îndărătnică şi de... dulce? De ce nu putea să fie o femeie simplă, liniş-

tită, care să nu-l provoace atât?

Logan conducea în viteză, absorbit de gânduri. Nu se mai recunoştea. Ce i-a venit să facă pe eroul şi să intre într-o clădire în flăcări pentru... Lindsay, când se puteau ocupa foarte bine pompierii de salvarea ei? Hotărât lucru, în ultima vreme, nu mai era el însuşi...

Odată ajuns la spital, Logan merse la biroul de informaţii şi află în ce salon era Lindsay. Ajungând în faţa uşii, îl opri să intre doctorul care tocmai ieşea.

— Cum se simte, doctore? îl întrebă Logan, având un ton neliniştit şi nerăbdător.

— Deocamdată nu poţi intra, Logan, dar te voi anunţa imediat ce va fi posibil. Cât despre pacientă, îşi va reveni, dar a inhalat o cantitate destul de mare de fum şi deocamdată respiră cu ajutorul aparatelor.

— Dar îşi va reveni, nu-i aşa, doctore?

— Da. Mă scuzi, trebuie să mă ocup de alţi pacienţi. O zi bună, Logan!

— La fel, doctore.

Logan se aşeză pe un scaun, dar nu rezistă mai mult de câteva secunde. Mai puţin şi răbufnea de încordare. Câteva minute mai târziu, plimbându-se prin faţa salonului, deschise puţin uşa, simţind nevoia s-o vadă pe Lindsay măcar câteva clipe, fie şi de la distanţă. Când o zări întinsă pe pat şi conectată la aparate, i se strânse inima. Prefera s-o vadă agitându-se pe lângă el sau făcând ceva, orice, numai să nu o ştie acolo, pe patul acela de spital. Nici el nu ştia cum era posibil să simtă toate acele lucruri pentru o femeie recent

întâlnită, însă viaţa putea oferi uneori nişte lecţii atât de dure... Închise uşa, aşezându-se din nou pe scaun, încrucişându-şi braţele şi privind cu seriozitate în jur. Se purtase ca un ticălos cu Lindsay. Avea tot dreptul să fie supărată pe el, însă era prea târziu, nu mai putea face nimic. Urma să se lămurească şi cauza incendiului când Lindsay avea să deschidă ochii, iar atunci va decide ce va face... Ei, bine, trebuia să admită că voia s-o convingă să nu demisioneze, asta dacă va reuşi să refacă barul cât mai repede în urma incendiului. El, Logan Connor, avea nevoie de ajutor, lucru atât de neobişnuit pentru latura lui independentă. Desigur, avea nevoie şi de Lindsay, însă numai fiindcă era cea mai bună barmaniţă pe care o avusese, iar faptul că s-a dus după ea într-o clădire în flăcări era doar un lucru minor, caracteristic cavalerismului insuflat de mama lui.

Îşi masă gâtul, simţind încordarea care îi cuprinse întreg corpul. Nu putea decât să spere că Lindsay se va trezi repede şi că lucrurile se vor lămuri... în privinţa incendiului, desigur. Nici nu se gândea s-o sărute din nou... roşcata aia ispititoare aducea numai necazuri, în special pentru liniştea lui sufletească... Numai când se gândea că Lindsay ar fi putut foarte bine să-şi piardă viaţa în incendiu i se făcea rău... Ce putere avea roşcata, de îl aduce în starea de a fi îngrijorat pentru viaţa ei?

În seara aceea, Lindsay deschise ochii, privind cu îngrijorare în jur.

O durea tot corpul, iar amintirea celor întâmplate începea să-i devină tot mai clară. Se frecă pe

frunte. O durea capul groaznic.

— Bună, Lindsay, în sfârşit, te-ai trezit... Cum te simţi?

Lindsay înghiţi cu greu, simţind că-i vine greu să vorbească.

— Ca şi cum aş fi scăpat dintr-un incendiu... glumi ea, făcând o grimasă din cauza durerilor crunte. Doctore, vă rog, spuneţi-mi că nu am arsuri...

— Nu ai, stai liniştită. Îţi voi da un calmant pentru dureri. Ai inhalat mult fum, atâta tot, din fericire. Ai avut noroc, ai fost găsită la timp de către vizitatorul care stă de azi-dimineaţă afară, pe hol. Ţi-a salvat viaţa, Lindsay, îi explică doctorul, injectându-i un calmant în perfuzie.

— Un vizitator? se miră ea.

— Da. Nici n-a vrut să plece acasă de când a ajuns aici, odată cu ambulanţa care te-a adus pe tine. Vrei să-l primeşti?

— Bine... dar cine e? Mă tem că sunt puţin confuză: nu-mi amintesc decât incendiul, flăcările acelea care erau atât de aproape de mine... Cred că mi s-a făcut frică şi apoi s-a întunecat totul în jurul meu...

— Logan Connor. El te-a scos de-acolo, în ciuda avertismentelor lui Chad, căpitanul pompierilor solicitaţi să intervină pentru stingerea incendiului. Crede-mă când îţi spun că eşti foarte norocoasă, Lindsay. Mă duc să-l chem, pare foarte nerăbdător să te vadă.

Lindsay rămase surprinsă la auzul celor spuse de doctor. Nu-i venea să creadă că tocmai Logan a fost cel care a salvat-o. Ar fi putut să parieze

că ea nu reprezenta decât o problemă pentru el. Nu mai înțelegea nimic. Sperase să nu mai fie nevoită să-l vadă, tocmai de aceea dusese atât de devreme cererea de demisie la bar. Incendiul o luase prin surprindere. Câteva secunde mai târziu, Logan îi întrerupse șirul gândurilor. Deschise încet ușa și rămase în prag.

— Bună, Lindsay, cum te simți? o întrebă, privind-o cu un amestec de teamă și îngrijorare.

— Bună, Logan... Bine, din câte spune doctorul. Tot el mi-a zis că tu m-ai scos din flăcări, iar pentru acest lucru îți sunt recunoscătoare. Cât despre demisia mea...

— O resping, îi zise el, hotărât.

— Tu... ce?! Cum adică o respingi? Am crezut că vei fi mai mult decât fericit în urma demisiei mele...

Logan arăta atât de obosit și de îngrijorat, încât aproape că îi părea rău de el.

— Așa cum ai auzit. Nu văd niciun motiv întemeiat pentru care să demisionezi. Și nu am nevoie de recunoștința ta, ci de ajutorul tău, Lindsay... adăugă, apropiindu-se încet de pat. Chiar ești în regulă? repetă, privind-o într-un mod înduioșător.

— Da. Spuneai că vrei să te ajut. Cum anume? Asta dacă decid să rămân angajata ta...

— Din fericire, barul e asigurat. Am nevoie de ajutor la reconstrucția lui și la tot ce înseamnă redecorarea și reluarea activității. Nu renunț la ceea ce am muncit atât de mult și, de asemenea, nu renunț la tine, Lindsay. Ești cea mai competentă barmaniță pe care am avut-o, iar acesta e un

lucru pe care nu-l pot găsi oriunde... îi explică, ne-recunoscându-se pe sine.

— Nu, zău? Şi cum ai de gând să mă convingi? îl întrebă, având un surâs întipărit pe chip. Nu îşi putea permite să se ataşeze de el, însă nu îi putea rezista. Logan era prea mult pentru ea.

— Rugându-te frumos, dar şi cerându-mi scuze pentru felul în care m-am comportat... îi zise el, zâmbindu-i în sfârşit. Ştiu că te-am rănit, iar tu nu mi-ai dat motive să te tratez astfel... Ce pot să spun, sunt un adevărat ticălos uneori... Dar voi face eforturi să te tratez într-un mod cât mai bun cu putinţă... Ştii, nu sunt obişnuit să-mi cer scuze, însă mi-am dat seama că uneori e necesar să fac şi acest lucru...

— Doar uneori? Adică scuzele nu sunt since-re? îl întrebă Lindsay, reţinându-şi cu greu zâm-betul când observă aerul uşor încurcat al lui Lo-gan.

— Ba da, scuzele sunt sincere... Asta nu în-seamnă că mi-e uşor să le spun... Haide, Lindsay, spune-mi odată ce ai hotărât sau...

— Sau ce? Ai de gând să devii din nou un ti-călos? îi zise ea, zâmbindu-i.

— Sau... asta... spuse el apropiindu-se şi să-rutând-o uşor pe buze, conştientizând cât de mult şi-a dorit să facă asta din nou.

Se desprinse apoi de ea, privind-o cu seriozi-tate şi aşteptându-i reacţia.

— A fost surprinzător, dar e o idee foarte bună, Logan... Voi lucra din nou pentru tine nu-mai dacă vei face asta mai des.

Dacă a sărutat-o însemna că nu era chiar

imun la ea, aşa cum i-a tot dat impresia.

— Lindsay... mă şantajezi... chiar eşti surprinzătoare. Nu am mai întâlnit o femeie ca tine. Nu sunt obişnuit cu o astfel de femeie... nu ştiu unde vrei să ajungi cu toate astea, dar fie... Însă nu înseamnă nimic, bine? Nu vreau să-ţi faci prea multe speranţe în privinţa mea... îi zise el, uşurat că a reuşit s-o convingă.

— De acord, Logan. Nu vreau decât să mă simt bine cu tine. Nu e nimic romantic, te asigur. Mai am ceva de zis, doar ca să te lămuresc în privinţa mea: am venit mai devreme la bar în dimineaţa asta fiindcă voiam să-mi las demisia pe masă fără să te văd. Nu eu sunt vinovată pentru incendiu, Logan. N-aş putea să fac aşa ceva, să-ţi fac ţie aşa ceva... Spune-mi că ai măcar atâta încredere în mine...

— Nici nu m-am gândit la asta, Lindsay...

— Ce-a fost în mintea ta, Logan? Cum adică ai intrat în focul ăla groaznic pentru mine?

— Trebuia să te scot de acolo, Lindsay... Ia stai puţin, de unde ştii?

— Mi-a spus doctorul... Deci, ce-ai de spus? Puteam la fel de bine să fiu scoasă de acolo de pompieri. Ce ţi-a venit?

— Nu ştiu, Lindsay, nu am o explicaţie logică, deşi de obicei sunt raţional. Oricum, nu mai contează, important e că ţi-ai revenit. Fă bine şi înzdrăveneşte-te, fiindcă avem mult de lucru... îi zise Logan, simţindu-se încolţit.

Îi dădea dreptate, nici el nu ştia ce-i venise să se pună în pericol pentru ea.

— Ce pot să spun... Abia aştept, frumuşelule!

Nici n-am deschis bine ochii, că ai devenit din nou tiranic. Am cel mai rău şef posibil... râse Lindsay degajată în aparenţă, căci în sinea ei era de-a dreptul fascinată, recunoscătoare şi înduioşată de gestul lui. Ea nu mai contase pentru nimeni în trecut...

— Doar de data asta te mai las să-mi spui aşa. De mâine vei fi atât de ocupată, încât nu vei mai avea timp să mă tachinezi, Lindsay, îi promise el, încrucişându-şi braţele ca să n-o ia de mână. Doar nu era nimic romantic între ei.

— Logan... Revenind la lucruri mai serioase, pompierii nu au aflat încă cine e vinovat de incendiu? Abia aştept să-l prindă pe ticălosul care m-a închis acolo şi m-a făcut să trăiesc nişte momente groaznice. Ţin minte că am vrut să ies, dar cineva a închis uşa şi nu am mai avut cum. În scurt timp, am înghiţit mult fum, deşi am încercat să merg spre cealaltă ieşire, apoi totul s-a întunecat în jurul meu... Nu am mai fost într-o astfel de situaţie niciodată şi mi-a fost foarte frică... Mă bucur că sunt în viaţă... datorită ţie, Logan. Nu voi uita asta... îi zise ea, privindu-l cu recunoştinţă.

— Voi afla vinovatul şi mă voi asigura că va plăti pentru asta, Lindsay...

Veni la ea şi o îmbrăţişă cu putere. Şi lui îi fusese foarte frică... să nu o piardă...

— Aşa să faci, dar să nu-ţi faci necazuri din cauza asta, Logan. Nu pentru mine...

— Singura care-mi face necazuri eşti tu. Trebuie să plec acum, dar mă voi întoarce. Să ai grijă de tine şi să te faci bine, auzi?

— Cu siguranţă, doar avem multă treabă...

Du-te şi odihneşte-te, Logan, am înţeles că eşti aici de când am fost adusă la spital. Trebuie să fii obosit...

— Mă bucur că eşti bine, Lindsay... Ne vedem mai târziu...

— Ne vedem mai târziu, Logan... îi zise Lindsay zâmbind, privindu-l cum pleacă.

Deşi o durea tot corpul, doar inima îi tresălta de bucurie. Nu putea decât să spere că Logan se va întoarce şi nu îi va înşela aşteptările... Avusese parte de prea multe promisiuni încălcate până atunci, până la el...

Peste jumătate de oră, când Logan intră în casă, o găsi pe mama sa plimbându-se agitată prin sufragerie.

— În sfârşit, vii acasă, Logan. Te-am sunat de multe ori şi nu ai răspuns. Ai idee câte griji mi-am făcut? Mai nou trebuie să aflu de la Chad ce se întâmplă cu tine?

— Se pare că mi s-a descărcat bateria telefonului. Haide, nu mai fi atât de îngrijorată, sunt bine... îi zise Logan mamei sale, îmbrăţişând-o.

— Nu mă duce cu vorba ca pe un copil mic, Logan, nu-ţi merge cu mine. Uită-te la tine: arăţi de parcă ai fi făcut ceva periculos, iar mirosul de fum se simte de la uşă. Crezi că dacă mă iei puţin în braţe scapi de interogatoriu? îl întrebă Abby, zâmbind, dar privindu-l la fel de preocupată.

— Sunt aici, acum, nu? În general, funcţionează tactica asta cu îmbrăţişarea, de ce nu ar fi aşa şi acum? îi zise el, topindu-şi mama cu zâmbetul său şi încercând să-şi ascundă oboseala.

— Eşti fiul meu, te iubesc şi n-aş suporta să ţi

se întâmple ceva, dragul meu. După ce faci o baie, vii şi îmi povesteşti tot ce s-a întâmplat, ai înţeles?

— Da, mamă. Şi eu te iubesc...

*

— Hai, Nadya, ştiu că poţi mai mult...

— Taci, Noah, îmi vine să te bat măr pentru cât efort fizic m-ai pus să fac azi... se plânse Nadya, epuizată.

Încă de la începutul antrenamentului, Noah s-a comportat într-un mod nemilos, cerându-i să facă tot felul de exerciţii fizice, care mai de care mai dificile şi în cât mai multe serii.

— Asta şi vreau, Nadya. Numai antrenându-te din greu vei avea o şansă să mă învingi... zâmbi Noah, în timp ce o privea cum loveşte sacul de box.

Ştia că o chinuie, însă scopul său era unul nobil: să-i distragă atenţia, cel puţin câteva ore, de la evenimentele triste din viaţa ei.

— Pot să te lovesc pe tine acum? îl întrebă fata, ştergându-şi fruntea cu mâna, sătulă de sacul de box care părea de neînvins.

— Încearcă... Nu mai ai energie nici măcar să faci câţiva paşi, darămite să te lupţi cu mine...

— Mă provoci ... iar eu, deşi par mică şi fragilă, pot să scot orgoliul ăla masculin din tine... îi zise Nadya, venind spre el cu o hotărâre de care era mândră.

— Să te văd. Sunt gata... tu eşti? o întrebă, eschivându-se cu succes din calea pumnilor ei mici. Ai curaj, dar laşi furia să te domine şi nu e

bine. Şi... trebuie să te mişti mai mult, nu poţi să faci doi paşi şi să crezi că eu voi cădea lat...

— Noah... vei regreta asta... niciodată nu m-ai mai chinuit aşa... îi zise Nadya, venind din nou spre el.

Încercă să-l atingă cu pumnii, dar şi cu picioarele, simţind însă că toate eforturile ei erau în zadar.

— Tu ai vrut-o mai ştii? Ai insistat ca eu să fiu antrenorul tău. Acum n-ai decât să suporţi...

Se feri de loviturile ei, înlănţuindu-i în schimb talia cu braţele lui puternice. Nadya îl privit nedumerită. Vru să-l surprindă şi să-l lovească acolo unde s-ar fi aşteptat mai puţin. Nu mică îi fu mirarea când el îi prinse genunchiul cu palma, anticipându-i gândul şi blocându-i lovitura.

— Vrei să joci dur, Nadya? Nu uita cu cine ai de-a face... îi zise el, răsturnând-o pe saltea, ajungând astfel deasupra ei. Ştii că ce ai vrut să faci mai devreme e interzis, nu?

— Da, dar... m-ai enervat foarte tare şi am vrut să...

— Cere-ţi scuze, Nadya, şi promite-mi că nu vei mai încerca să faci asta... îi ceru Noah, privind-o cu o nervozitate aparentă, căci, de fapt, îşi simţea sângele clocotind în vene, şi nu neapărat de furie.

— Doar dacă te dai jos de pe mine...

— Mai întâi scuzele, Nadya.

— Ştii ce greu eşti? Ar trebui să faci şi tu exerciţii din acelea, se pare că nu mai eşti în forma care trebuie...

Nadya încercă să se ridice, însă el o luă de mâini şi-şi împleti degetele cu ale ei.

— Lasă basmele, Nadya, şi spune-mi ce vreau să aud... Nu te las să te ridici până nu te aud spunând-o... Nu mai sunt în formă, zici? Voi avea grijă să te contrazic...

— Bine, bine... îmi cer scuze, Noah... e suficient?

Părea că Noah o priveşte ciudat, ca şi cum ar fi vrut s-o sărute. Sau poate că era doar imaginaţia ei...

— Nu chiar... de data asta, nu mă mai abţin, Nadya... îi zise el, apropiindu-se tot mai mult de buzele ei.

— Noah... nu vreau... nu vrei... nu vrem asta... spuse ea, găsindu-şi cu greu cuvintele. Nu era posibil ca el s-o vrea, mai ales ştiindu-i trecutul şi povestea...

— O, ba da, vrem... eu unul ştiu că vreau... îi zise el, punând stăpânire pe buzele ei, sărutând-o aşa cum şi-a dorit de atâta timp.

Pur şi simplu îi gusta buzele cu atâta blândeţe, dar şi cu atâta pasiune, încât îi stârnea senzaţii noi şi irezistibile.

Nadya îşi permise să se lase sărutată câteva minute. Nu ştia că putea fi atât de bine... Noah nu cunoştea numai arta luptelor, ci era un adevărat campion în ceea ce privea arta sărutului, oferindu-i mângâiere atât trupului, cât şi inimii, prin simplul fapt că era acolo, lângă ea, răsfăţând-o cu sărutul lui absolut irezistibil şi captivant.

Nadya se desprinse de el, simţind că trebuie să se oprească. Se ridică în picioare şi se întoarse cu spatele la el, prea jenată ca să-l privească. Ar fi vrut să fugă de acolo.

— Trebuie să plec, Noah. Vreau să fiu singură.

Noah îi blocă drumul spre ieşire.

— Nadya... lasă-mă cel puţin să te duc acasă. Nu vreau să mergi singură... Cât despre mai înainte... n-am vrut să te sperii. Eu doar...

— Nu sunt speriată, Noah. Vreau doar să plec acasă, să fiu departe de tine... de fapt, mi-e atât de jenă, încât abia mai pot să vorbesc... aş vrea foarte mult să nu te mai uiţi aşa la mine... te rog, lasă-mă să plec... îi zise ea, uitându-se oriunde în altă parte, numai la el nu.

— Nu trebuie să te simţi aşa... Te las să pleci, dar numai dacă nu eşti supărată pe mine şi mă laşi să te duc acasă, pentru liniştea mea.

O luă de mână.

— Nu sunt supărată pe tine, Noah, ci pe mine... Bine, fie, hai să mergem, dar să nu mai aud vreun cuvânt despre... îi zise ea, eliberându-şi mâna dintr-a lui ca să arate spre saltea.

— Bine, să mergem, spuse el, deschizând uşa, după care a avut grijă să meargă alături de ea, încercând să se stăpânească şi să nu o ia de mână din nou.

Au mers astfel pe jos până la Nadya acasă, în linişte. Odată ajunşi în faţa blocului, Noah o luă din nou de mână, nemaiputându-se abţine. Cu cealaltă mână i-a întors chipul spre el, făcând-o să-l privească.

— Nadya... ştiu că ce-am făcut ţi se pare ciudat, dar... vreau să continui... să continuăm împreună... bine?

— Noah... sunt atâtea fete perfecte pentru tine, ai de unde să alegi. Eu sunt atât de complica-

tă, încât nu vrei asta, crede-mă... doar ştii la ce mă refer... ce fel de bărbat ar vrea o femeie ca mine lângă el?

— Să nu îndrăzneşti să-mi spui ce fel de femeie vreau lângă mine, Nadya... Nu sunt un copil. Ştiu ce vreau: pe tine...

— Dar ştii totul despre mine, cum poţi să spui asta?

— Ororile prin care ai trecut nu-mi schimbă părerea despre tine. În opinia mea, eşti o femeie minunată, care a avut parte de prea multă nefericire. E timpul să schimbi lucrurile...

— Nu vreau să ai necazuri din cauza mea, Noah. Nu vreau să fiu o problemă pentru tine... şi nu vreau să păţeşti ceva din cauza lui Owen. Cred că ţi-ai dat seama deja cât de periculos poate fi... eşti prea important pentru mine ca să las să ţi se întâmple ceva...

— E adevărat, Owen e periculos, dar numai pentru tine, căci mie nu mi-e teamă de el. N-am să permit ca el să-ţi mai facă rău vreodată. În povestea asta suntem numai tu şi eu, atât...

— Eşti prea bun pentru mine, Noah... am impresia că nu merit atenţia ta.

— Nu vorbi aşa. Ascultă... mâine seară am un meci foarte important pentru câştigarea celei mai importante centuri din campionat. Mi-ar plăcea să fii acolo. Ce spui?

— Îţi doresc mult succes încă de acum, Noah. Meriţi tot ce e mai bun... îmi propui un fel de întâlnire?

— Da, dar vom avea parte şi de întâlniri adevărate, în care să fim numai noi doi. Vei fi acolo

mâine seară, da? insistă el, aşteptând cu nerăbdare răspunsul.

— Da, dacă chiar vrei asta... promise ea, surâzând uşor.

Noah avea un anumit efect asupra ei, unul pe care nu reuşea să şi-l explice...

— Chiar vreau. Vreau să mă întâlnesc cu tine, să fiu lângă tine şi să fim împreună. Hai să încercăm... îi propuse el, mângâindu-i încet părul care îi cădea liber pe umeri.

— Pot să mă mai gândesc?

— Sigur că da, numai că sper că răspunsul va fi pozitiv... îi zise, privind-o cu drag.

În sfârşit, se simţea eliberat de dorinţa ascunsă pe care o avea în legătură cu ea, cu ei doi...

— Trebuie să-mi promiţi că nu vei spune nimănui ceea ce ştii despre mine. Destul că ştiu Lindsay şi Jessica, prietenele mele. E şi aşa prea mult că eşti implicat în treaba asta...

— Sunt implicat în treaba asta fiindcă vreau, Nadya... şi acum, spune-mi, te-ai gândit la propunerea mea? o întrebă, zâmbindu-i în felul acela care îi ameţea Nadyei simţurile de fiecare dată.

— Da... bine... să încercăm ... dar numai dacă eşti sigur...

— Mai sigur de atât nu pot să fiu... o asigură el, zâmbind şi mângâindu-i obrazul.

— În cazul ăsta, bine... sper să nu regreţi...

— Nu voi regreta, sunt sigur. Hai să ne bucurăm de toate astea fără să ne gândim prea mult...

Noah o luă în braţe, învârtind-o în mijlocul străzii şi făcând-o să zâmbească.

— Noah! Noah! Lasă-mă jos, se uită lumea

la noi... protestă ea, nevenindu-i să creadă ce i se întâmplă.

— Nu văd pe nimeni pe aici. În plus, e întuneric. Nu-mi păsa nici dacă era lumină... spuse el, lăsând-o totuşi din braţe, fără prea multă tragere de inimă. Noapte bună, Nadya, să ai grijă de tine, bine?

— Voi avea. Noapte bună, Noah! i-a spus ea şi-l salută privindu-l cu drag.

Avea impresia că i se întâmplă altcuiva acele lucruri atât de frumoase. Noah o îmbrăţişă din nou, privind-o fascinat.

— Aştept...

— Ce?

— Să mă săruţi, Nadya. Doar nu trebuie să te sărut eu primul de fiecare dată, nu?

— Cred că te pricepi mai bine la lucrurile astea şi nu vreau să te simţi sufocat...

— O, dar eu vreau să mă simt sufocat... Nu-ţi face griji în privinţa asta... Hai, surprinde-mă, nu-i greu deloc... Acum că ştiu că urmează să mă săruţi, mă voi preface surprins, însă data viitoare...

Noah nu a reuşit să termine propoziţia. Nadya îl sărută, punându-şi braţele în jurul gâtului său. Încercă pur şi simplu să se bucure de moment, nelăsându-i altă opţiune decât aceea de a o săruta la rândul lui, cu toată pasiunea pe care o simţea. Petrecură câteva minute bune sărutându-se astfel, până când Nadya se desprinse de el.

— Cred că am nevoie de aer... Tu nu? îl întrebă, aşteptând reacţia lui.

— Doar deocamdată... Cred că ar trebui să

plec acum. Ne vedem mâine, bine? o întrebă, să-rutându-i mâna.

Gestul o emoțională, putea să parieze numai observându-i ochii înlăcrimați.

— Da... noapte bună, Noah! îi zise ea, abia reușind să vorbească.

— Noapte bună, bruneta mea frumoasă... spuse el, sărutând-o pe frunte, după care plecă spre casă cu un sentiment de liniște și de împlinire.

Nadya rămase câteva secunde privind lung în urma lui. Era cu adevărat surprinsă de tot ceea ce i s-a întâmplat, dar în special de Noah. Incredibil cât de frumos se purta cu ea. Noah era diferit, atât de diferit de... Închise ochii, dorind să-și alunge durerea din inimă. Spera doar ca ceea ce făcea să fie benefic pentru ea, pentru el, pentru amândoi... Noah avea dreptate: era timpul să schimbe lucrurile...

*

Ușa salonului se deschise, iar Lindsay îi văzu intrând pe Jessica, Jack și Nadya. Fetele o îmbrățișară, așezându-se de-o parte și de alta a patului, iar Jack le privea de pe margine.

— Eu trebuie să plec, să te faci bine repede, Lindsay! spuse el, sărutând-o pe obraji.

— Mulțumesc, Jack! Ă... Logan e bine? îl întrebă ezitând.

— Da, e bine. Totul se va rezolva, stai liniștită. Ai grijă de tine.

Bănuia de ceva timp ce se întâmpla între

Logan şi Lindsay, iar faptul că fratele său a fost capabil să intre în foc pentru ea nu putea decât să însemne că Lindsay era importantă pentru el. Foarte importantă... O sărută apoi pe Jessica şi plecă.

— Cum te simţi? întrebă Jessica. Nu am aflat decât de curând ce s-a întâmplat, când Logan s-a întors acasă şi a vorbit cu fraţii lui.

— Sunt bine, mulţumită lui Logan, care a fost îndeajuns de nebun să mă salveze... răspunse Lindsay, simţind o strângere de inimă la gândul că şi el ar fi putut păţi ceva.

— Un lucru periculos, dar atât de frumos... spuse Nadya, zâmbind.

— Ştii ce înseamnă asta, nu? întrebă Jessica, tot zâmbitoare.

— Nu...

— Înseamnă că Logan Connor e topit după tine, Lindsay... Şi e perfect! Nu-mi spune că nu ai observat cât de bine arată, dar şi ce caracter are... E un bărbat minunat. Eu, una, ştiu că-l simpatizez foarte mult.

— Draga mea Jessica, crede-mă că am observat toate astea, dar Logan nu mă vrea... nu sunt genul lui de femeie...

— Aha... ţi-a zis el asta?

— Oarecum...

— Ei bine, cu ceea ce tocmai s-a întâmplat, eu m-am convins... aţi arăta grozav împreună, conchise Jessica, încântată.

— Şi tu, ce ne spui despre Jack, cum e?

— Ştiţi deja... îl ador, dar îi apreciez since-ritatea. Mi-a spus de la început că nu se îndră-

gosteşte. Nu pot decât să încerc să-l conving de contrariu... oricum, se poartă minunat cu mine, iar când dansăm împreună, parcă suntem două flăcări.

— Doar când dansaţi împreună sunteţi aşa? o întrebă Lindsay, ridicând o sprânceană.

— Lindsay! Gata, m-ai făcut să mă înroşesc... ca să spun adevărul, eu... noi... încă nu...

— Şi de ce nu? Sunteţi tineri, frumoşi, vă plăceţi unul pe celălalt, care e problema?

— Am nevoie de puţin timp, atâta tot... dar de ajuns cu vorbitul despre mine, cred că draga de Nadya trebuie să ne dea, la rândul ei, o veste, nu-i aşa? a zis Jessica, întorcându-şi chipul spre bruneta care zâmbea, dezvăluindu-şi fericirea în privirea senină.

— Eu?

— Da, tu. Să nu crezi că nu v-am văzut pe tine şi pe Noah sărutându-vă, înainte să venim aici...

— M-ai prins... Ei, bine, dacă tot am ajuns la capitolul dezvăluiri, trebuie să recunosc că eu şi Noah suntem împreună...

— Să fiţi fericiţi! Deci, şi tu ai căzut pradă farmecului unuia dintre fraţii Connor... spuse Lindsay încruntându-se uşor, dar zâmbind apoi.

— O, Nadya, ce bine! Mă bucur pentru tine, pentru voi. Era şi timpul să-ţi găseşti fericirea, draga mea, îi zise Jessica îmbrăţişând-o.

— Mulţumesc, fetelor... Sper ca de data asta să fie bine. Am atâta nevoie de fericire în viaţa mea.

— Deci... voi aţi avut parte de acea întrebare din partea lor, adică Jack şi Noah v-au cerut să fiţi

iubitele lor, numai eu l-am cam forțat pe Logan să se apropie de mine...

— Nu se poate... Ce-ai făcut, Lindsay?

— Vrea să fiu în continuare barmaniță la barul lui, atunci când va fi reconstruit, iar eu i-am zis că accept, numai dacă mă va săruta mai des...

— Lindsay în acțiune... râse Nadya.

— Și? Ce ți-a zis Logan? Și cum adică să te sărute mai des? vru să afle Jessica.

— Da, asta sunt eu, ce să faci? Se pare că e de acord, cel puțin deocamdată. A spus că sunt cea mai bună barmaniță din câte a avut, iar apoi m-a sărutat, surprinzându-mă plăcut. Ah... îl vreau atât de mult, deși e un bărbat atât de complicat și de dificil uneori... și atât de dulce și de sexy alteori... bine, recunosc, e atrăgător tot timpul... e ca o provocare pentru mine...

— Una pentru care vei lupta cu toate armele, nu-i așa? o întrebă Nadya.

— Altfel, n-aș fi eu... a răspuns Lindsay, la fel de zâmbitoare.

— Foarte bine, așa să faci. Mult succes, Lindsay! Și să te faci bine repede! îi zise Jessica, privind-o cu drag.

— Vrei să-ți aducem ceva special înainte să plecăm?

— Nu ceva, ci pe cineva... Vă vine să credeți că, de când m-a adus aici, Logan nu a mai plecat acasă? A rămas aici, așteptând momentul potrivit să intre să mă vadă. Mai bine zis, să vadă cum mă simt... iar când a intrat, s-a uitat la mine în felul acela adorabil al lui și m-a întrebat dacă sunt bine... mă privește de parcă m-ar devora, mă

sărută, dar nu recunoaşte că simte ceva pentru mine... încăpăţânatul!

Jessica vru să apună ceva, dar se deschise uşa. Logan intră în salon cu nişte reviste în mână.

— Bună, Lindsay, fetelor... ce faceţi? le întrebă el, realizând că atenţia i se îndrepta spre roşcata care stătea în pat. Nu vreau să deranjez, am venit doar să aduc nişte reviste, ca să-i treacă timpul mai uşor pacientei...

— Bună, Logan... nu deranjezi deloc, intră. Mulţumesc... zise Lindsay, înghiţind cu greu şi simţind cum se topeşte numai privindu-l.

Arăta atât de bine în cămaşa aceea albastră cu mânecă scurtă şi blugi negri! Logan avea o senzualitate inocentă şi irezistibilă în acelaşi timp.

— Bună, Logan, salutară Jessica şi Nadya în acelaşi timp, privindu-i cu drag pe cei doi.

— Las astea aici, am să plec acum... scuze că v-am întrerupt, fetelor. Vă doresc o seară frumoasă! Ne mai vedem!

Logan lăsă revistele pe măsuţa de lângă patul roşcatei, încercând din răsputeri să-şi ignore bătăile inimii. Lindsay părea bine, iar asta îl bucura.

— Nu! strigă Jessica, punându-se în faţa lui.

— Nu ce? se miră Logan.

— Nu pleci. Adică, de-abia ai venit... De fapt, noi trebuie să plecăm, avem ceva de făcut...

Jessica făcu cu ochiul prietenei sale.

— Tu vrei să mai stau? a întrebat-o Logan, întorcându-se spre Lindsay.

— Dacă nu ai alte planuri, da, vreau să mai rămâi...

— În cazul ăsta, mai stau doar până se face timpul să plec spre sala unde are loc meciul lui Noah. Apropo, Nadya, am auzit vestea bună: în sfârşit, voi doi sunteţi împreună. Felicitări şi vă doresc să fiţi fericiţi! zise Logan, îmbrăţişând-o pe Nadya, care zâmbea.

— Mulţumesc mult, Logan. Venind din partea ta, acest lucru înseamnă foarte mult pentru mine...

— Stai liniştită. Numai din cât am reuşit să te cunosc până acum, mi-am dat seama că eşti femeia potrivită pentru Noah. Bine ai venit printre noi... Dacă e să spun un secret, Noah era foarte fericit când mi-a spus despre voi, iar eu nu pot decât să mă bucur.

— Mulţumesc, Logan. Ne vedem mai târziu, iar tu, Lindsay, să te faci bine repede! Pa! spuse Nadya întorcând capul, ca el să nu-i vadă lacrimile stârnite de cuvintele lui frumoase.

— Vă lăsăm acum... Aveţi grijă de voi... rosti Jessica, zâmbitoare, observând felul în care se priveau cei doi.

După plecarea fetelor, Logan se aşeză pe scaunul de lângă patul roşcatei, privind-o cu o expresie nedefinită.

— E foarte drăguţ din partea ta să mă vizitezi din nou...

— Mersi, dar nu e mare lucru. Ţi-am adus revistele ca să nu te plictiseşti...

— Oricum, e frumos gestul tău şi mă bucur că eşti aici. Deci, Noah are meci... mi-ar fi plăcut să fiu acolo... Să-i urezi succes din partea mea, te rog.

— Am să-i spun, sigur că se va bucura. El nu a putut veni fiindcă a avut antrenamente toată ziua,

dar a spus că va veni mâine. Îți transmite salutări și multă sănătate.

— Mulțumesc... Ascultă, Logan, în legătură cu ce s-a întâmplat... Ce-a spus Abby despre toate astea? Nu mă învinovățește pentru incendiu sau pentru ce ai făcut tu?

— Nu, Lindsay. Mama știe că noi trei facem ce considerăm că e mai bine. Sigur, și-a făcut griji pentru mine, dar știe ce fel de băieți a crescut. Și ea îți transmite toate cele bune. Va veni mâine să te vadă.

— Mulțumesc... Deci mâine voi avea destui vizitatori... spuse ea, abia ascunzându-și entuziasmul.

Oameni care de-abia o cunoșteau își făceau griji pentru ea. Era de-a dreptul emoționant.

— Așa se pare. Că tot veni vorba, te-a vizitat cineva din familia ta? Întreb din curiozitate...

— Familia mea sunt Jessica și Nadya... răspunse Lindsay, privindu-l cu seriozitate.

— Dar... cum așa? o întrebă, vizibil surprins de răspunsul ei.

— Asta e tot ce trebuie să știi, Logan. Nu insista, te rog...

— Bine, am înțeles, nu e treaba mea. Ești bine? Tremuri, deși nu e deloc rece aici...

— N-am nimic, dar... să nu mă mai întrebi nimic despre asta vreodată, bine?

— Nu promit, dar voi încerca să nu mai aduc subiectul ăsta în discuție prea curând...

— Logan, te rog, sărută-mă, vreau atât de mult... îl rugă ea, privindu-l înduioșător.

Logan își lipi buzele de ale ei, sărutând-o ușor.

— Te simţi mai bine? o întrebă, găsindu-şi cu greu răsuflarea. Orice apropiere de ea, cât de scurtă, crea un adevărat incendiu în interiorul lui, deşi nu-şi dorea asta.

— Puţin, dar nu a fost de ajuns...

— Lindsay... eşti pe un pat de spital şi tot ce-ţi trece prin minte e...

— Tu. Atât. Simplu. Nu e nimic complicat, Logan. Deşi ştiu că nu eşti obişnuit cu astfel de abordări, pe care cu siguranţă le consideri libertine, ăsta e adevărul şi nu am de ce să-l ascund.

— Eu ... sunt obişnuit să cunosc mai bine femeia cu care decid să am vreo legătură...

— Dar exact asta îţi ofer, Logan: pe mine, în întregime, oricât de imoral ţi se pare.

— Ştii că nu la asta m-am referit. Mă simt flatat de... oferta ta, dar rămâne să mă mai gândesc... Era vorba despre cunoaştere morală sau cum vrei să-i spui, şi nu cunoaştere în sensul celălalt, cel puţin nu atât de repede...

— Bine, am înţeles, te las în pace deocamdată... Măcar recunoaşte că-ţi place să mă săruţi... ştiu că mie una, îmi place...

— Nu neg. Dar vreau mai mult decât doar să te am. Vreau să ştiu ce gândeşti, cum gândeşti, ce simţi în general... îi zise el, luând-o de mână.

— Ştii ceva? Poţi să pleci, Logan. Oricum trebuie să ajungi la meci, nu vreau să te mai reţin cu prostiile mele... spuse ea, simţind că nu mai are glas.

Nimeni nu i-a mai vorbit astfel în trecut. Nimeni nu a fost cu adevărat interesat de ea ca persoană. Logan era o adevărată ameninţare pentru

tot ce fusese ea până să-l cunoască.

— Bine, plec. Se pare că, de fiecare dată când ne vedem, reușim să ne certăm într-un fel sau altul. Să te faci bine, Lindsay. Nu te mai deranjez cu vizitele mele, cel puțin până nu ieși de aici.

— Ba da, mă vei deranja, Logan, asta dacă nu cumva vrei să-ți cauți altă barmaniță... îi zise ea cu inima strânsă.

Își dorea atât de mult să-l revadă ori de câte ori avea ocazia. Ce era în neregulă cu bărbatul ăsta? Ea îi spunea că vrea să fie cu el, iar el voia să știe mai multe despre ea. Incredibil! Altul, în locul lui, n-ar fi ezitat nicio secundă, iar el, arogantul și orgoliosul universului... Urma să-i arate lui Logan că nu îi va fi atât de ușor s-o respingă. Nu voia să simtă asta și din partea lui, deși nu știa exact motivul... nici nu putea să se gândească la alt bărbat, fiindcă Logan o atrăgea foarte mult, mai mult decât voia să recunoască...

Logan o privi dezamăgit și ieși din salon fără să-i mai spună vreun cuvânt. Urcă în mașină și plecă spre sala de sport, pentru a urmări meciul fratelui său mijlociu. Cu ocazia asta, urma să uite pentru câteva ore de roșcata aceea îndrăzneață, care se încăpățâna să-l incite, să-l facă s-o dorească, să-l înnebunească... Poate că ar trebui totuși să-și găsească altă barmaniță, una care să nu-l scoată din starea lui obișnuită și să-i stârnească reacții ciudate și impulsive, așa cum au fost toate reacțiile lui de când a întâlnit-o.

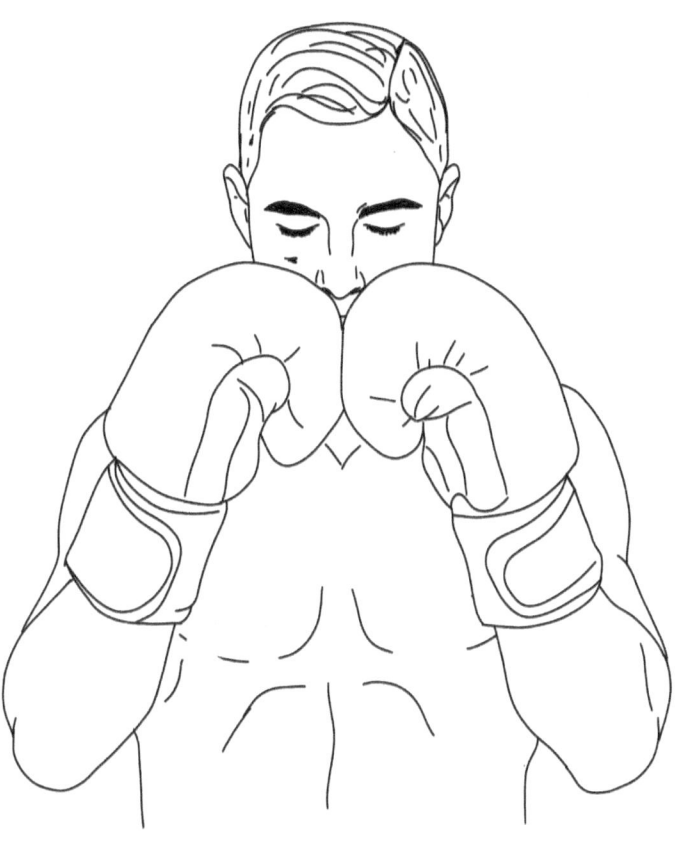

Capitolul 7

În sală era atât de multă lume, încât Logan își găsi cu greu drumul spre zona în care se aflau Jessica, Nadya și Jack. Gălăgia și muzica nu îl deranjau, era obișnuit cu ele, însă avea o stare nepotrivită pentru socializare. Simțea nevoia să fie singur. Aprecia momentele de singurătate, în care se putea regăsi pe sine, să-și pună ordine în gânduri. În ultima vreme, acestea aveau o singură nuanță: roșcată...

Odată ajuns la locul lui, își salută fratele, dar și pe Jessica și Nadya, și se așeză pe scaun, încercând să se concentreze asupra meciului. Era important pentru Noah ca el și Jack să fie acolo și nu putea să plece înainte de final.

— Uite, Jack, cât de bine se mișcă Noah în ring. Cu siguranță va câștiga, îi zise Jessica, încercând să fie atentă la meci, când de fapt, toată atenția ei era acaparată de brunetul apetisant de lângă ea.

Spre bucuria ei, Jack o luă de mână, apropiindu-și chipul de al ei.

— Vrei să mă faci gelos, Jessie? îi zise el, sărutând-o apoi cât mai aproape de gât, bănuind reacțiile pe care i le trezea.

— Nu există riscul ăsta, Jack. Numai cine iubește poate fi gelos, iar tu nu iubești... replică ea, privindu-l cu seriozitate.

— Asta nu înseamnă că nu țin la tine, și încă foarte mult. Și sigur că mi-ar plăcea să fii atrasă doar de mine și să nu admiri corpurile bine lucrate ale boxerilor...

— Și tu ai un corp bine lucrat, Jack, o știi.

Nu putea să-i spună că era singurul bărbat care o atrăgea cu adevărat.

— Ştiu, dar îmi place când mi-o spui tu... Şi încă nu l-ai văzut în întregime... Jessie, iubito, ai roşit... îmi place...

— Ți se pare... mai bine te-ai uita la meci, altfel îi spun lui Noah că ai avut alte lucruri de făcut...

— Noah va înţelege. Ştie că e greu să te concentrezi la ceva dacă ai o femeie frumoasă în preajmă, doar acelaşi lucru i s-a întâmplat şi lui cu Nadya...

— Da, le stă foarte bine împreună...

— Aşa e, la fel ca nouă... îi zise Jack, zâmbindu-i ameţitor.

— Ai dreptate, la fel ca nouă... Trebuie să recunosc, farmecul tău devine din ce în ce mai irezistibil, Jack...

— Devine? Nu a fost aşa de la început? o întrebă, privind-o cu drag.

Jessica îi dădea o senzaţie de linişte, una de care avea atâta nevoie... Sigur, asta se datora faptului că se cunoşteau demult. Era normal s-o aprecieze.

— Nu trebuie să ştii chiar totul despre mine...

Îi venea să-i strige ce simţea pentru el, dar încă nu putea. Cele două cuvinte trebuiau să rămână ascunse în inima şi în privirea ei, cel puţin deocamdată...

— Despre tine, Jessie, chiar vreau să ştiu totul... îi zise Jack, conştientizând că simţea nevoia s-o protejeze chiar şi de el însuşi, sentiment nou, pe care nu îl mai avusese în legăturile sale ante-

rioare. Când venea vorba de Jessica, lucrurile se schimbau: ea era specială, era prietena lui cea mai bună, nu voia să-i frângă inima, deşi ştia că în final aşa se va întâmpla, dacă ea urma să facă greşeala de a se îndrăgosti de el.

Nadya privea fascinată, dar şi cu o oarecare strângere de inimă, lupta dintre Noah şi celălalt boxer. Îşi amintea că el i-a povestit că cel împotriva căruia urma să lupte în seara aceea era cel mai dur adversar al său până în acel moment. Dacă la început Noah dăduse nişte lovituri foarte bune, pe parcursul meciului, lucrurile se schimbară, iar în acele momente el încerca fără succes să pareze loviturile adversarului său.

Nadya ştia cât de mult îşi dorea Noah să câştige şi ultima centură şi spera să reuşească. Aproape că închidea ochii la fiecare lovitură primită de Noah, fiindcă se simţea de parcă ar fi durut-o pe ea, dar şi fiindcă îi amintea de violenţa de care a avut parte la rândul ei. Respira încet, încercând să se liniştească şi să se concentreze asupra lui Noah, singurul care conta în prezent pentru ea. Se considera norocoasă că erau împreună, dar şi că se purta aşa frumos cu ea. Nu ar fi putut întâlni pe cineva mai potrivit pentru ea.

La un moment dat, adversarul lui Noah îl trânti la podea. Arbitrul începu numărătoarea. Noah închise ochii, gândindu-se că era mult prea mult pentru el. Nu mai putea continua, oricât şi-ar fi dorit. Trebuia să se recunoască învins.

— Noah! Te rog, ridică-te de acolo, ştiu că poţi!

Auzind vocea Nadyei, Noah deschise ochii,

încruntându-se din cauza durerilor pe care le simțea în tot corpul. Cu siguranță, ceea ce simțea el nu se putea compara cu ceea ce Nadya fusese nevoită să îndure cu ceva timp în urmă. Își adună ultimele puteri și se ridică, știind că nu se poate dezamăgi pe sine însuși și nici pe ea. Se îndreptă spre adversarul care, luat prin surprindere de revenirea lui Noah, nu reuși să evite lovitura și căzu la podea, nemaifiind în stare să se ridice de acolo.

— Doamnelor și domnilor, în seara asta, campionul nostru absolut este Noah Connor! anunță cu glas răsunător prezentatorul meciului de box.

Toți cei prezenți în sală aplaudau, iar arbitrul ridică mâna lui Noah.

Noah își prinse centura de campion în jurul taliei, fiind fotografiat din mai multe unghiuri. Luă microfonul prezentatorului, pentru a rosti câteva cuvinte:

— În primul rând, vreau să spun că mă simt foarte obosit, dar și foarte fericit că am reușit ce mi-am propus în această seară. Vă mulțumesc tuturor pentru prezență, dar și pentru susținerea voastră! În mod special, vreau să-i mulțumesc unei persoane foarte dragi mie: iubita mea, Nadya. Victoria din seara asta ți se datorează ție, bruneta mea frumoasă. Vino aici, lângă mine...

Nadya era în culmea fericirii, însă gândul că trebuia să urce în ring, în văzul atâtor oameni, o speria puțin. Nu era obișnuită să fie în centrul atenției.

— Ce mai aștepți? Du-te! o îndemnă Jessica.

— Dar...

— Niciun dar. Te duci acolo chiar acum, n-ai

de ce să-ţi fie teamă!

Nadya inspiră adânc şi urcă în ring, acolo unde Noah o îmbrăţişă şi o sărută, spre admiraţia spectatorilor.

— Nu plecaţi nicăieri, petrecerea continuă. Avem de sărbătorit în seara asta! strigă Noah, în aplauzele publicului.

Noah şi Nadya părăsiră ringul şi se îndreptară spre Jessica, Jack şi Logan, care îi priveau încântaţi.

— Felicitări, Noah! Mă bucur foarte mult pentru tine, zise Nadya.

— Mulţumesc, dar... atât?

— Ce mai trebuie? îl întrebă curioasă.

— Să mă săruţi, îi răspunse el, luând-o de mână şi sărutând-o pe neaşteptate. Aşa e mult mai bine...

Nadya zâmbi. Ajungând în dreptul familiei lui, îl urmări cum primeşte felicitările acestora.

— Sunt mândru de tine, Noah, spuse Logan, îmbrăţişându-l.

— Mersi, Logan...

— Eşti cel mai tare, Noah, îi zise şi Jack, strângându-l în braţe.

— Mersi mult, Jack.

— Felicitări, Noah, ai fost grozav acolo, în ring, a spus Jessica, îmbrăţişându-şi amicul.

— Eşti o drăguţă, Jessica, mulţumesc.

— Te felicit şi eu, Noah, chiar dacă am văzut doar finalul meciului. Din păcate, nu am reuşit să ajung mai repede.

Cu toţii se răsuciră să vadă cine a venit şi nu mică le fu mirarea când o văzură pe Lindsay.

Arăta ispititor în rochia neagră și scurtă care îi evidenția talia și picioarele. Îl îmbrățișă pe Noah, ignorând privirea acuzatoare a lui Logan, apoi se întors către prietenele ei.

La un moment dat, Noah plecă să facă un duș și să se schimbe, pentru a se putea bucura de petrecere. Lindsay simțit o mână pe braț. Se răsuci, pregătită să-i spună câteva celui care o deranja.

— Vino puțin cu mine, Lindsay, îi zise Logan, luând-o de acolo fără să mai aștepte răspunsul ei.

O duse afară, acolo unde muzica nu se auzea atât de tare și puteau vorbi liniștiți.

— Ce te-a apucat, Logan? Așa te porți cu o femeie? îl apostrofă, încrucișându-și brațele. Nu se putea lăsa distrasă de aspectul lui fizic impunător și irezistibil...

— Ce ți-a venit de ai apărut așa, aici? Trebuia să fii la spital, ce s-a întâmplat?

— Uite că m-am externat. Sunt perfect capabilă să particip la o petrecere, iar tu poți să-ți vezi liniștit de treabă.

— Cum adică te-ai externat? Doctorul te-a lăsat să pleci? îi zise el, privind-o cu duritate.

— Nu, Logan, am plecat singură. Am fugit... Mă pricep foarte bine la asta... Alte întrebări? adăugă pe un ton sfidător.

— Ești inconștientă? Dacă ți se făcea rău în drum spre sală? Poate încă nu te-ai refăcut complet. Ce părere va avea doctorul despre tine acum?

— Nu-mi pasă. Am vrut să vin aici să-l văd pe Noah, care apropo, e foarte drăguț și știe cum să se poarte cu o femeie, nu ca alții...

— De-ajuns! În momentul ăsta te duc la spi-

tal, Lindsay. Te comporţi foarte imatur, chiar şi pentru felul tău de a fi, îi zise el, luând-o de mână din nou, observându-i buzele rujate într-o nuanţă de roşu aprins, lucru care îl irita.

De fapt, ea îl aducea într-o stare de iritare continuă. De ce nu se putea comporta ca o femeie întreagă la minte?

— Nu! Nu plec nicăieri. Am venit aici să mă bucur de seara asta, nu să mi-o strici tu! se opuse ea, apropiindu-se mai mult de el.

Îşi dădu seama că a făcut o greşeală, căci inima i-o lua razna cu fiecare bătaie. Era atât de furioasă pe el şi totuşi îi venea să-l sărute cu toată pasiunea de care se ştia în stare. Numai pierzându-se în privirea lui simţea că se încălzeşte.

— De ce trebuie să fii atât de încăpăţânată, Lindsay? Nu înţelegi că e spre binele tău să te întorci la spital? o întrebă, observând tonalitatea joasă a propriului glas.

Nu era de mirare, din moment ce între ei erau doar câţiva centimetri.

— Nu înţeleg decât că vreau să dansezi cu mine, Logan... deşi mă enervează la culme atitudinea ta de guvernantă din secolul trecut.

— Un dans şi apoi te duc personal la spital, bine?

— Pot să merg singură până acolo... îi zise ea, apropiindu-se încă puţin de buzele lui.

— Nu accept niciun comentariu, Lindsay. Facem aşa cum spun eu... spuse el, simţindu-se incapabil să se mişte de lângă ea.

— Niciun comentariu, zici? Dar despre asta ce părere ai?

Profită de ocazie şi îl sărută cu toată puterea dorinţei pe care o simţea în preajma lui de fiecare dată. Îşi înlănţui braţele în jurul gâtului său, vrând parcă să se asigure că nu are cale de scăpare.

Deşi Logan vru s-o dea la o parte şi să pună distanţă între ei, reacţia stârnită de roşcată îl făcut să-i răspundă pasional, înconjurându-i talia cu braţele lui. Simţea dorinţa pentru ea curgându-i pur şi simplu prin vene. Totuşi, trebuia să se oprească.

— Lindsay, stai... îi zise el cu un glas răguşit, încercând să-şi găsească suflul.

Se desprinse de ea fără tragere de inimă, trecându-şi o mână prin păr, furios pe el însuşi. Dacă nu mai avea un dram de conştiinţă, era în stare s-o aibă chiar acolo, în faţa sălii de sport.

— Ţi-a plăcut, aşa e? Nu trebuie să-mi spui, se vede pe tine. De fapt, aş putea spune că ţi-a plăcut foarte mult, atât de mult încât ai putea să faci dragoste cu mine chiar acum şi chiar aici, dar încerci în mod eroic să te controlezi... Drăguţ... îi spuse Lindsay, încercând să ascundă că şi ea simţea exact acelaşi lucru.

— Taci, Lindsay! Hai să dansăm şi apoi plecăm, o avertiză Logan, luând-o din nou de mână şi ducând-o în mijlocul sălii, încercând să ignore felul excitant în care ea îşi lipea corpul de al lui, întorcându-se cu spatele la el şi mişcându-se senzual, provocându-l.

În acest timp, Jessica şi Jack dansau la rândul lor, privindu-i cu drag atât pe Nadya şi Noah, cât şi pe Lindsay şi Logan.

— Sunt atât de frumoşi împreună! Suntem o

familie frumoasă cu toții, dacă nu te deranjează că spun asta...

— Nu, Jessie, e-n regulă. Chiar asta suntem, ai dreptate. Ți-am spus ce frumoasă ești în seara asta?

— Da, acum... Și tu ești frumos, Jack, îi zise ea, simțindu-i răsuflarea fierbinte pe gâtul ei.

Reacțiile pe care el i le trezea erau noi, incitante, irezistibile, dar o făceau să se teamă într-o oarecare măsură. Îi era atât de teamă că, după ce o va avea, o va părăsi, satisfăcându-și curiozitatea. O speria gândul că îl putea pierde oricând în favoarea altei femei. Era îngrozitor gândul că, dacă nu va reuși să-l facă s-o iubească, va trebui să învețe să trăiască fără el, fără modul în care îl simțea aproape de ea în acele momente, fără senzațiile pe care numai el reușea să i le trezească. Jessica îl îmbrățișă mai puternic în momentul acela, dorindu-și din toată inima să nu mai plece de lângă ea.

— Jessie, s-a întâmplat ceva? o întrebă Jack, preocupat.

— Nimic... Mă gândeam doar că în seara asta sunt atâtea fete frumoase aici și... n-ai niciun motiv să stai cu mine...

— Asta era? Nu-ți face griji, ți-am mai spus doar: atât timp cât suntem împreună, sunt doar al tău, îi zise Jack, mângâindu-i chipul.

— Bine, scuze, nu știu ce mi-a venit... poate faptul că nu am mai fost implicată într-o relație de genul ăsta mă face să nu știu să reacționez uneori...

— E-n ordine, te vei adapta. Știi, Jessie, nu

pot să-mi scot din minte ideea că abia aştept să fac dragoste cu tine, spuse el, privind-o insinuant, dar cu blândeţe.

— Jack...

— Nu vreau să te simţi presată, vreau doar să ştii cât de mult te doresc...

— Ştiu, Jack. Şi eu te doresc... mărturisi ea, privindu-l cu drag.

— Hai să plecăm de aici. Te duc acasă...

— Bine...

Îşi luară rămas bun de la ceilalţi şi plecară spre casă cu maşina lui.

La terminarea melodiei, Lindsay se desprinse de Logan şi merse direct la masă. Bău un pahar de vodcă cu gin tonic, gândindu-se la viaţa ei de până atunci. Logan veni la ea şi o privi cu atenţie.

— Ce faci, Lindsay, bei? Te distrezi?

— Da, de minune. Ce-ţi pasă?

— Abia ai ieşit din spital, nu poţi să faci asta, îi zise el pe un ton hotărât, împreunându-şi mâinile pe masă.

Lindsay părea afectată de ceva, asta era sigur.

— Cine te crezi, Logan? Poţi să-ţi vezi de treabă liniştit, eu n-am să te încurc, îi zise încruntată, în timp ce îşi trecea mâna prin păr.

Băutura tare o ardea pe dinăuntru şi o ameţea, dar avea nevoie de ea ca să uite, măcar câteva ore, trecutul care o mistuia.

— Nu asta a fost înţelegerea, Lindsay: am stabilit că dansăm un dans şi apoi te duc la spital. Chiar vrei să mergi acolo în starea asta?

— Nu-mi place înţelegerea ta, Logan. Şi, dacă

nu-ţi place ce vezi, n-ai decât să pleci. Nu eşti obligat să-mi porţi de grijă.

— Taci şi hai cu mine. Nu poţi să rămâi aici în starea asta, îi zise el ridicându-se în picioare şi întinzându-i mâna.

— Rămân aici. Dacă tu nu mă vrei, voi găsi un alt bărbat care să fie mai mult decât dornic să-şi petreacă noaptea cu mine.

— Vezi să nu... Lasă prostiile. Comportă-te, măcar o dată în viaţă, aşa cum trebuie.

O luă de braţ şi o ridică de la masă, făcându-le un semn de salut Nadyei şi lui Noah. Pe urmă o conduse la maşină, în ciuda protestelor ei.

— Ce crezi că faci, Logan? îl întrebă Lindsay, clipind des, uşor ameţită.

Se oprit în faţa portierei, ezitând să intre.

— Dacă nu vii de bunăvoie, te duc pe sus, Lindsay. Ştii că sunt în stare. Acum, fii fată cuminte şi urcă.

Lindsay se supuse, conştientă de privirea lui scânteietoare. Ştia că el putea foarte bine să-şi pună în practică ameninţarea, iar ea se simţea oricum cam ciudat, aşa că se conformă, închizând ochii aproape imediat. Căzu într-un somn adânc, spre uşurarea lui Logan, care o duse acasă. Odată ajunşi în faţa casei, îi puse mâna pe umăr, încercând s-o trezească, dar fără succes. Încruntându-se, coborî din maşină şi o cără pe braţe în apartamentul ei. Acolo, o duse în dormitor şi o întinse pe pat, moment în care ea întredeschise ochii. Logan o privit câteva clipe. Când vru să plece, ea îl prinse de mână, încercând să-l ţină lângă ea.

— Nu pleca, Logan. Ai idee cum e să nu fi do-

rit? Vreau atât de mult să mă vrei, Logan... mai mult decât orice altceva pe lume... Te rog, rămâi lângă mine...

Poate rugămintea din ochii ei, poate tonul vocii sau felul în care i-a spus acele cuvinte îl convinseră pe Logan să se culce în pat lângă ea. Roşcata adormi din nou. Deşi se întinse la distanţă de ea, în clipa în care Lindsay se răsuci şi se lipi de el, nu fu capabil s-o respingă. Când ea îşi puse braţul pe abdomenul lui, o lăsă. La un moment dat, nemaiputând rezista tentaţiei, o îmbrăţişă, observând felul în care părul ei roşcat se întindea pe pieptul lui. S-a gândit la ceea ce a vrut ea să-i spună mai devreme, formulând întrebarea aceea, însă fu distras de corpul ei lipit de al său, lucru care îi stârnea simţurile mai mult decât voia să recunoască. Trebuia să facă ceva în legătură cu ceea ce îi transmitea propriul trup, fiindcă trecuse ceva timp de când nu mai fusese cu o femeie. Numai din acest motiv o dorea pe Lindsay în acele momente, însă ea nu era femeia potrivită pentru el, asta trebuia să înţeleagă cât mai repede.

Între timp, Jessica şi Jack au ajuns în faţa casei lui, trecând de casa ei.

— Ce facem, Jack? Credeam că mă duci acasă, spuse fata, scoţându-şi centura.

— Asta şi fac... Dar n-am precizat la care casă... Hai să-ţi arăt ceva, îi zise el, luând-o de mână şi conducând-o în curtea casei şi de acolo în grădină.

Deşi întuneric, cerul era senin şi plin de stele. Jessica îl urmă, curioasă. Odată ajunsă în faţa

surprizei, îşi duse ambele mâini la gură, surprin-
să plăcut.

— Jack! E... superb...

— Îţi place? Am făcut nişte modificări, ca să
arate şi mai frumos. Stai să vezi cum e înăuntru.
Hai!

— Da. E minunat... zise ea, admirând căsuţa
din copac.

Jessica îl urmă, urcând treptele care duceau
spre căsuţă. Odată ajunsă sus, intră înăuntru, în
locul pe care nu-l mai văzuse de atâta vreme.

Căsuţa era puţin mobilată: o măsuţă, câteva
scaune, nişte rafturi cu cărţi, reviste, cd-uri, iar în
celălalt capăt, era un pat. Ferestrele erau mici şi
rotunde, acoperite de perdeluţe colorate.

— Vin aici de fiecare dată când simt nevoia
să fiu singur. Căsuţa asta e un fel de refugiu. Deşi
am muncit toţi trei la ea, eu vin cel mai des aici.
Îţi place? N-ai spus nimic de când ai intrat... vorbi
Jack, aşezându-se pe un scaun.

— Jack, e splendidă! Ultima dată când am
venit aici, nu arăta atât de frumos, rosti Jessica,
aşezându-se la rândul ei.

— Mă bucur că îţi place. Vrei să-ţi aduc ceva?

— O limonadă, dacă ai, mulţumesc. Şi eu mă
bucur că m-ai adus aici, îi mărturisi ea, urmărin-
du-l cu privirea în timp ce îi aducea limonada.

— Uite, sper să-ţi placă.

— Cu siguranţă. Jack... vreau să te întreb
ceva foarte personal şi sper să nu te superi, sunt
doar curioasă...

— Poţi să mă întrebi orice, frumoaso, îi zise
el, zâmbindu-i în felul acela cuceritor şi senzual

totodată.

— De ce nu vrei să te îndrăgosteşti? Poate chiar ai descoperi că ţi-ar plăcea asta...

— Fiindcă mi-am pierdut inima o dată şi nu mai sunt dispus să risc. De ce s-o fac, dacă totul poate fi atât de uşor şi în felul ăsta nu rănesc sentimentele nimănui?

— Ţi s-a întâmplat ca lucrurile să scape de sub control, adică partenera ta să se îndrăgostească de tine? îl întrebă precaută.

— Da.

— Şi ce ai făcut?

— Am pus capăt relaţiei. Nu vreau să mă ataşez de nimeni, nici să provoc suferinţă, aşa că nu am avut legături care să dureze foarte mult. Gata cu interogatoriul?

— N-am vrut să pară aşa, am vrut doar să ştiu...

— Acum ştii. Jessie, eşti o fată isteaţă, nu vreau să faci greşeala de a te ataşa prea mult de mine. Nu sunt bărbatul potrivit pentru tine, frumoaso. Meriţi ceva mai bun, ştii asta, nu-i aşa?

— Cum spui tu... Când am intrat în jocul ăsta, am ştiut ce mă aşteaptă. Şi totuşi, mă bucur că suntem împreună, Jack...

— Şi eu mă bucur, Jessie, să nu mă înţelegi greşit. Îmi place ideea că eşti a mea... trebuia să ajungem şi la asta, nu? o întrebă, în timp ce-i mângâia obrazul, privind-o într-un mod seducător.

— Se pare că da, ... i-a spus ea, apropiindu-se de el, sărutându-l, nemaiputând rezista tentaţiei.

Era atât de bine să fie în braţele lui, să-i simtă buzele şi mângâierile... Jack o putea face să sim-

tă că pluteşte sărutând-o în felul acela irezistibil, făcând-o să-şi dorească mai mult, tot mai mult...

— Jessie... dacă vom continua astfel, nu voi mai fi capabil să mă opresc... Te doresc atât de mult... îi zise el, privind-o atât de intens, încât Jessica se pierdu în propriile senzaţii.

— Nu trebuie...

— Ce nu trebuie? Spune-mi, Jessie, mă doreşti la fel de mult precum te doresc eu?

— Nu trebuie să te opreşti... îi răspunse Jessica, închizând ochii, ştiind că urmează să-i dăruiască singurul lucru care i-a mai rămas: corpul ei.

— Eşti sigură, Jessie?

— Da, Jack... vreau să mă iubeşti aşa cum nu ai mai făcut cu nimeni până acum, îi zise, încercând să fie curajoasă. Nu mai era timp şi loc pentru teamă.

— Bine... Dacă fac ceva ce nu trebuie sau nu ţi-e pe plac, să-mi spui. Să nu mă laşi să te rănesc în vreun fel, Jessie...

— E imposibil să mă răneşti, Jack... îl asigură, sărutându-l din nou şi punându-şi braţele în jurul gâtului bărbatului pe care îl iubea mai mult decât putea acesta să-şi imagineze.

În loc de răspuns, Jack o privi, o îmbrăţişă şi o sărută cu toată pasiunea care se ascundea în inima lui. Se desprinse de ea numai cât să se dezbrace de cămaşă, după care o luă în braţe şi începu s-o alinte cu buzele lui ademenitoare. Îi sărută gura cu o căldură răvăşitoare, făcând-o să i se abandoneze cu totul. O sărută apoi pe gât, savurând felul în care tremura în braţele lui. Îi plăcea s-o simtă lipită de el. Era ademenitoare şi dulce. Îi

sărută buzele, trăgând fermoarul rochiei care l-a înnebunit toată seara. Voia ca Jessica să se simtă ca o regină în brațele lui, să savureze plăcerea pe care i-o oferea și s-o trateze mai presus de felul în care a făcut-o cu cele de dinaintea ei, doar era specială pentru el.

În timp ce se sărutau, amândoi simțiră rochia căzând la picioarele ei.

— Ești frumoasă, Jessie... îi zise el, fascinat.

Femeia din fața lui avea un corp armonios, iar felul în care lenjeria albă îi ascundea anumite părți ale trupului îi sporea misterul pe care Jack abia aștepta să-l descopere.

— Mulțumesc, Jack. Și tu ești foarte frumos, spuse ea, încercând din răsputeri să-și ascundă trăirile interioare.

Nu putea să pară rușinată, căci atunci el și-ar fi dat seama de adevărul ei și poate nu ar mai fi vrut-o. Nu putea risca.

— Cu plăcere, chiar spun adevărul... o asigură, lipindu-și corpul de al ei și savurând senzația aceea binefăcătoare.

Jessica îi simți buzele coborând spre sânii ei, copleșită de fierbințeala care o invada. Jack o sărută în zona aceea, atât cât îi permitea materialul sutienului, urcând apoi palmele de-a lungul abdomenului ei, cuprinzându-i sânii în palme și mângâindu-i cu blândețe. Își lăsă capul pe ei, bucurându-se de sentimentul de liniște care îl cuprindea, în timp ce ea îi mângâia părul.

Jessica se lăsă purtată apoi în brațe de Jack, care o întinse pe pat. Îi scoase sutienul, mângâindu-i și gustându-i sânii, făcând-o să se arcuiască

sub el. Apoi se desprinse de ea şi îşi scoase pantalonii, rămânând în boxeri. Se lipi din nou de ea, sărutând-o întruna, coborându-şi mâna de-a lungul trupului ei, strecurându-se între materialul lenjeriei şi pielea ei catifelată, oprindu-se între coapsele ei, mângâind-o, aprinzând focul din ea, dar şi din el.

Jessica avea ochii închişi, concentrându-se asupra mângâierilor pasionale care îi încălzeau fiecare zonă din corp pe care el i-o atingea.

— Jack... Jaaack...

— E bine, nu? o întrebă pe un ton senzual, privind-o atent, continuând s-o mângâie şi să-i ameţească simţurile. Poţi să mă atingi şi tu dacă vrei, Jessie. De fapt, mi-ar plăcea foarte mult s-o faci... Vreau să simt cât de mult mă vrei, frumoaso... îi şopti, scoţându-i şi ultima piesă de lenjerie care îl încurca. Îşi scoase şi boxerii lui, rămânând gol în faţa ei.

Jessica îl sărută, mângâindu-i spatele şi pieptul, simţindu-l contractându-se când îşi plimbă degetele deasupra abdomenului său.

Jack coborî de-a lungul trupului ei apetisant, sărutând-o în zonele care înfloreau sub atingerea buzelor lui, făcându-i lucruri care o ruşinau, dar o şi umpleau de plăcere. Îşi simţea trupul arzând pentru el şi se simţea împlinită.

În sfârşit, era alături de Jack, aşa cum şi-a dorit de atât de mult timp şi tot ce trebuia să facă era să savureze absolut tot ceea ce îi făcea el... felul în care respiraţiile lor se întretăiau, dar şi modul în care o atingea şi o săruta era minunat. Jack în sine era muzică şi dans pentru inima ei.

La un moment dat, nemaiputând rezista do-
rinței de-a o avea, Jack îi șopti pe un ton pasional,
în timp ce mâna lui creștea focul din ea, numai
atingând-o în cea mai sensibilă parte a corpului
ei:

— Jessie... ești atât de dulce și de pregătită
pentru mine, frumoaso... Nu pot și nu vreau să
mai aștept... vreau să te simt...

— Și eu vreau asta și te doresc, Jack... îl asi-
gură, privindu-l cu drag.

Jack o sărută, împletindu-și degetele cu ale
ei, în timp ce înainta cu blândețe, pătrunzând-o
ușor, simțind cum i se oferă din toată inima și cu
tot trupul ei. Frumoasa din brațele lui devenea
femeie, femeia lui, în acele momente pline de pa-
siune, dar și de tandrețe. Ceva tresări în inima
lui Jack când simți că ea se încordează, nefiind
obișnuită cu felul în care el îi invada trupul. O să-
rută atunci și mai intens, încercând să-i distragă
atenția de la ceea ce se întâmpla. Deși nu se aș-
tepta la surpriza aceea din partea ei, aproape că
nu mai conta nimic pentru el, în afară de plăcerea
pe care o simțea alături de ea, în profunzimea cea
mai dulce a feminității ei... Jessica era ca o mare
liniștită pentru el, o mare care îi oferea toată fru-
musețea posibilă prin valurile de plăcere pe care
le simțea din partea ei.

După ce momentul de început trecu, Jessica
încercă să se abandoneze senzațiilor noi pe care
le trăia în acele clipe, știind că vor fi de neuitat. În
sfârșit, era cu totul a lui Jack, doar a lui... împli-
nirea pe care o simțea nu putea fi comparată cu
nimic. Totul se putea destrăma în acele momen-

te, dar pentru ea nu conta decât el şi felul în care o făcea să se simtă: frumoasă, iubită şi dorită. Atunci când mişcările lui începură să fie mai rapide, Jessica simţi şi mai multă plăcere decât până atunci. Pur şi simplu, Jack o făcea să se bucure de tot ceea ce îi oferea. Aproape că îi venea să... însă tuşi, abţinându-se.

— Nu te reţine, frumoaso, vreau să te aud... Haide, doar pentru mine... vreau să ştiu exact cât de mult îţi place tot ceea ce îţi fac... îi şopti el, având o privire în care flăcările dorinţei ardeau din abundenţă.

Jessica nu-i răspunse. Nu putea. Tot ceea i se întâmpla era prea mult pentru ea. Prea mult. Prea bine. Prea frumos. Cuvintele nu-şi aveau rostul în acele momente... nu era conştientă decât de corpurile lor înlănţuite şi de modul în care se simţea în braţele lui. Era o senzaţie pe care ar fi vrut s-o păstreze pentru totdeauna... iar dacă ar fi putut face ca ei doi să rămână astfel îmbrăţişaţi pentru eternitate, ar fi făcut-o. Nu mai avea nevoie de nimeni şi de nimic altceva în afară de el. Chiar dacă ştia că, în final, Jack îi va frânge inima, în acele clipe voia doar să se bucure de el, atât cât putea. Era atât de bine, de simplu, dar şi de complicat să fie în braţele lui, însă, în acelaşi timp, era tot ce-şi dorea. Dacă acesta era modul prin care avea o şansă cât de mică să ajungă la inima lui, atunci aşa să fie... Nu putea decât să-i ofere totul, sperând că, la un moment dat, şi ea va primi acelaşi lucru din partea lui.

Înainte de finalul acelor momente speciale, Jessica îl simţi tremurând în braţele ei. Ştia că,

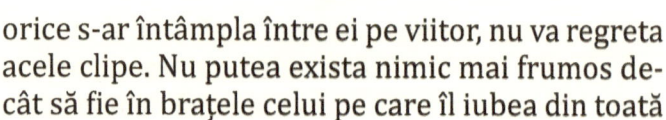

orice s-ar întâmpla între ei pe viitor, nu va regreta acele clipe. Nu putea exista nimic mai frumos decât să fie în brațele celui pe care îl iubea din toată inima...

Jessica se acoperi cu pătura, apoi îl îmbrățișă, ușor confuză. Deci asta însemna să facă dragoste cu el. Pasiune, foc, tandrețe, împlinire... știa că nu ar renunța la aceste lucruri trăite alături de el niciodată...

Jack o luă în brațe și o lipi de pieptul lui, mângâindu-i ușor părul. Se simțea satisfăcut, mai mult, împlinit, iar asta era o noutate pentru el. Deși mai fusese cu atâtea femei, ceea ce tocmai trăise alături de Jessie a lui era... nici nu putea să descrie. Nici nu putea să vorbească în acele clipe, nu voia să spună ceva nepotrivit. De când îi păsa lui atât de mult de cea pe care o ținea în brațe? El nu era așa... înainte, nici nu se sinchisea să-și îmbrățișeze partenerele, iar acum... simțea o nevoie ciudată de a o proteja... dar de cine și de ce? Ce se întâmpla cu el? Nu se mai recunoștea. Ghearele remușcării își făceau loc în conștiința lui, care nu era obișnuită cu astfel de lucruri. O rănise pe Jessie, pe prietena lui cea mai bună, pe singura femeia care nu merita așa ceva din partea lui, și pentru ce? Pentru a-și potoli pasiunea care ardea în el? Dacă ea ar fi știut ce fel de bărbat era, nu s-ar fi apropiat de el... și totuși, ea știa și l-a acceptat. Pentru prima oară în viață, Jack simțea că e atât de rău și de nepotrivit pentru o femeie ca ea. Deși Jessica a știut cu cine are de-a face, nu s-a împotrivit dorinței lui. Dimpotrivă... l-a lăsat s-o aibă, dăruindu-i-se cu atâta pasiune și tandrețe, încât

l-a năucit. Se simțea ca un colecționar de trupuri și de inimi, un cuceritor care nu vedea dincolo de propriul interes. Cu siguranță, urma să-și primească pedeapsa binemeritată într-o zi... trebuia să evite cu orice preț ca Jessie să se atașeze de el, fiindcă era singura femeie care nu merita să sufere din cauza lui. Măcar atât putea să încerce să facă pentru ea. Se simțea îndatorat față de ea.

— Jack...

Glasul ei îl făcu să tresară. Era atât de adâncit în gândurile sale, încât abia o auzi.

— Da? o întrebă, privind-o cu seriozitate, dar și cu blândețe în același timp.

— Nu ai spus nimic și mă gândeam dacă e de bine sau de rău... am făcut ceva greșit?

— Nu, Jessie, eu am făcut... îi spuse, abia îndrăznind s-o privească din cauza remușcării, dar și a faptului că, în ciuda chinului interior, o dorea din nou.

— Ce vrei să spui?

— Eu... am fost... ți-am făcut... oh, Jessie, îmi pare rău... n-am știut că, până la mine, tu nu... îi zise el, încurcat, un alt lucru neobișnuit.

— Jack... îmi pare rău că te-am mințit în privința asta, dar... mi-am dorit atât de mult să fiu cu tine... te rog, spune-mi că nu ești supărat...

— Nu sunt supărat pe tine, ci pe mine, Jessie. Nu meritai să-ți fac asta, iar eu nu meritam ca tu să-mi oferi un lucru atât de prețios... Nu vreau să regreți, frumoaso... Ești bine? N-am mai avut de-a face cu o femeie ca tine și nu știu cum să mă comport... mă simt ciudat...

Jessica îl privit zâmbind. Jack Connor se sim-

ţea ciudat în preajma ei! Îi părea rău că, în opinia lui, o rănise cu pasiunea lui. Se simţea de-a dreptul topită şi înduioşată de atitudinea lui. Bănuia că el se va purta tandru cu ea chiar şi după acele momente minunate, însă reacţia lui o surprindea plăcut. Foarte plăcut.

— Sunt cât se poate de bine, Jack... nu mă mai face să vorbesc despre asta... of, cred că sunt roşie la faţă... numai tu eşti de vină...

— Da, eşti roşie la faţă şi mai eşti şi adorabilă astfel, Jessie. Trebuie să te întreb, nu mă pot abţine, doar sunt iubitul tău: eşti mulţumită de felul în care te-am făcut să te simţi? A fost bine? Am reuşit să-ţi ofer şi plăcere? Nu te supăra pe mine, dar trebuie să ştiu toate astea şi nu numai dintr-un orgoliu pur masculin, ci... nu ştiu exact... dar nu e de rău... îi zise el privind-o cercetător.

— Jack... rosti Jessica, închizând ochii. Pe de o parte, ar fi vrut să se ascundă de el, pe de alta, ar fi vrut să-i strige tot adevărul din inima ei.

— Jessie... haide, spune-mi. Nu am de gând să râd de tine sau ceva de genul ăsta... suntem doar noi doi, frumoaso, iar lucrurile astea rămân doar între noi ... o asigură el, mângâindu-i chipul.

— Jack... sunt foarte jenată, dar dacă vrei neapărat...

— Vreau, Jessie...

— Sunt bine, iar cât despre celelalte lucruri, cred că ţi-ai dat seama deja...

— Oarecum, dar am vrut să aud de la tine...

— Bine, acum că ne-am lămurit, putem să dormim? Ai vrea să mă ţii în braţe?

— Bineînţeles. Trebuie să-ţi mai spun că mă

bucur fiindcă am făcut şi pasul ăsta împreună. Noapte bună, Jessie! îi zise el îmbrăţişând-o mai strâns, sărutându-i buzele şi fruntea.

— Noapte bună, Jack! Şi eu... mă bucur... şi tu?

— Şi eu, ce?

— Te-ai simţit... bine?

— M-am simţit foarte bine, aşa cum te vei simţi şi tu de-acum încolo, Jessie. Voi avea mare grijă de asta... îi promise el, neputându-se abţine, de parcă ar fi vorbit altcineva în locul lui.

Ceva ciudat se întâmpla cu el, de asta era sigur. Nu ştia exact cum va proceda mai departe, însă trebuia să aibă grijă...

Capitolul 8

Când Lindsay se trezi în dimineața următoare, observă că stătea lipită de Logan, care o ținea în brațe. Un gând ciudat îi invadă conștiința: de ce era Logan lângă ea în pat, în casa ei? Își trecu mâna prin păr, gândindu-se că nu-și amintește mare lucru din noaptea trecută în afară de dans și de faptul că a băut. Se uită sub pătură și constată că era îmbrăcată, spre ușurarea ei, însă asta nu însemna că ea și Logan nu... îl privi apoi pe el, observând că și el era îmbrăcat. Logan dormind lângă ea nu era deloc o imagine neplăcută: arăta atât de relaxat dormind. Nu era acel Logan serios și cicălitor de peste zi. Cămașa lui era descheiată doar cu un nasture în plus față de cum trebuia, iar ea își trecu palma pe pieptul lui, neputând rezista tentației de a-l atinge. Era exact așa cum trebuia. Se desprinse de el, lovindu-l ușor pe umăr ca să-l trezească, zâmbind când el scoase o grimasă, încruntându-se la ea.

— Bună dimineața, Logan. Nu te mai încrunta la mine, îți stă mult mai bine când dormi...

— Bună, Lindsay. Dacă-i așa, trebuia să mă mai lași să dorm. De ce m-ai trezit? o întrebă, ridicându-se din pat pentru a nu fi tentat de ea.

— Stai, doar nu ai de gând să pleci așa repede. Nu până nu-mi spui ce s-a întâmplat azi-noapte... îi ceru ea, simțind o ușoară culoare în obraji.

Culmea, de obicei nu roșea, dar el o aducea în starea aceea. Era numai vina lui...

— Nu-ți amintești? o întrebă, zâmbind.

— Nu chiar...

— Ei bine, am dansat, ai băut, iar eu te-am adus acasă. Apoi am vrut să plec, dar tu nu m-ai

lăsat... îi zise el pe un ton insinuant, amuzându-se de fâstâceala ei.

Asta chiar era interesant: roşcata putea fi sensibilă la ceva...

— Adică, ai profitat de starea în care eram pentru...

— Tu ai insistat...

— Logan! Îmi spui că noi doi am... ştii tu... s-a întâmplat ceva între noi? îl întrebă, trăgându-şi pătura până sub bărbie. Dintr-o dată, se simţea jenată de situaţie.

— De ce întrebi, nu tu ai vrut-o, Lindsay? Ţi-ai dorit asta încă de când... Ei, bine, de mai mult timp. Acum de ce reacţionezi aşa?

Îi zâmbi şi-şi încrucişă braţele. Era timpul să-i dea o lecţie roşcatei care îi umplea gândurile în majoritatea timpului.

— Eşti un bădăran! Nu credeam că vei face un lucru atât de josnic. Să te foloseşti de faptul că băusem ca să... ca să...

Lindsay tăcu, simţind că se sufocă de furie. Se ridică din pat şi se îndreptă spre el, pregătită să-l înfrunte.

— Azi-noapte nu mi-ai spus aşa... m-ai întrebat dacă am idee cum e să mă simt respins şi mi-ai zis că vrei ca eu să te vreau...

— Asta e ideea: nu-mi aduc aminte nimic de genul ăla şi nici ca noi să fi fost împreună în felul acela... Logan... mă păcăleşti, aşa e? Nu puteai să faci asta, nu la cum te cunosc...

— A meritat să-ţi spun toate astea şi să te văd în starea asta... Multe lucruri dintre cele pe care ţi le-am spus sunt reale, cu excepţia faptului

că între noi s-ar fi întâmplat ceva. Nu că tu n-ai fi vrut...

— Logan, îţi spun cinstit: eşti cel mai mare ticălos pe care l-am întâlnit vreodată... n-am să te iert pentru asta, îţi promit... nimeni nu m-a mai minţit aşa şi nimeni nu m-a mai atras în felul în care o faci tu... recunoscu ea, privindu-l în ochi.

Logan o privi amuzat, apoi mirat. Dacă, pe de o parte, îi venea să plece cât mai repede de acolo, pe de alta, îi venea s-o ia în braţe şi să-şi îndeplinească absolut fiecare fantezie pe care ea i-a provocat-o în tot timpul de când a întâlnit-o.

— Cred că nu te-ai trezit încă, Lindsay. Trebuie să plec. Aştept să-mi spui că te-ai dus la spital pentru control şi pentru a te scuza faţă de doctor pentru gestul tău copilăresc de a fugi din spital.

— Unde mergi? îl întrebă, neputându-se abţine.

— Să ajut muncitorii la reconstrucţia barului. Noah şi Jack mi-au zis că vor veni şi ei să mă ajute, răspunse el, încercând să ignore felul apetisant în care rochia mulată îi evidenţia corpul roşcatei.

— Stai, vin şi eu, numai să mă schimb. Nu am o ţinută potrivită pentru asta...

— Nici să nu te gândeşti. Tu trebuie să-ţi revii şi apoi mă vei ajuta cu ceea ce ţine de interiorul barului. Îţi va veni rândul şi ţie... îi zise el, privind-o pătrunzător.

Lindsay veni lângă el şi îl sărută, simţind o nevoie mai mare decât orice orgoliu şi decât orice altceva, mai ales că şi el îi răspunse cu aceeaşi pasiune la sărut, îmbrăţişând-o şi mângâindu-i spatele.

— E de ajuns, Lindsay. Chiar trebuie să plec...
îi zise el eliberând-o din brațele lui fără tragere de
inimă.

— E bine și atât, doar am stabilit că vom face
asta mai des, dacă vrei să lucrez în continuare în
barul tău... îi zise ea, știind că nu doar din acest
motiv îi făcea plăcere să-l sărute.

— Da... Ei, bine, barul nu e gata încă, așa că
poți să nu mai faci asta...

— Dacă ai de gând să spui din nou că sunt
imatură, te pocnesc, Logan, și n-o să-ți placă, te
asigur...

— Dacă ai de gând să devii violentă, mai bine
plec. Nu cumva să mă aleg cu vreo vânătaie...

Plecă și o lăsă singură, nervoasă, dar și dor-
nică de el.

Era timpul să facă niște vizite: voia să-și vadă
prietenele, dar trebuia să meargă și la spital, al-
tfel nu mai scăpa de morala lui Logan. Cel mai rău
era că, în anumite privințe, el avea dreptate. Cât
despre magnetismul pe care îl simțea în preajma
lui, știa că nu va dispărea: voia să fie cu el, dar, mai
ales, dorea să-și amintească fiecare gest, fiecare
sărut și fiecare mângâiere...

Câteva ore mai târziu, Noah, Logan, Jack și
alți muncitori care lucrau la reconstrucția baru-
lui le văzură pe cele trei prietene venind spre ei,
însoțite de Abygail. Femeile erau încărcate cu mai
multe plase, care păreau destul de voluminoase
și grele.

— Ce fac băieții mei frumoși? se interesă
Abby, zâmbind la vederea fiilor ei.

Lăsă plasele pe o masă pliantă.

— Mult mai bine, acum că aţi venit să ne vedeţi... răspunse Jack zâmbind la rândul lui. Îşi îmbrăţişă mama, privind-o în acelaşi timp pe Jessica. O luă apoi în braţe pe cea care îi tulbura simţurile chiar şi în acele momente, sărutând-o uşor, rapid, dar conştient că ar fi vrut mai mult, mult mai mult...

Jessica îl îmbrăţişă la rândul ei, neputând să ascundă bucuria pe care o simţea numai privindu-l. Dintre toţi bărbaţii de acolo, Jack era preferatul ei şi, cel puţin pentru un timp, doar al ei...

— Bine aţi venit, chiar ne gândeam când vă veţi face apariţia. Noroc că suntem atât de drăguţi, altfel nu vedeam nişte femei atât de frumoase pe aici, glumi Noah, apropiindu-se de bruneta care îl privea la fel de fericită de revedere. Mă bucur să te văd, Nadya... a mai zis el, luând-o de mână şi sărutându-i apoi buzele de care nu se mai putea sătura...

— Şi? Nu mă îmbrăţişezi, nu mă săruţi, nimic, nimic? îl întrebă Lindsay pe Logan, apropiindu-se de el, astfel încât să fie auzită numai de el.

Îl privea provocator, îi vorbea pe un ton insinuant, însă inima îi bătea de parcă ar fi alergat la un maraton, aşa cum i se întâmpla de fiecare dată în preajma lui. Deşi în sinea ei, Lindsay recunoştea că sunt atrăgători toţi cei trei fraţi care în acel moment nu aveau tricourile pe ei, nu putea nega către cine se îndrepta privirea ei. Cel mai mare dintre fraţii Connor o făcea să trăiască stări absolut contradictorii, pe care nu şi le putea explica sau controla.

— Noi, spre deosebire de ei, nu suntem îm-

preună. Nu formăm un cuplu, Lindsay... îi răspunse Logan, privind-o cu o duritate aparentă. Dar asta nu înseamnă că nu e un lucru bun că ești aici... Ești bine? o întrebă, îmblânzindu-și tonul vocii.

— Dacă mă mai întrebi asta fie și o singură dată...

— Ce-ai să faci?

— Nu știu... dar e enervant să mă tot întrebi. Sunt în viață, nu am arsuri pe corp, dacă vrei pot să-ți arăt...

— Cred că mai bine beau din apa pe care mi-ai adus-o... îi zise el, luându-i sticla din mână.

— Doar nu ți-e cald, Logan... spuse ea, simțindu-și buzele uscate în timp ce el bea apă.

Până și în clipa aceea, Logan i se părea mai mult decât apetisant. Cum era posibil ca un bărbat s-o facă să simtă așa? Făcea un lucru atât de simplu și de obișnuit. Totuși... își împreună brațele, pentru a rezista tentației de a-l îmbrățișa.

Câteva clipe mai târziu, Lindsay plecă de lângă el, fiind strigată de Abby, care avea nevoie de ajutor la împărțirea mâncării și băuturii reci celor care luau o pauză binemeritată. Erau așezați cu toții pe niște scaune pliante, în jurul unei măsuțe de plastic.

— Mulțumesc, mamă, pentru tot, spuse Logan îmbrățișând-o, moment în care privirea i se intersectă cu a roșcatei.

— Cu plăcere, dragul meu. Aveați nevoie de o pauză... dar și să vă vedeți iubitele... mă rog, frații tăi, adică... se corectă Abby, observând încruntarea fiului său mai mare.

— E bine că lucrările evoluează, vorbi Logan, concentrându-se apoi asupra mâncării.

— Aşa e, dragul meu. În scurt timp, barul va fi gata, iar tu, adică voi doi, veţi fi din nou în spatele tejghelei, servind clienţi. Nu e minunat? Adică e foarte bine că o problemă ca asta nu te-a făcut să renunţi la visul tău, Logan.

— Ai dreptate, mamă. În curând, totul va reveni la normal, remarcă el, pe un ton încrezător.

— Fetelor, plecăm? Ştiu că e greu, dar trebuie să-i lăsăm pe aceşti frumoşi şi harnici să termine ce-au început, astfel încât să celebrăm inaugurarea barului cât mai repede.

— Da, imediat, numai să duc astea de aici, răspunse Lindsay, luând nişte şerveţele pe care le aruncă la coşul din apropiere.

— Ai fost la medic?

Vocea lui Logan o făcu să tresară. Nu se aştepta ca el să-i mai vorbească în ziua aceea, având în vedere atitudinea lui, mai mereu distantă.

— Da.

— Şi ce a zis?

— Câtă curiozitate din partea ta! E cazul să mă simt măgulită?

— Întreb din politeţe, Lindsay. Nu de altceva. Vreau să ştiu dacă mai poţi să lucrezi alături de mine sau trebuie să caut pe altcineva... Mă interesează punctul de vedere al medicului.

— Şi eu cu ce mă aleg? îl întrebă, privindu-l cu o căldură care putea topi chiar şi un gheţar.

— Cu o conştiinţă împăcată, replică el, zâmbind.

Aproape că regreta că a întrebat-o ceva. În

fond, chiar nu era treaba lui să se preocupe atât de mult de sănătatea ei. Lindsay nu reprezenta nimic pentru el.

— Știi, nu prea pun preț pe conștiință, Logan. Conștiința te oprește să obții ceea ce vrei cu adevărat... iar tu știi ce vreau... spuse ea, topită de zâmbetul lui irezistibil.

— Mda... se pare că te simți foarte bine. Ai redevenit Lindsay pe care o știam. Oare experiența prin care ai trecut nu te-a afectat deloc? Ai fost mai aproape de moarte ca oricând în incendiul ăla, Lindsay, iar tot ce poți să spui e că...

— Te vreau, Logan. E simplu. Faptul că am trecut prin ce am trecut nu mi-a schimbat părerea.

— Tu... Nu vorbești serios, Lindsay. Trebuie să lucrăm la comunicarea dintre noi, dacă vrem să ne înțelegem și să ajungem la un echilibru... spuse el, făcând un pas spre ea, aproape fără să realizeze.

— O, sunt de acord... cu siguranță vom lucra la asta...

Își puse mâinile pe pieptul lui, mângâindu-l, în timp ce se pierdea în privirea lui întunecată. Apoi plecă de lângă el, străduindu-se din răsputeri să nu privească în urmă, sperând în sinea ei că i-a amețit simțurile măcar pentru câteva secunde.

Logan se întoarse la ceilalți, încercând să ignore furtuna de emoții și dorințe pe care roșcata i-a stârnit-o în fiecare fibră din corp. Trebuia să se concentreze pe ceva mult mai important decât o femeie ispititoare și dominatoare, cea mai neo-

bișnuită pe care a întâlnit-o vreodată. Cel mai rău era că nu știa cât mai putea să i se opună. Nicio altă femeie nu a mai încercat să i se strecoare sub piele și în inimă așa cum o făcea Lindsay.

În seara aceea, cu toții urmau să participe la inaugurarea sălii de dans a lui Jack.

— Ah! Nu știu cu ce să mă îmbrac... de ce trebuie să am dilema asta de fiecare dată?

— O, dar nu ești singura, Jessica. Și eu simt la fel, iar Nadya cred că e de acord cu noi. Oricum, vreau să port ceva care să-l surprindă pe Logan. Abia aștept momentul în care frumosul meu nu mă va mai putea refuza, zise Lindsay, privindu-și visătoare prietenele care îi erau ca niște surori, atât de mult le iubea. În fond, erau totul pentru ea.

— Și eu sunt puțin indecisă, dar până la urmă cu siguranță vom găsi ceva care să ne placă, conchise Nadya, privind zâmbitoare la rochiile colorate și lejere de pe manechinele din magazine.

— Deci, Logan e *frumosul tău*? Îți place, așa e? Logan e un bărbat foarte frumos, de acord, dar eu sunt de-a dreptul topită după Jack, așa că...

— Știm asta, Jessica, ne-ai mai spus-o, și tot ne place să auzim... Apropo, nu ne-ai spus dacă tu și Jack... știi tu...

— Nu-mi distrage atenția, Lindsay... eu te-am întrebat prima dacă îți place Logan, îi zise Jessica, roșind și zâmbind.

— Ă... așa e, ai dreptate. Ei bine, cred că sunt curioasă în legătură cu el. E misterios, seducător și are un zâmbet amețitor... sunt lucruri obișnuite, nu e mare lucru...

— După felul în care vorbeşti despre el, dar şi după cum îţi strălucesc ochii în clipa asta, am impresia că e ceva mai mult decât o simplă curiozitate, dragă Lindsay... Recunoaşte: eşti sub vraja lui Logan...

— Serios... Nu e ca şi cum ar fi vreun vrăjitor... Da, îmi place, dar atât. Oricum, el nu e interesat, aşa că... Iar tu Nadya, ce zâmbeşti aşa? Mai bine mi-ai lua apărarea, asta dacă nu cumva ţi-e gândul la Noah, cel care te face să zâmbeşti tot mai mult...

— Te descurci şi singură cu asta, Lindsay... Ai totul sub control, ca de obicei... Şi îţi dau dreptate, mă gândeam la Noah. De ce n-aş face-o? E atât de... bine, şi fraţii lui sunt, dar el e alesul meu...

— Asta e foarte bine, Nadya. Uf, ce ne-au făcut fraţii Connor? interveni Jessica.

— Aşa e...

— Mda... şi tu, domnişorico, nu mi-ai răspuns la întrebare, dar, după felul în care te-ai înroşit, nu pot să deduc decât un singur lucru. Vreau totul, cu lux de amănunte... Ce ţi-a spus când a descoperit că tu chiar eşti începătoare în domeniul ăsta? vru să afle Lindsay.

— Nici să nu te gândeşti, dragă Lindsay... E de ajuns că mă chinui cu întrebările, nu mai trebuie să şi răspund la ele...

— O, draga mea Jessica! Deci tu şi Jack... îi zise Nadya zâmbitoare, îmbrăţişând-o.

— Da... dar gata cu asta... trebuie să probăm nişte rochii, aşa că la treabă, fetelor!

— Doar un lucru vreau să ştiu: Jack s-a purtat frumos cu tine, nu? o întrebă Nadya, privind-o

într-un mod protector.

— Jack e minunat...

— Nu pot să cred... ai obținut mai multe de la ea decât mine, îi zise Lindsay Nadyei, făcând pe invidioasa.

— Trebuie să știi cum să întrebi, dragă Lindsay... replică Nadya, zâmbitoare.

Cele trei femei intrară în cabinele de probă. În scurt timp, ieșiră în noile ținute.

— Rochia asta e superbă, spuse Jessica, admirându-se.

Rochia roșie cu bretele în x, de lungime medie, îi venea foarte bine.

— Așa e, dar uită-te și la Nadya. Culoarea mării te prinde de minune, rosti Lindsay.

— Sunt de acord. Nadya, ești foarte frumoasă... aprobă Jessica.

— Vă mulțumesc amândurora, dar și voi arătați superb, iar asta e foarte bine. Lindsay, de ce ai ales, totuși, să poți negru? Întreb din curiozitate...

— Fiindcă se asortează cu privirea întunecată de dorință a lui Logan atunci când se uită la mine.

— Ai observat tu asta? întrebă Jessica.

— Da, de ce, ai observat și tu?

— Nu... L-am văzut cum se uită la tine, Lindsay. Aș putea spune că și el te dorește la fel de mult.

— Ești sigură?

Lindsay tremură de fericire.

— La fel de sigură ca tine.

*

Două ore mai târziu, Jessica se privea în oglinda din camera ei, când auzit vocea mamei sale:

— Jessica! Haide mai repede, a venit Jack. Nu-l lăsa să aştepte...

— Vin!

Îşi aranjă o şuviţă rebelă. Numai gândul că îl va vedea din nou o bucura foarte mult. Îşi dorise atât de mult să trăiască ceea ce trăia acum, încât i se părea incredibil, dar frumos...

Coborând scările care duceau spre sufragerie, îşi îndreptă privirea spre bărbatul pe care îl iubea încă de când l-a cunoscut. Jack arăta minunat în costumul elegant, negru. Avea părul prins, ca de obicei, iar cercelul din ureche strălucea, făcându-l să pară şi mai atrăgător. Jessica îl sărută uşor, reţinându-se din cauză că era de faţă mama ei.

— Bună, Jessie. Eşti gata? o întrebă, admirând-o, încercând să se concentreze, deşi şi-ar fi dorit mult mai mult decât un sărut în acele momente.

Fiindcă era imposibil să dea curs gândurilor care îi treceau prin minte, o luă de mână, împletindu-şi degetele cu ale ei. Se simţea norocos să aibă lângă el o femeie atât de frumoasă şi ademenitoare ca Jessica. Jessie a lui... ideea asta îi intrase tot mai mult în minte în ultime vreme...

— Da, sunt gata. Trebuie să mergem, nu-i putem lăsa pe ceilalţi să aştepte...

— Distracţie plăcută, dragilor. Jack, să-i saluţi şi pe ceilalţi din partea mea, spuse Rebecca, zâmbind la vederea celor doi tineri.

Erau atât de frumoşi, încât îi aduceau aminte de ea şi de tatăl Jessicăi, care nu mai era printre ei de câţiva ani.

— Eşti frumoasă, Jessie, spuse Jack, invitând-o să urce în maşină.

— Mulţumesc, Jack. Mă bucur că, în sfârşit, îţi trăieşti visul de a avea propria sală de dans aici, acasă, alături de cei care te iubesc...

— Iar eu mă bucur că eşti alături de mine în seara asta, dar numai tu nu mă poţi iubi, Jessie. Ştii bine...

— Desigur... Mă refeream la familia ta. Eu te iubesc doar ca pe un prieten...

Deocamdată, numai în modul acela putea să-i spună cele două cuvinte şi era curioasă de reacţia lui.

— Foarte bine, Jessie. Nu vreau să suferi din cauza mea. Iar dacă vreodată mă voi purta urât cu tine, să nu eziţi să mi-o spui.

O privi discret, observând sclipirea ciudată din ochi, însă aceasta dispăru imediat. Poate că doar i s-a părut.

— Poţi să fii sigur, Jack. Dar să nu mai vorbim despre asta acum. E seara ta şi nu trebuie să te gândeşti decât la fericirea ta.

Dacă vorbele ei au stârnit vreo reacţie în interiorul lui, Jack nu şi-a trădat-o. Era atât de neclintit în unele privinţe... Jessica spera însă, ca în timp, să-l facă să se răzgândească. Ar fi dat totul ca el s-o iubească aşa cum îl iubea ea. Răbdare, îşi spunea de fiecare dată, convinsă că nu va renunţa niciodată la cel mai mare vis al ei: bărbatul la lângă ea.

Peste câteva minute, cei doi ajunseră la sala de dans, acolo unde erau prezenți cunoscuți de-ai lui Jack, dar și frații lui, împreună cu Nadya și Lindsay.

Jessica intră prima în sală, cuprinsă de o fericire pe care își dorea s-o păstreze cât mai mult timp. Totul arăta minunat și strălucitor, datorită luminilor care erau plasate într-un mod potrivit. Mesele erau grupate de o parte și de alta a sălii, iar primii care i-au întâmpinat au fost Logan, Noah, Nadya și Lindsay.

După ce primiră urări din partea tuturor celor prezenți, Jessica și Jack se așezară la masă alături de cele mai importante persoane pentru ei: frații lui și prietenele ei.

— Ar trebui să dansăm, Jessie. Noi suntem cei care trebuie să dăm startul petrecerii... spuse el, luând-o de mână.

— Să dansăm atunci, aprobă ea, urmându-l pe ringul de dans.

L-ar fi urmat oriunde, numai să-i fie alături. Era atât de ușor să-l iubească, mai ales dacă se rătăcea în privirea lui dogoritoare. Dansau pe o melodie lentă, cum nu prea se întâmpla când își desfășurau programul de antrenament în sală. Atunci preferau melodii mult mai ritmate. În seara aceea se simțea ceva diferit, sau poate doar imaginația Jessicăi era de vină.

— Îți amintești când am mai dansat pe o melodie lentă ca asta, Jessie?

— Cum aș putea să nu-mi amintesc? îi zise ea, strângându-l mai bine în brațe.

— E la fel ca atunci, Jessie: doar tu și eu... mă

priveai cu atâta frică şi drag în acelaşi timp, încât îmi era teamă să nu fugi din braţele mele...

Jessica îl privi surprinsă. Cum putea să-şi aducă aminte toate astea şi s-o citească aşa, ca pe o carte? De ce îi vorbea astfel, dacă nu voia să-l iubească? Chiar nu bănuia ce furtună stârneşte în inima ei? Nu putea să-şi dea seama că îi frângea inima, vorbindu-i astfel?

Jack o sărută, simţindu-i buzele pline şi aroma feminină. Oare ce putere nebănuită avea Jessie a lui, încât îl făcea să fie tot mai dornic de ea? Îşi dorea s-o aibă din nou, să-i simtă tremurul corpului, dar şi s-o audă strigându-i numele în momentele cele mai fierbinţi. Gândul că îi aparţinea îl făcea să se simtă puternic, invincibil chiar, lucru neobişnuit pentru el, iar faptul că în sală erau atâţia bărbaţi cu ochii aţintiţi asupra ei îl făcea să-şi dorească să-i trimită pe toţi afară, să-i scoată rochia şi să facă dragoste cu ea din nou şi din nou, până la epuizare.

În timp ce stăteau la masă, privind perechea care dansa, lui Noah îi veni o idee.

— Nadya, ai vrea să dansezi cu mine?

Rochia aceea albastră, asimetrică, venea în completarea frumuseţii ei atât interioare, cât şi exterioare. Avea de gând s-o facă să se simtă frumoasă, iubită şi protejată, fiindcă merita acest lucru. Voia să-i ofere siguranţa şi iubirea de care avea atâta nevoie. În inima lui, ştia că şi el are nevoie de ea.

— Da, Noah... îi răspunse, dându-i mâna şi urmându-l pe ringul de dans.

Punându-şi braţele în jurul său, Nadya simţi

că se află în locul potrivit, la pieptul bărbatului de la care spera să-i ofere numai lucruri frumoase.

— E atât de bine să te simt aşa lângă mine... Mi-am dorit şi îmi doresc acest lucru în continuare, îi zise Noah zâmbitor, mângâindu-i chipul.

— Şi pentru mine e bine, Noah, mă simt minunat în braţele tale...

Privirea lui blândă şi ademenitoare îi oferea liniştea de care avea nevoie.

— E bine să fii cu mine, bruneta mea frumoasă?

— Foarte bine... te plac foarte mult, Noah...

— Şi eu la fel. Îmi doresc să te văd zâmbind cât mai des. Meriţi să fii fericită, Nadya, îi zise el, mângâindu-i spatele cu degetele şi oferindu-i fiori dulci femeii din braţele lui.

Lindsay îi privea cu drag pe cei patru, care dansau atât de frumos, dorindu-şi să trăiască, la rândul ei, aceleaşi lucruri. O emoţionau oameni care se iubeau cu adevărat. Oare era posibil să fie iubită cu adevărat vreodată, în ciuda temperamentului ei vulcanic? Putea iubirea să existe şi pentru ea? Era cineva, în lumea aceea mare, care să vadă dincolo de masca pe care o purta? Exista vreo speranţă şi pentru ea? Privindu-l pe Logan, se gândea ce frumos ar fi dacă el ar reprezenta speranţa la o viaţă plină de iubire, aşa cum şi-a dorit dintotdeauna. Ştia că putea să ofere totul pentru a fi iubită aşa cum îşi dorea. Numai că el nu o voia. Nu pe ea. Acest lucru o contraria şi o întrista foarte mult. Un bărbat ca Logan să se uite la una ca ea... era mai mult decât merita... mai ales dacă el i-ar cunoaşte trecutul, unul dureros,

pe care era condamnată să-l poarte în sufletul ei pentru totdeauna... Oare visurile ei urmau să dispară în noapte, asemenea unui fum trecător? Indiferent de situație, trebuia să renască din propria cenușă, așa cum a făcut-o de nenumărate ori. De câte ori îl privea pe Logan, i se frângea inima. Deși ea i-a mărturisit că îl voia, el nu reacționa așa cum s-ar fi așteptat ea. I se opunea, iar ea îl voia tot mai mult, mai presus de rațiune și conștiință.

— Lindsay!

— Da? spuse ea, auzind ca prin vis vocea lui Logan.

— Te-am strigat de câteva ori, dar nu m-ai auzit, erai pierdută în gânduri. Nu te simți bine? o întrebă, împreunându-și mâinile și studiind-o cu atenție.

O clipă i se păru că vede ceva straniu în privirea ei, însă roșcata își reveni repede.

— Ba da... chiar vrei să știi la ce mă gândeam?

— Mda... mai bine nu te întrebam...

— Relaxează-te, Logan, nu am de gând să te mănânc. Vreau doar să dansez cu tine...

— Nu cred că e o idee bună, Lindsay.

— De ce? Nu văd pe nimeni aici care să te revendice.

— Nu sunt un premiu, Lindsay.

— Nu, desigur că nu, scuze. Haide, Logan, să dansăm. Chiar ai de gând să mă refuzi și de data asta?

— Bine.

— Bine?

— Da.

Lindsay îl urmă pe Logan pe ringul de dans, surprinsă că nu o refuzase. Îl lăsă s-o cuprindă în brațe, dansând cu el pe ritmul melodiei. La finalul acesteia, începu o alta, mai lentă, care a făcut-o să se apropie și mai mult de el, punându-și brațele în jurul gâtului bărbatului care o fascina.

— Sunt atât de frumoși împreună...

— Cine? o întrebă Logan, ținându-și palmele pe talia ei.

— Frații tăi și iubitele lor, prietenele mele, îi răspunse ea zâmbindu-i, simțindu-se învăluită de privirea lui caldă, dar și de brațele lui puternice și blânde în același timp.

Nu se putea abține să nu se rătăcească în contemplarea lui. Era mai presus de puterile ei.

— Da, așa e. Se potrivesc foarte bine și arată grozav împreună... spuse el, concentrându-și din nou atenția asupra ei.

Nu ar fi putut să facă altfel: femeia din brațele lui era energie pură. Nu putea fi ignorată atât de ușor.

— Și tu, Logan, cu cine te-ai potrivi? Care e idealul tău feminin?

— Curiozitatea e a doua ta natură, nu-i așa, Lindsay?

— Recunosc. În anumite cazuri, devin extrem de curioasă...

— Ei bine, ca să-ți răspund la întrebare: știu că nu există femeia ideală, la fel cum nu există bărbatul ideal, dar cea care va dori să fie alături de mine va trebui să fie conștientă de anumite lucruri, precum și de faptul că sunt doar un simplu bărbat și, prin urmare, nu sunt perfect...

— Cred că vrei o femeie supusă şi care să nu aibă posibilitatea să-şi exprime dorinţele, nu-i aşa?

— Asta e o concluzie exagerată, dar, oricum, eu nu trebuie să fiu obiectul curiozităţii tale, Lindsay.

— În ceea ce mă priveşte, nu aş putea să fiu un simplu obiect de decor în viaţa unui bărbat.

— Nici nu ai putea fi, Lindsay. Eşti o femeie dominatoare, cu voinţă proprie, iar asta e foarte bine, câtă vreme nu pretinzi ca bărbatul de lângă tine să fie doar un obiect decorativ. Cu alte cuvinte, ce ţie nu-ţi place...

— De ce, Logan?

— De ce, ce anume?

— De ce e atât de greu ca cineva să ajungă la tine?

— Eşti chiar lângă mine, Lindsay... spuse el, zâmbind, conştientizând puterea pe care roşcata o avea asupra lui.

Nu-i venea să creadă: flirta cu ea, lucru pe care nu ar fi trebuit să-l facă, doar era angajata lui. În plus, i se părea prea tânără şi prea răzvrătită ca să simtă anumite lucruri pentru ea, lucruri care nu ţineau nici de raţiune, nici de logică. Asta i se întâmpla de fiecare dată când se apropia de ea: nu mai putea fi raţional, în ciuda indiferenţei pe care încerca să şi-o impună.

— Ştii că nu mă refer la asta, Logan, ci la inima ta...

— Iar tu ştii deja răspunsul la întrebarea asta, Lindsay... Cred că s-a terminat melodia, putem să revenim la locurile noastre.

— Ce e, nu îţi place să te distrezi? De fapt, e-n regulă, dacă tu nu vrei să dansezi cu mine, pot să caut pe cineva care vrea. E timpul să renunţ la curiozitate în ceea ce te priveşte, Logan... Îmi pare rău că te-am deranjat atât de mult. Relaţiile între noi vor continua să fie strict profesionale, adică exact aşa cum au fost şi până acum... Scuză-mă, trebuie să găsesc pe cineva dispus să cedeze farmecelor mele... Tu eşti o cauză pierdută, Logan. Mi-a luat ceva timp să-mi dau seama de asta... îi zise ea zâmbindu-i seducător, observând pentru câteva secunde surprinderea de pe chipul lui.

— Ce schimbare... Eşti liberă să faci ce vrei, Lindsay. Îţi doresc seară frumoasă!

Odată aşezat la masă, Logan sorbi din băutura pe care o avea în pahar, simţind cum îi arde gâtul.

Lindsay îşi luă la revedere de la prietenele ei. Trebuia să plece de acolo cât mai repede. Sentimentul de furie era mai mult decât putea suporta, însă mai trebuia să facă un lucru înainte. Se îndreptă spre Logan, simţindu-se uşor încordată. Trebuia să-şi ia geanta, altfel nu ar fi revenit acolo, fiind nevoită să citească o oarecare satisfacţie în privirea lui.

— Ce s-a întâmplat, ai uitat ceva? o întrebă, privind-o cu amuzament.

— Da. Pa, Logan!

— Ce e, pleci deja? Parcă aveai alte planuri... îi zise el pe un ton voit inocent, ridicându-se în picioare şi venind lângă ea. Dacă nu te descurci, pot să-ţi prezint chiar eu câţiva prieteni de-ai fratelui meu. Sunt sigur că ai găsi pe cineva care să-ţi

placă.

— Nu, mulţumesc. Mi-am schimbat planuri-le... Trebuie să plec.

— Te grăbeşti undeva? Te pot duce eu, dacă vrei...

— Nu vreau decât să mă laşi în pace. De ce trebuie să fii atât de drăguţ tocmai acum?

— Nu sunt drăguţ, încerc să te ajut...

— Ba da, eşti, Logan, şi nu am nevoie de asta şi nici de tine. Din partea mea, poţi să faci ce vrei.

Ar fi vrut să ia un taxi, însă în staţie nu era niciunul, spre iritarea ei crescândă. Cum s-a pu-tut înşela atât de mult în privinţa lui Logan? La un moment dat, chiar a avut impresia că... Cât de naivă putea fi uneori... De parcă nu i s-ar mai fi întâmplat asta în trecut... De fiecare dată îşi pro-mitea că nu va repeta greşeala de a avea încrede-re în altcineva în afară de ea însăşi, însă pentru a mia oară i se întâmpla acelaşi lucru. Ce era în neregulă cu ea, de nu putea să se bucure de viaţă? Ce făcea greşit, de era respinsă de cei din jurul ei? Oare prin câte mai trebuia să treacă până să-şi gă-sească liniştea? Cine putea s-o accepte exact aşa cum era, fără falsităţi, fără inutilităţi, fără măşti? Era ca şi cum purta un stigmat care o urmărea peste tot, orice ar fi făcut. Porni pe jos spre casă, fără să audă că era strigată. Era mult prea concen-trată la propriul strigăt mut de ajutor care venea din inima ei, pentru a mai auzi altceva. Se afla din nou într-unul din acele momente de singurătate absolută şi de izolare, lucru care o consuma pe interior.

— Lindsay, opreşte-te!

Auzind vocea lui Logan, se răsuci spre el, privindu-l cu toată furia pe care o simțea.

— Ce e, Logan? Ce mai vrei? Am înțeles mesajul, e-n regulă. Nu mă vrei, foarte bine. E timpul să trec peste asta. Lasă-mă singură, sunt obișnuită.

Își văzu de drum. Avea inima frântă din nou, iar tensiunea interioară era de nesuportat. Nu voia decât să ajungă acasă și să doarmă, să uite de tot ceea ce o durea.

— Nu poți să mergi în starea asta singură acasă, Lindsay, spuse el hotărât, urmând-o.

— Ba da, pot... Nu trebuie să te simți obligat să mă conduci, Logan. O dată în viață poți să nu te mai comporți ca un cavaler. Nu voi spune nimănui... îi spuse, închizând ochii, pentru a-și ascunde lacrimile.

— Lindsay, stai! Logan o prinse de mână și o întoarse spre el. Tremuri. Ce-ai pățit?

— Nimic, îi zise ea, deschizând ochii, tușind ușor pentru a-și drege glasul.

Nu putea să fie vulnerabilă în fața lui. Nu-l putea lăsa s-o vadă așa.

— E ceva cu tine, Lindsay. Ce se întâmplă?

— Să nu îndrăznești să te prefaci că-ți pasă. În fond, eu nu sunt nimic pentru tine...

— Încetează cu agresivitatea, Lindsay, nu-ți va folosi la nimic. E rândul meu să fiu curios...

— Vreau să merg acasă, cât mai departe posibil de tine. În sfârșit, ai scăpat de o femeie atât de deranjantă ca mine, ar trebui să fii mulțumit... De acum înainte, ne vom vedea în timpul programului de la bar, atunci când va fi gata. Nu va tre-

bui să mă suporţi mai mult de atât.

— Nu trebuie să reacţionezi aşa, Lindsay. Prin atitudinea mea faţă de tine nu am vrut să te simţi jignită, ci doar să pun distanţă între noi.

— Nu mă simt în niciun fel, Logan. Nu e ca şi când aş avea vreo boală contagioasă. Vezi, eşti încă în viaţă, chiar dacă te ating...

— Nu e vorba de asta, Lindsay...

Logan tresări uşor la atingerea ei. Oare cât se mai putea convinge că ea nu-i stârnea niciun sentiment?

— Dar despre ce? Sunt chiar atât de indezirabilă, încât nici nu poţi concepe să fii cu o femeie ca mine?

— Nu, nu e asta. Ţi-am spus mai demult: atunci când decid să fiu cu cineva, vreau să ştiu mai multe despre femeia respectivă...

— Iar eu nu sunt dispusă să dau explicaţii... Asta e problema, nu? Dacă ai şti mai multe despre mine, ţi-ai permite să mă doreşti?

— Nu sunt din piatră, Lindsay... spuse el, privind-o cu o dorinţă abia reţinută.

— Nici nu trebuie să fii... Mă doreşti chiar şi în clipa asta, nu-i aşa? Nu mă minţi, ochii tăi îmi transmit asta... Mă doreşti şi asta te sperie. E contrar regulilor tale...

— Lindsay... Ştii că nu pot să fac asta... Şi ştii ce vreau de la tine... îi zise el, luându-i mâna de pe chipul lui.

— Pentru prima dată, pot să văd cum te lupţi cu tine însuţi, Logan, şi sinceră să fiu, îmi place. Vreau să mă vrei mai mult decât orice altceva pe lumea asta... chiar dacă sunt aproape o necunos-

cută pentru tine, fiindcă asta mi se întâmplă mie cu tine... nu e nimeni în măsură să judece dacă e bine sau rău. Doar noi putem decide ... încetează să lupți împotriva mea, Logan, dar și împotriva ta. Chiar dacă aș fi cea mai rea persoană din lume, ceva tot te-ar face să mă dorești, ești conștient de asta?

— Haide, Lindsay, e timpul să mergi acasă, îi spuse el, eliberându-i mâna dintr-a lui.

Mergea alături de ea, gândindu-se în liniște la vorbele ei. Lindsay îi ascultă îndemnul. Mergea grăbită, chiar dacă o dureau picioarele din cauza tocurilor.

În scurt timp, ajunseră la apartamentul ei. Ea intră și lăsă ușa deschisă, invitându-l astfel fără cuvinte să intre. Se așeză pe canapea, știind că trebuie să fie mai curajoasă ca oricând dacă vrea să aibă o șansă cu el. Logan se așeză lângă ea.

— Lindsay... am nevoie să fii sinceră cu mine... cred că amândoi avem nevoie de asta...

— Știu, dar mi-e teamă că, odată ce voi fi sinceră cu tine, vei considera că nu mă încadrez în standardele tale și voi pierde până și fărâma de dorință pe care o văd acum în privirea ta...

— Tocmai mi-ai demonstrat că standardele, regulile și principiile nu funcționează atunci când îți dorești ceva... Lucrurile sunt simple: tu știi povestea mea, nu vreau decât s-o aflu și eu pe a ta.

— N-o să-ți placă ce vei auzi, Logan. Să nu spui că nu te-am avertizat...

— Nu e vorba de plăcut sau nu. E despre tine și atât. Îmi place să știu cât mai multe despre o femeie atunci când urmează s-o am...

— Deci... tu vrei să...

Lindsay ridică ochii spre el, privindu-l fascinată.

— Am zis ce am avut de zis, Lindsay. E rândul tău acum...

— Cum aş putea să-ţi spun mai multe despre mine, când nici eu nu ştiu?

— Ce vrei să spui?

Lindsay părea sfâşiată de adevărul ei, iar durerea i se putea citi pe chipul mai mult decât trist, lucru care îl nedumerea pe Logan. Nu o mai văzuse în starea aceea până atunci. Era pe cale să afle motivul pentru care a văzut ceva fragil în privirea ei încă de când a cunoscut-o.

— Vreau să spun că eu nu am crescut într-o familie iubitoare ca a ta. Cel puţin, tu ai avut-o pe mama ta alături. Eu nu pot să spun acelaşi lucru despre cei care m-au făcut... Sunt lucruri dureroase pentru mine. Eşti primul în faţa căruia îmi deschid inima astfel... nu ştiu cum vei reacţiona la toate astea, dar am ajuns prea departe ca să mă opreşti acum.

— Nu te gândi la nimic altceva în afară de a-ţi elibera inima de povara pe care cu siguranţă ai purtat-o atâta timp... îi spuse el, mângâindu-i chipul, înduioşat de lucrurile pe care le auzea.

— Ştii, Logan, tu ţi-ai cunoscut părinţii. Aşa cum erau, cum sunt, dar i-ai cunoscut. Eu, nu. Adică, m-au abandonat. Am crescut până la vârsta de optsprezece ani într-un orfelinat. Am trăit toată viaţa plină de întrebări, de regrete şi cu ideea că nu am fost dorită. Am ajuns chiar să cred că sunt o fiinţă groaznică, de care nu are nevoie nimeni.

Nu ştiu nici în prezent cine sunt cei care mi-au dat viaţă şi m-au lăsat ca pe un obiect inutil într-un spital. Nu simt pentru ei decât dispreţ. Nu e nevoie să-ţi spun ce a însemnat viaţa într-un orfelinat, e prea trist. De fiecare dată când o familie venea să vadă un copil în vederea adopţiei, eram adunaţi toţi într-o sală, ca la expoziţie, şi fiecare dintre noi spera să fie cel ales. Am fost aleasă, ca să spun aşa, doar o dată, moment în care am ajuns la o familie care m-a dezamăgit şi de la care am fugit înapoi la orfelinat, după o săptămână. Motivul: o tentativă de abuz fizic asupra mea din partea celui care trebuia să-mi fie tată adoptiv. Desigur, abuzul e foarte des întâlnit în zilele noastre, dar atât de dureros pentru cei care au neşansa să-l trăiască. Te schimbă, Logan. Îţi diminuează încrederea în oameni, în cei care ar trebui să ofere numai lucruri frumoase celor din jur. Te face să-ţi fie teamă să-ţi deschizi inima, dar şi să preferi singurătatea în locul oamenilor, în general. Nu am avut prieteni în anii aceia... am crescut cu ideea că singura pe care pot conta sunt eu însămi. M-am concentrat însă asupra studiului, conştientizând că era singura opţiune cu ajutorul căreia puteam avea o şansă să evoluez, să scap din mediul acela oribil şi lipsit de afecţiune. Am avut parte de lipsuri atât materiale, cât şi emoţionale, afective. O viaţă absolut banală şi lipsită de importanţă, exact ca mine, ar putea spune unii... În fine, când am împlinit optsprezece ani, am fost dată afară de la orfelinat, o practică obişnuită, de altfel, pentru toţi cei în cauză... Am dormit pe stradă câteva nopţi, iar ziua îmi căutam un loc de muncă şi mer-

geam şi la şcoală, având norocul să beneficiez de o bursă de studii pe care am obţinut-o în urma rezultatelor foarte bune pe care le-am avut în liceu, rezultate care mi-au permis să studiez gratuit la facultate. Acolo le-am întâlnesc pe Jessica şi pe Nadya, prietenele dragi ale sufletului meu. Odată ce ne-am împrietenit, am locuit împreună toate trei în perioada studiilor şi ne-am înţeles foarte bine. Fetele astea au fost şi sunt o bucurie enormă în viaţa mea şi înseamnă foarte mult pentru mine. Se spune că nu-ţi poţi alege familia, însă în cazul meu, familia mea sunt ele. Jessica şi Nadya mi-au oferit tot sprijinul lor şi mi-au arătat că mai există şi oameni buni pe lume. M-au învăţat ce înseamnă o prietenie adevărată şi mi-au fost alături mereu. Sunt convinsă că aşa va fi în continuare. Odată cu terminarea studiilor, eu şi Nadya am însoţit-o pe Jessica aici, acasă, fiindcă oricum nu aveam o opţiune mai bună şi ne doream să rămânem cât mai aproape una de alta. Aşa am ajuns să mă angajez la barul tău, să te cunosc şi să-mi doresc să obţin stabilitatea mult visată... şi, desigur să mă ataşez de tine şi să te doresc... un singur lucru te rog, Logan: nu vreau mila ta, nu asta îmi doresc de la tine. Ţi-am povestit toate astea fiindcă pur şi simplu e singura cale prin care pot să ajung în patul tău şi, eventual, la inima ta... Poate îţi par excesiv de sinceră, dar asta sunt eu şi asta e povestea mea. Nu e una perfectă şi nici eu nu sunt, dar într-o lume care de multe ori mimează sinceritatea, eu aleg să spun ce am de zis, fără ocolişuri, sau cel puţin încerc... Poate nu sunt demnă de tine, dar, în ciuda oricărui lucru, te vreau, Logan. Asta e tot

ce ştiu... Iar acum, decât să aud de la tine fie şi vreun singur cuvânt de critică sau de compătimire, te invit să pleci şi să uiţi că ai auzit toate astea. Dacă nu mă mai vrei nici măcar ca barmaniţă în barul tău, înţeleg... Numai să nu-mi spui ceva care să mă doară, Logan. Nu vreau să fiu nevoită să suport aşa ceva şi din partea ta...

Lui Lindsay i se puse un nod în gât. Tensiunea pe care o simţea era de nesuportat. Nu ştia la ce anume să se aştepte de la el. Logan era prea mult şi prea bun pentru ea, iar ea nu merita un astfel de bărbat.

— Ce faci? l-a întrebat Lindsay, simţind braţele lui în jurul corpului ei, înconjurând-o cu blândeţe.

— Nu plec şi nu vreau să fac sau să spun ceva care să te doară, Lindsay... Ai suferit destul, prea mult, nu vreau să fiu şi eu un motiv de suferinţă... îi şopti el, privind-o într-un fel în care nu o mai făcuse până atunci.

O lipi de pieptul lui puternic, ascunzându-şi ochii umezi de privirea ei. Roşcata trecuse prin atâtea lucruri triste, încât era incredibilă forţa pe care o găsise în interiorul ei pentru a renaşte din propria suferinţă. Desigur, o contribuţie enormă au avut-o Jessica şi Nadya, dar totul a început din dorinţa ei de depăşire a limitelor.

Lindsay se lăsă lipită de pieptul lui. Începu să plângă, lăsând la o parte stânjeneala. Plângea şi se elibera astfel de suferinţa ei. Nu ştia ce va face Logan în continuare, dar măcar pentru faptul că a ascultat-o fără s-o judece îi era recunoscătoare. La un moment dat, îndrăzni să-l privească. Era

atât de bine în braţele lui... ca şi cum, acolo, găsea protecţia de care avea nevoie; iar el era frumos, atât de frumos, încât o umplea de sentimente unice şi speciale... Îşi lipi buzele de ale lui, simţind o nevoie mai mult decât fizică de el.

Felul în care Logan îi răspunse la sărut nu avea de-a face numai cu dorinţa pur fizică pentru ea. Amândoi simţeau că ceva îi unea într-un mod mai puternic decât atracţia... La un moment dat, el se desprinse cu greu de ea, mângâindu-i obrazul cu o tandreţe care îi surprindea pe amândoi.

— Când vom face dragoste, cât de curând, nu vreau ca nimic din trecutul tău să stea între noi. Când vei fi a mea, vei fi fericită, Lindsay, şi ţi-o vei dori din toată inima, nu va fi doar o nevoie de alinare, ca aceea pe care o simţi acum. Nu voi mai vedea nicio umbră în ochii tăi frumoşi... Voi face ca umbrele să dispară... îi promise el hotărât.

Se simţea pierdut şi totuşi liber sărutând-o, iar asta îl nedumerea. Niciodată nu mai simţise astfel. Nicio altă femeie nu l-a făcut să simtă starea de confuzie pe care o trăia în preajma ei. Roşcata avea o putere inexplicabilă asupra lui, iar el, pentru prima dată în viaţă, nu mai putea şi nu mai voia să lupte cu ceea ce simţea.

— Dar...

— Nu am spus că plec, Lindsay, îi zise el zâmbitor, redându-i şi ei zâmbetul.

O luă apoi în braţe, ducând-o în dormitor. O întinse pe pat, se aşeză şi el, strângând-o apoi la pieptul lui. Adormiră astfel împreună.

Între timp, la terminarea petrecerii, Jessica plecă să-l caute pe Jack. Se opri deodată în faţa

uşii, auzindu-l cântând la chitară, dar şi cu vocea. Pe lângă că dansa, cânta minunat, iar ea nu ştiuse acest lucru până atunci. Vocea lui îi mângâia inima în feluri în care numai el putea s-o facă, iar pasiunea cu care cânta o înduioşa.

— Jack, e minunat! De ce nu mi-ai spus că ştii să cânţi atât de frumos? îl întrebă, deschizând uşa şi intrând în sală.

— Jessica! N-am ştiut că eşti acolo... Să nu mai faci asta, să nu mai asculţi pe la uşi, bine? îi zise el surprins, încruntându-se.

— Îmi pare rău, n-am vrut să te sperii, dar te căutam ca să mergem acasă şi am auzit cum cântai. E pur şi simplu minunat, îmi place foarte mult. Ar trebui să faci asta şi în spectacolele viitoare, publicul te-ar adora, să ştii...

Jack părea supărat, iar ea nu înţelegea de ce. Nici măcar nu i-a mai spus Jessie... Ceva se întâmpla cu el. Îi limita accesul la inima lui.

— Nu mai spune asta. Nu voi face aşa ceva niciodată. Ceea ce am făcut mai devreme nu e pentru public, ci pentru mine. În plus, nu sunt talentat la treaba asta, dar tu priveşti lucrurile într-un mod subiectiv, fiindcă eşti iubita mea. Te rog cât pot de frumos să nu mai insişti pe tema asta. Uită că m-ai auzit cântând, bine? îi zise el, punând chitara în cutie şi încuind-o în dulap.

— Dar, Jack, chiar eşti talentat şi nu spun asta doar fiindcă sunt iubita ta. Înainte de orice altceva, sunt prietena ta cea mai bună şi nu te-aş minţi. De ce te deranjează faptul că te-am auzit cântând?

— De ajuns, Jessica! Nu mai discut despre

asta. Nu mă vei face să mă răzgândesc. Fiecare om are secretele lui, iar acesta e al meu. Partea asta din mine nu e importantă, înțelegi?

— Nu, Jack. Fiecare parte din tine e importantă, iar pasiunea din vocea ta mi-a transmis mai multe decât ceea ce faci acum. Totuși, nu am vrut să te deranjez. Se pare că voi pleca singură spre casă. Noapte bună, Jack... îi zise ea cu vocea tremurândă.

Atitudinea lui o rănea și nu avea de gând să-l lase să vadă asta.

— Nu pleci singură, spuse el, prinzând-o de mână și oprind-o.

— De ce nu? Sunt capabilă să ajung singură acasă...

— Jessie... așteaptă. Te-ai supărat pe mine, o simt, dar trebuie să înțelegi că eu decid în legătură cu viața mea, bine? Eu nu mă amestec în deciziile tale, iar tu faci același lucru. E simplu...

— Desigur, Jack. Nu e ca și cum am avea o relație reală...

— Nu e vorba despre asta. Am nevoie să simt că independența mea nu e afectată de o femeie, oricât de dulce și specială ar fi ea, în cazul ăsta fiind vorba despre tine.

— Nu vreau să te simți îngrădit de mine, Jack...

— Nici eu... dar îmi place să-mi fii alături, să nu ai nicio îndoială în privința asta, bine?

Jack o mângâie pe față. Simți nevoia s-o liniștească și s-o împace, lucru care îl surprindea.

— Haide, Jessie, nu-mi place să te văd așa. Niciodată nu mi-a plăcut să te știu supărată pe

mine, adăugă el, îmbrățișând-o.

Deși era atât de mică și de firavă, i se potrivea de minune în brațe, iar constatarea aceea îl luă prin surprindere din nou. Era ca și cum Jessie umplea golul din inima lui. Se desprinse de ea, știind cât de periculos era pentru liniștea lui să gândească astfel despre ea. De acord, îi oferea trupul lui, însă asta nu însemna că trebuie să-i dăruiască mai mult...

— Vreau să știu de ce, Jack... de ce refuzi să arăți oamenilor întregul tău?

— Poate într-o zi îți voi spune, dar asta doar dacă vei fi fată cuminte... îi zise el zâmbindu-i, încercând să facă să dispară durerea din privirea ei.

— Dar sunt... of, Jack... tu și glumele tale... atât mai reuși să spună, căci el îi acoperi gura cu un sărut răscolitor și-și plimbă mâinile pe corpul ei, amintindu-i ce delicii puteau să-i ofere.

Jack se desprinse de ea numai pentru a-i transmite ceea ce voia:

— Te doresc din nou, Jessie, știi asta?

— Cred... dar nu putem aici... nu e un loc potrivit... îi răspunse, privindu-l îmbujorată.

— Nu există așa ceva, Jessie... nu ai idee de câte ori mi-am dorit să te am așa, aici... Te voi face să renunți la fiecare inhibiție pe care o ai. Te voi convinge să guști din plin plăcerea pe care ți-o pot oferi, oriunde și oricând. Pentru mine cel mai important e să te am, nu contează locul și momentul... Haide, Jessie, scoate-ți rochia... i-a cerut el, privind-o admirativ și zâmbitor.

Jessica se supuse, conștientă de modul în care o privea. Își scoase rochia, lăsând-o să alune-

ce pe trupul ei, trup care era înfometat și însetat de Jack, nu putea nega asta. Dacă ar fi încercat să nege, ar fi fost ca și cum ar fi încetat să mai fie sinceră cu ea însăși.

— Ești atât de frumoasă, Jessie... spuse el, privind-o în întregime, ascunsă doar de lenjeria intimă roșie care îi stârnea simțurile. Mă bucur că ai fost alături de mine și în noaptea asta, frumoaso...

— Nu puteam să nu fiu, Jack...

Jessica își puse mâinile pe pieptul lui și îl sărută. El o îmbrățișă, răspunzându-i cu aceeași pasiune la sărut. Numai privind-o simțea că o dorește. Atingând-o, voia tot mai mult, realiza el, atingându-i formele care îl aprindeau, cuprinzându-i sânii în palme, mângâindu-i și sărutându-i, simțind că nu se mai sătura de ea...

Îi scoase sutienul, lăsându-l să cadă lângă ei, gustându-i apoi sânii, în timp ce își plimba mâinile pe trupul ei. Simțea cum Jessica îi desface nasturii cămășii, ajutându-l să scape de ea. Câteva minute mai târziu, rămase gol în fața ei, scoțându-i și ultima piesă de lenjerie. Făcu apoi dragoste cu ea, chiar acolo, pe saltea, în sala de dans, savurând-o încet, făcând-o să simtă cât de minunat putea să fie să primească și să dăruiască în același timp... Mai târziu, o duse acasă la el, în camera lui, și făcu din nou dragoste cu ea până la epuizare, fascinat de ceea ce simțea alături de ea.

Între timp, Noah o conduse pe Nadya la apartamentul ei, bucurându-se de compania ei, atât de inocentă și de feminină în același timp.

— Mulțumesc că m-ai adus acasă, Noah. Ești

foarte drăguţ, ca de obicei de altfel.

Îl invită să intre.

— Plăcerea e a mea, Nadya, ştii asta. Apropo, ţi-am spus cât de mult îmi place cum îţi stă în rochia asta? o întrebă, venind lângă ea şi îmbrăţişând-o.

— Cred că da... Dar şi tu arăţi foarte bine şi ştii asta. Eşti foarte frumos, Noah şi îmi placi foarte mult...

— Şi tu mie, Nadya... îi zise el, sărutând-o uşor, amăgindu-se că era de ajuns numai atât. Gustându-i buzele pline şi mângâindu-i spatele, Noah realiza că nu e deloc de ajuns. O voia în întregime şi simţea că nu s-ar sătura...

— Nu ţi-e sete, Noah? îl întrebă, desprinzându-se încet de el, privindu-l cu drag, dar şi cu o uşoară nelinişte.

Vedea în privirea lui dorinţa pentru ea, iar asta o făcea să se teamă puţin.

— De fapt, nu mi-e sete, dar mi-e foarte foame. De tine, Nadya... spuse el, luând-o de mână. Ar fi prea mult pentru tine să facem dragoste acum?

— Nu ştiu... nu mă aşteptam la asta, nu acum, oricum... i-a răspuns ea, conştientă de faptul că îi era atât de greu să-i reziste...

— Ce ai spune dacă am încerca? i-a propus el, privind-o cu drag.

— Dacă vrei...

— Doar dacă vrei şi tu, bruneta mea frumoasă...

— Doar dacă îmi promiţi că nu te vei grăbi... îi ceru ea, evitând să-l privească şi simţind fiori în tot corpul.

— Nu am nici cea mai mică intenţie să mă grăbesc, Nadya...

Îi sărută mâna, bănuind ceea ce voia ea să-i transmită folosind acele cuvinte. Se apropie apoi de ea, luându-i chipul în palme, mângâind-o, sărutându-i buzele, delectându-se cu aroma ei feminină care îi tulbura simţurile.

Nadya îi înconjură talia cu braţele, închizând ochii şi lăsându-se sărutată de cel căruia îi dăruia tot ceea ce era. În timp ce mâinile lui se plimbau încet de-a lungul corpului ei, Nadya se gândea că nu a mai simţit astfel de fiori dulci până la el. Ceea ce îi făcea Noah nu se putea compara cu ceea ce îi fusese oferit în trecut. Atingerea lui era blândă şi fierbinte în acelaşi timp, dându-i Nadyei senzaţii minunate şi noi de linişte, dar şi de plăcere.

Simţea cum Noah îi desface fermoarul. Rochia căzut de pe ea ca şi când nu era locul ei acolo, iar ea rămase expusă privirii lui fascinate şi incitante.

— Eşti atât de ademenitoare, Nadya... frumoasă şi dulce, atractivă şi feminină în acelaşi timp...

— Cum poţi să spui asta, de parcă nu ai vedea semnele astea... îi zise ea, arătându-i vânătăile de pe abdomen, răni care erau mult mai profunde în interiorul ei, decât în exterior...

— Şşş... le voi face să dispară, iubito, îi promise Noah, lăsându-se în jos, sărutându-i şi mângâindu-i vânătăile, dar şi cicatricea pe care o avea în urma operaţiei de cezariană, umplându-i ochii de lacrimi brunetei, care îi mângâia chipul în timpul acesta, tremurând de emoţie.

Noah se ridică, privind-o cu dorinţă şi tandreţe nemărginită. O duse pe braţe în dormitor. O aşeză pe pat, se dezbrăcă şi veni lângă ea, sărutând-o din nou şi din nou, coborându-şi mâinile de-a lungul corpului ei ispititor, mângâindu-i sânii şi zona dintre coapse, făcând-o să savureze fiecare atingere, fiecare gest, fiecare sărut. Îi scoase încet lenjeria, lăsând-o goală, expusă şi în aşteptare în faţa lui.

Nadya închise ochii, bucurându-se de multitudinea de senzaţii care îi acaparau inima şi trupul, tremurând de dorinţă atunci când Noah îi gustă locul care era deja fierbinte şi pregătit pentru el.

Noah veni apoi deasupra ei, sărutându-i buzele, mângâindu-i feminitatea şi simţindu-i umezeala care îl ducea pe culmile nebuniei plăcerii. Nu avea de ales, trebuia să mai aştepte puţin, nu voia să se grăbească.

— Atinge-mă, Nadya... simte-mă... o îndemnă el, sărutând-o fără oprire.

Nadya duse încet mâna spre locul în care în care îl simţea pulsând de dorinţă pentru ea, atingându-l, mângâindu-l şi simţindu-l în toată splendoarea.

— E atât de bine, iubito... spune-mi că şi pentru tine e la fel... îi spuse Noah, mângâind-o în locul acela secret, făcând-o să fie dornică de el.

— Da, Noah, e foarte bine... am nevoie de tine, iubitule...

— Şi eu am nevoie de tine, iubito... îi zise el, înţelegând ce îşi dorea ea, ceea ce îşi doreau amândoi.

Noah o pătrunse cât mai încet posibil, arătându-i cât de minunate puteau fi lucrurile atunci când iubirea şi pasiunea se împleteau. O făcu să se deschidă ca o floare pentru el, lăsându-l să-i facă tot ce voia, contopindu-se cu ea în felul în care numai cei care iubesc o pot face, iar în momentul suprem îşi dau seama cât de mult înseamnă unul pentru celălalt.

Astfel, luminaţi de luna care îşi trimitea razele prin perdeaua transparentă, Nadya şi Noah făcură dragoste de mai multe ori, îndemnaţi de dorinţa fizică pe care o simţeau unul faţă de celălalt, dar şi de sentimentele frumoase pe care şi le purtau.

Nadya era copleşită. Noah dormea atât de liniştit lângă ea... Niciodată nu s-a mai simţit atât de bine în timp ce făcea dragoste. Datorită lui, experienţa iubirii fizice era altfel: minunată. Nadya era preţuită şi dorită cu adevărat, iar asta conta pentru ea mai mult decât orice altceva.

Capitolul 9

— Lindsay, trezeşte-te... îi zise Logan pe un ton blând, mângâindu-i chipul.

— Ce e? Dormeam aşa de bine...

Lindsay deschise ochii şi-l văzu pe Logan pregătit de plecare. Îl privea fascinată, amintindu-şi cât de bine a dormit în braţele lui, alături de el... dar şi faptul că i-a dezvăluit o parte întunecată din trecutul ei, fapt în urma căruia nu ştia cum o va percepe de acum înainte.

— Trebuie să plec. Azi terminăm de finisat interiorul barului, după care urmează să aşez pe rafturi produsele. Voi termina toate astea foarte târziu, aşa că ne vedem mâine la inaugurarea barului. Să ai grijă de tine, Lindsay... spuse el, privind-o serios.

— Vreau să te ajut, Logan... îi zise roşcata, dorindu-şi ca el să aibă nevoie de ajutorul ei, de ea... Nu voia să se simtă dată la o parte, nu de către el...

— Numai dacă eşti sigură că te simţi bine, ai înţeles?

— Sunt bine, chiar foarte bine, îl asigură ea, ridicându-se din pat şi făcând o piruetă, pentru a-l convinge.

— Ne vedem deseară, atunci... îi zise el, înghiţind cu greu în timp ce o privea rotindu-se în faţa lui.

Rochia i se lipea de trup, făcând-o să arate apetisantă.

— Mulţumesc, Logan. Te voi ajuta şi voi încerca să nu te încurc, vei vedea... îi promise, luându-l de mână şi mulţumindu-se cu atât, deşi l-ar fi sărutat.

— Așa să faci. Pa, Lindsay! îi zise el, mângâindu-i ușor chipul, după care plecă în grabă.

Lindsay îl privi zâmbitoare, surprinsă plăcut de gestul lui neașteptat și tandru. Oare începea să dărâme zidurile din jurul inimii lui? În orice caz, știa că urmează să fie a lui la un moment dat, iar asta o neliniștea puțin, dar o și încânta, într-o măsură mai mare. Voia să aibă parte de toată dorința pe care o vedea în privirea lui, dar și de iubirea brunetului care o fascina atât de mult.

*

— Jessie? Deschide ochii, frumoaso... Hm... n-ai idee cât de mult mi-ar plăcea să rămân aici, lângă tine... Dar că trebuie să plec să-l ajut pe Logan cu barul.

— Da, știu. Eu o voi ajuta pe Abby să pregătească mâncare pentru toată lumea. Cu siguranță are nevoie de ajutor... Crezi că va spune ceva dacă mă vede ieșind din camera ta?

— Nu-ți face griji, rușinoaso, mama e o ființă cu mintea deschisă. În plus, am impresia că îi place foarte mult să ne vadă împreună... Ești delicioasă, Jessie... Abia aștept să te gust din nou în întregime... îi zise el zâmbindu-i, după care o sărută din nou, înainte să se ridice din pat și să plece.

Jessica se îmbrăcă visătoare, apoi își luă inima în dinți să iasă din cameră și să treacă prin bucătărie, acolo unde o văzu pe Abby, care pregătea deja cele necesare pentru hrana atâtor oameni.

— Bună, draga mea. Te-ai trezit? Mănâncă ceva, sigur ți-e foame...

— Bună, Abby. Mulțumesc... Mă duc să mă schimb și revin să te ajut. O aduc și pe mama cu mine... îi zise Jessie, simțindu-se puțin jenată.

— Bine, draga mea, te aștept...

Abby veni la ea și o îmbrățișă. Bănuia starea interioară a Jessicăi, doar o cunoștea atât de bine...

— O, Abby, mă bucur că reacționezi așa... mă simt puțin ciudat să mă vezi ieșind din camera fiului tău...

— Draga mea, mă bucur foarte mult că tu ești cea care iese din camera lui. Nu există o femeie mai potrivită pentru Jack decât tine... îi zise ea cu o căldură binefăcătoare în glas.

— Mulțumesc... Mă bucur că ai o părere atât de bună despre mine...

— Nu aș putea să am altă părere despre tine atât timp cât știu că îl iubești pe Jack... și știu cât de mult îl iubești, iar asta mă bucură.

— Cum? De unde știi? Ți-a spus mama ceva?

Cum de mama lui Jack putea vedea asta, iar el nu?

— Nu e nevoie să-mi spună Rebecca ceva despre asta. Se vede că îl iubești de fiecare dată când te uiți la el. Cât despre Jack, știu și eu cum e el, dar dă-i puțin timp. Într-o zi, va înțelege cât de importantă ești pentru el. Până atunci, rămâi lângă el...

— Eu... sunt foarte surprinsă de ceea ce spui... Nu credeam că e atât de evident că...

— Pentru mine, lucrurile sunt clare de mult timp, draga mea Jessica. Nu rămâne decât să dispară ceața din inima lui Jack, ca să lase loc soare-

lui pe care i-l aduci. Ştii prea bine cât de dragă îmi eşti, aşa că vă doresc tot ce e mai bun... aşa cum le doresc şi celorlalţi fii ai mei...

— Mulţumesc, Abby... înseamnă enorm pentru mine să ştiu că mă accepţi în viaţa lui Jack...

— Cu plăcere. Du-te acum, cred că Rebecca abia aşteaptă să te vadă...

— Oh, da, mama... Nici nu i-am dat vreun mesaj. Pur şi simplu am fost luată de val şi... ce pot să spun, nu mi s-a mai întâmplat aşa ceva până acum...

— I-am dat eu. Stai liniştită, e mama ta şi te iubeşte. Ne vedem imediat, bine?

— Da. Mulţumesc, Abby...

Jessica plecă, simţind o oarecare nelinişte. Oare ce va spune mama ei? Dacă prima dată când şi-a petrecut noaptea cu Jack ea a reuşit să se strecoare în casă fără ca Rebecca s-o observe, de data asta nu mai putea fi vorba despre aşa ceva.

Odată ajunsă acasă, Jessica intră repede în camera ei şi se schimbă în pantaloni scurţi şi tricou. Când veni în bucătărie, o găsi pe mama ei aşezată la masă, mâncând şi uitându-se la televizor.

— Mamă... a zis ea, rămânând în picioare, neîndrăznind să se aşeze.

— Jessica. Ai venit, în sfârşit... îi zise Rebecca, privind-o cu seriozitate.

— Eu... am fost... Am uitat să-ţi dau un semn... Îmi pare rău... Ştiu că eşti supărată pe mine...

Rebecca se ridicat de la masă şi se apropiat de ea.

— Mi-am făcut griji, dar când am realizat că

trebuie să fii cu Jack, m-am liniştit oarecum. Jessica... cum să-ţi spun asta? Ştiu că tu şi Jack... adică e evident că aţi fost împreună. Nu e uşor pentru mine, ca mamă, să mă gândesc că fiica mea frumoasă a crescut, dar un lucru e sigur: eşti şi vei rămâne fiica mea iubită, indiferent de alegerile pe care le faci în viaţă. Vreau doar să ştiu pe viitor unde eşti şi dacă vii acasă sau nu, ca să nu-mi fac griji, bine?

— Bine... atât fu în stare să spună Jessica, simţind emoţia din glasul mamei sale, emoţie care îşi găsea ecou şi în inima ei. Ai dreptate, voi fi mereu fiica ta, asta nu se va schimba.

— Aşa e, draga mea. Să mâncăm, am început fără tine...

— Da, să mâncăm... Trebuie să mergem apoi la Abby s-o ajutăm la mâncare. E ceva de lucru pentru atâtea persoane...

— Aşa vom face, vom merge s-o ajutăm... şi acum spune-mi: eşti fericită?

— Da... răspunse Jessica, cu ochii în bolul cu lapte şi cereale.

— Foarte bine, asta e tot ce contează: fericirea ta, îi zise Rebecca zâmbind, continuând să mănânce.

*

— Nadya... iubito... îmi pare rău că te trezesc, dar nu am vrut să ţi se pară ciudat dacă te trezeai şi nu mă vedeai lângă tine...

— Da? Ce e, Noah? îl întrebă, deschizând ochii, privindu-l cu drag.

El era deja îmbrăcat şi o privea cu atenţie,

aşezat lângă ea.

— Trebuie să plec, Logan are nevoie de ajutor la bar. Vrea să termine până mâine şi să-l inaugureze.

— Vreau să ajut şi eu, zise ea hotărâtă, ridicându-şi pătura până la gât, conştientă de roşeaţa ridicolă care îi colora chipul.

— Bine, dacă aşa vrei... îţi mulţumesc. Logan are nevoie de tot ajutorul pe care îl poate obţine. Ne vedem deseară la bar, e bine aşa? îi zise el zâmbitor, observând emoţiile de pe chipul ei frumos.

— Da, bine... Să ai grijă de tine, Noah... îl rugă, luându-l de mână.

— Cu siguranţă voi avea, dar acelaşi lucru îl vreau şi de la tine, bine? Te iubesc, Nadya, vreau doar să ştii asta...

Nadya îl privi surprinsă.

— Aşa, dintr-o dată? Atât de repede? Noah... nu vreau să spui asta doar fiindcă... noi am... ştii tu...

— Spun asta fiindcă e ceea ce simt, bruneta mea frumoasă. Şi tu?

— Eu, ce?

— Tu nu mă iubeşti? o întrebă, privind-o cu dragoste.

— Şi eu te iubesc, doar că nu vreau să grăbim lucrurile... vreau să fim siguri... noi iubindu-ne... înseamnă foarte mult pentru mine... îi zise Nadya, ridicându-se în şezut, dar ţinând pătura în jurul ei.

— Eu sunt sigur, iubito. Ştiu cât de mult mi-am dorit să ajung aici cu tine, iar faptul că suntem împreună şi ne iubim mă bucură enorm... Sper că azi-noapte am reuşit să-ţi arăt o parte din ceea ce

simt pentru tine, adăugă el, privind-o insinuant, dar afectuos.

Imaginile cu ei doi făcând dragoste reveneau ca o dulce tortură în mintea lui, făcându-l să zâmbească.

— Oh, Noah... eu nu mă simt prea bine vorbind despre chestiile astea... dar ca să-ți dau un răspuns, îți spun că... ești minunat... mă faci să mă simt așa cum nu m-am mai simțit niciodată: iubită și apreciată cu adevărat...

— Mă bucur să știu că simți așa, fiindcă meriți, Nadya... Abia aștept să te fac să simți din nou lucrurile acelea, dar până atunci, chiar trebuie să plec. Ne vedem deseară. Te iubesc! îi zise el, sărutând-o pe buzele care îl atrăgeau atât de mult.

— Și eu te iubesc, Noah... reuși ea să-i spună, înainte ca el să plece.

Nadya se ridică apoi din pat, se îmbrăcă și plecă la serviciu. O copleșea un sentiment de pace și iubire și radia de fericire. Tot ce își dorea era ca starea aceea să dureze, indiferent de ceea ce se va întâmpla în viitor.

*

În seara aceea, cei trei frați și iubitele lor se aflau la bar, aranjând produse pe rafturi, ștergând praful, totul pentru ca barul să arate bine și să atragă cât mai mulți clienți.

— Gata, ajunge, lăsați tot ce aveți și luați loc. Cred că am muncit destul azi... zise Logan, privindu-i cu hotărâre pe cei din jurul său.

Cu toții îi urmară sfatul și se așezară pe sca-

une în jurul unei mese care lucea de curăţenie. Lindsay îl privi încântată: Logan era fermecător chiar şi aşa, prăfuit şi obosit. Mai avea şi o cârpă de şters praful în buzunarul blugilor, care îi dădea un aer irezistibil, mai ales că umbla cu cămaşa descheiată până la piept, loc pe care abia aştepta să-l mângâie şi să-l sărute în voie. Cât despre mâinile acelea puternice ale lui... de-abia aştepta să le simtă mângâind-o... Sorbi din limonada răcoroasă, fiindcă îşi simţea gura uscată din cauza setei, dar şi a lui Logan. El se mai şi aşeză lângă ea, fixând-o cu privirea timp de câteva secunde, lucru care o făcu să simtă o fierbinţeală ciudată în tot corpul care tânjea după el. Dincolo de seriozitatea lui însă, Lindsay bănuia că e foarte emoţionat, fiindcă, într-un fel, renăştea din propria cenuşă, la fel ca ea, reuşind să reconstruiască barul, visul vieţii lui. Nu putea decât să se bucure că era acolo, alături de el.

— Pentru toată strădania noastră, cred că merităm băutură gratuită pe viaţă, îi spuse Jack fratelui său mai mare, stârnind râsetele celor din jur.

— Cu siguranţă, Jack. Vreau să vă mulţumesc tuturor pentru ajutor. Contează enorm pentru mine că v-aţi făcut timp pentru mine. Fetelor, sunteţi grozave. Vă sunt recunoscător şi... n-am să uit niciodată ce aţi făcut pentru mine...

Logan încerca să pară cât mai calm, însă în interiorul său simţea o explozie de fericire, recunoştinţă şi emoţie.

— Hei, frăţioare, ştii că suntem aici pentru tine. Oricând. Aşa cum ai face şi tu pentru oricare

dintre noi... îi zise Noah, bătându-l uşor pe umăr şi bănuind ce se ascunde în inima lui Logan.

— Mă bucur că am fost aici, Logan. Nu voi mai pleca de lângă voi, promise Jack, strângându-şi cu putere fratele mai mare în braţe.

— Mulţumesc, Nadya. Ai fost foarte amabilă să vii aici să-ţi pierzi timpul cu toate astea... îi zise Logan arătând spre bar, îmbrăţişând-o.

— Oricând, Logan. Cu mare drag... îi răspunse ea zâmbind, îmbrăţişându-l la rândul ei.

— Jessica... eşti minunată, ştii asta? Pe lângă faptul că mi-ai cucerit fratele, ţi-ai adus prietenele să se chinuie cu toate astea... Nu-ţi pot mulţumi îndeajuns, zise Logan, îmbrăţişând-o.

— Cu plăcere, Logan. Nu e nimic, am făcut ce mi s-a părut normal. Un prieten ca tine merită totul... îi zise Jessica, simţindu-i emoţia din glas şi din privire.

— Mulţumesc, Lindsay... să nu fi atât de zâmbitoare, noi doi mai avem treabă. Adică, băuturile astea trebuie servite de cineva, de noi... i-a spus Logan, îmbrăţişând-o, simţind focul dorinţei tot mai puternic, în timp ce ea îşi lipea corpul de al lui, făcându-l să-i simtă formele delicioase. Roşcata era incendiară, de asta era sigur.

— Ştiu, Logan. Abia aştept să ne apucăm iar de treabă, îl asigură ea, făcându-l să înţeleagă că nu se referea doar la servirea băuturilor.

Îl strânse în braţe, simţindu-i dorinţa lipită de coapse, lucru care o făcu să zâmbească. Îi plăcea la nebunie că avea puterea de a-l excita, de a-l face s-o dorească oriunde şi oricând...

Toate acestea se întâmplau sub privirile ce-

lor din jur, care îi priveau zâmbind.

— Ă... Logan? Noi plecăm, trebuie s-o duc pe Jessie acasă, îi zise Jack, zâmbind cu subînțeles.

Logan se desprinse de Lindsay, încercând să-și revină din starea aceea fierbinte. Câteva secunde uitase de tot ceea ce era în jurul lui, concentrându-se numai asupra roșcatei. Ce se întâmpla cu el?

— Dacă mă gândesc bine, și eu trebuie să plec. Nadya trebuie să se odihnească pentru ziua de lucru de mâine... spuse și Noah, peste măsură de zâmbitor, spre iritarea lui Logan, care se simțea ca și când ar fi făcut ceva rău și a fost descoperit.

— Bine... dar să nu cumva să lipsiți mâine seară de la petrecerea de inaugurare, ne-am înțeles?

— Nu vom îndrăzni să facem așa ceva... promise Jack, zâmbind complice spre Jessica.

— Vom fi acolo, Logan, îl asigură Noah, la fel de zâmbitor ca fratele său mai mic. Pa!

— Pa! rostiră Lindsay și Logan în același timp, conducându-i pe toți spre ieșire.

Lindsay se întoarse spre bar, luându-și geanta de pe scaun. Simți deodată brațele lui Logan care o înconjurau din spate. Se răsuci spre el, zâmbindu-i și așteptând să-l audă vorbind:

— Mulțumesc, Lindsay, vorbesc serios. Faptul că ai fost aici și m-ai suportat fără să te împotrivești, iar pe deasupra m-ai ajutat, înseamnă foarte mult pentru mine... Ești o roșcată de treabă.

— Cu plăcere, Logan. Doar ți-am spus că te

voi ajuta... îi spuse, privindu-l cu toată dorinţa pe care o simţea, însă respirând cu greutate, fiindcă mâinile lui îi mângâiau talia. Te voi săruta, Logan, bine? Nu vreau să mă dai la o parte...

— Mi-e teamă că, dacă faci asta, nu mă voi putea opri să... şi la cum suntem acum de prăfuiţi, nu e o idee tocmai bună... iar tu meriţi mai mult decât să te am aici, pe tejgheaua unui bar... îi zise el, adunându-şi ultima fărâmă de conştiinţă.

Lindsay inspiră adânc, privindu-l cu dorinţă, admiraţie şi drag...

— Ai dreptate, Logan. Mă duci acasă? îl întrebă, punându-şi palmele pe pieptul lui, în aşteptarea răspunsului.

— Da. Să mergem, îi zise Logan, luându-i încet mâinile de pe el.

Se îndepărtă de ea, luându-şi geaca subţire. După ce încuie barul, Lindsay îl luă de braţ şi merseră împreună la maşină.

Odată ajunşi acasă la Lindsay, ea îl sărută, lipindu-se de el şi vrând să-l simtă din nou.

— Intri? îl întrebă zâmbind.

— Nu acum, nu azi, dar curând... Ne vedem mâine, roşcato. Noapte bună!

— Noapte bună şi ţie, Logan... îi spuse ea, privind lung în urma lui.

Lindsay intră în casă, încuind uşa de care se lipi mai apoi. Se apropia tot mai mult de ceea ce îşi dorea, iar faptul că Logan începea s-o accepte îi făcea inima să-i bată tot mai puternic. Făcu un duş, după care se culcă, avându-l pe Logan în gândul, dar şi în inima ei.

Capitolul 10

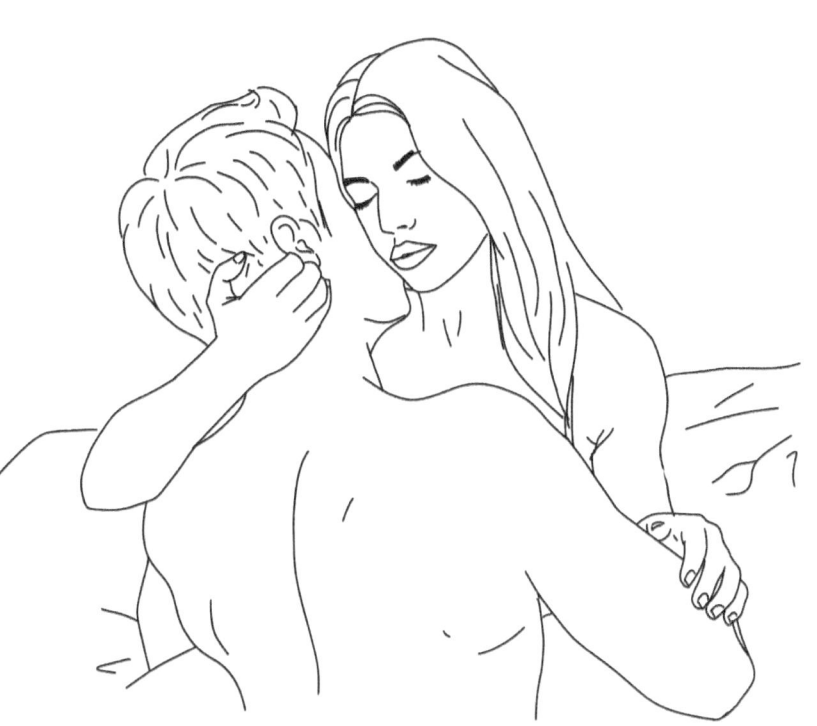

— Barul arată minunat, Logan. Ai făcut o treabă grozavă, zise Lindsay, observând câteva elemente noi care înfrumuseţau decorul: un tonomat, nişte luminiţe care dădeau un aer mai intim localului, dar şi diverse tablouri care adăugau culoare.

— Mă bucur că îţi place. Am venit mai devreme cu o oră ca să pregătesc toate astea, îi zise Logan, privind cu drag în jur, văzându-şi familia şi prietenii alături de el.

Toată lumea dansa, în afară de Abby şi Rebecca. Cele două prietene stăteau relaxate la o masă.

— Dacă îmi spuneai, veneam să te ajut... îi spuse ea, punându-şi mâna pe braţul lui şi pierzându-se în privirea lui caldă.

— Trebuia să te odihneşti după ziua de ieri. În plus, e ceva ce am vrut să fac singur... îi destăinui, punându-şi mâna pe a ei.

— Înţeleg... mă bucur că ai reuşit, Logan. Sper din toată inima să nu mai treci vreodată prin aşa ceva...

— Şi eu...

Mai presus de orice, nu voia s-o ştie în pericol, cum a fost atunci când a scos-o din flăcări. Era ceva la Lindsay, ceva inexplicabil, care îl atrăgea mai mult decât voia să recunoască chiar şi faţă de sine însuşi.

— Logan, ai putea să... o, scuze, vă întrerup cumva? întrebă Jack, văzându-i pe cei doi privindu-se cu pasiune.

Până şi el putea să-şi dea seama de lucrurile care se petreceau între fratele său şi frumoasa roşcată.

— Nu, sigur că nu... răspunse Logan, privindu-şi fratele cu o duritate aparentă. Ce e?

— Tortul, Logan. Toată lumea îl aşteaptă, până şi eu... Desigur, când ceva atât de dulce te reţine, înţeleg de ce nu te grăbeşti să-l aduci...

— Taci, Jack, rosti Logan serios, în timp ce Lindsay zâmbea în spatele lui.

— Ce am spus greşit? După cum stau lucrurile, am impresia că trebuie să-i urăm roşcatei bun-venit în familie... o devorezi din priviri, frăţioare...

— Cred că ai băut prea mult, Jack... Lasă prostiile şi ajută-mă să duc astea şi să le împart. Apropo, să nu crezi că n-am observat cum te uiţi la Jessica. Mi se pare mie sau e ceva mult mai intens de data asta? Nu cumva te amăgeşti că nu simţi nimic pentru ea?

— Logan... nu despre mine e vorba aici... Nu mă duce cu vorba...

Jack luă farfurioarele, iar Logan, tortul. Fratele lui mai mare voia doar să-l necăjească. Ştia doar că nu era genul care să-şi piardă capul din cauza unei femei, sau, oricum, nu pentru multă vreme... Desigur, o dorea pe Jessie, o voia cu toată fiinţa lui, însă asta nu însemna nimic mai mult... Odată întors lângă ea, Jack o privi cu atenţie, încercând să-i găsească un defect cât de mic care să-l facă să-şi revină. Nu reuşi: rochia roz pe care o purta Jessie o făcea să arate grozav. Fir-ar! spuse el uşor nervos. Sentimentul pe care îl avea atunci când o privea contrasta cu firea lui independentă, opusă ideii de iubire.

Logan simţea o bucurie intensă în timp ce

familia şi prietenii îi cântau. Reuşise să-şi recon-
struiască visul cu ajutorul lor, al tuturor. Avea ne-
voie de stabilitate, la fel ca Lindsay, după cum i-a
mărturisit ea însăşi mai demult.

— Felicitări, Logan! strigară cu toţii în cor,
bucuroşi de fericirea pe care i-o citeau pe chip.

— Mulţumesc! Acum, gata cu toate astea,
tortul aşteaptă să fie mâncat... anunţă Logan.

Toţi se aflau acolo pentru el, pentru a se bu-
cura alături de el, iar sentimentul pe care îl avea
în acele momente era unic. Până să-şi dea sea-
ma, o căuta din priviri pe Lindsay, care îl privea
zâmbitoare, bucurându-se la rândul ei pentru el.
Era necinstit ca ea să arate astfel, în rochia aceea
scurtă şi mulată pe corp. Părul ei strâns părea o
coadă de vulpe, iar privirea ei şireată îi amintea
tot mai mult de acel animăluţ simpatic.

— Pot să-l tai eu? se oferi Abby.

— Da, mamă. M-ai salvat de corvoada asta.
Mulţumesc! îi zise el, îmbrăţişând-o.

— Lasă linguşeala, dragule, şi du-te acolo la
masă. Cineva aşteaptă o îmbrăţişare binemerita-
tă din partea ta şi ştii la cine mă refer.

— N-am idee.

— Iar tu ştii că nu te poţi ascunde de mine,
dragul meu... Hai, nu mai pierde timpul aici...

Logan merse lângă Lindsay, moment în care
lumea începu să-i împartă îmbrăţişări şi felicitări.
Lindsay se retrase puţin mai departe, privind cu
drag la scenele călduroase care se desfăşurau în
faţa ochilor ei. Putea vedea clar un Logan fericit şi
împlinit alături de cei dragi lui. Arăta atât de bine
când zâmbea... Oare el putea bănui ce trezea în ea?

— Cred că ai rămas singura care nu a reuşit să-mi fure o îmbrăţişare... îi zise el, apropiindu-se şi luând-o de mână.

— Erai ocupat şi nu am vrut să deranjez... Am rămas aici să-mi aştept rândul...

— Şi de când, mă rog, nu vrei să mă deranjezi? Credeam că ţi-ai făcut un scop din treaba asta... spuse el, venind tot mai aproape. Ştii, încep să cred că sunt foarte norocos, având în vedere că am parte de cea mai frumoasă barmaniţă...

— Mulţumesc... i-a răspuns ea, privindu-l surprinsă. Nu i-a mai vorbit vreodată astfel, iar asta o nedumerea şi o bucura în acelaşi timp. Pot să spun că şi eu am cel mai frumos şef... mă bucur pentru tine, Logan, şefule... frumuşelule...

— A! Ţi-am spus mai demult să nu-mi mai zici aşa... Bine, n-ai decât să suporţi porecla pe care ţi-am găsit-o!

— Serios? Tu mi-ai găsit o poreclă? Logan, de când un şef atât de serios ca tine se ocupă de astfel de lucruri banale? îl întrebă zâmbind, lăsându-şi mâinile în ale lui, atât de calde şi de puternice...

— Nu am altă soluţie când o vulpe şireată ca tine dă târcoale proprietăţii mele... Trebuie să mă asigur că nu va reuşi să scape din mâinile mele...

— Nu, zău? Şi cum ai de gând să faci asta?

În loc de răspuns, Logan o sărută, nemaiţinând cont de nimeni şi de nimic. Îi gustă buzele pline într-un mod care îi cutremură pe amândoi, oprindu-se numai când simţi o uşoară bătaie pe umăr.

— Scuze că vă întrerup a doua oară, dar v-am

adus niște tort, în cazul în care vreți... zise Jack, dându-le farfurioarele în care erau feliile de tort.

— Mulțumesc, Jack... Ai un talent ieșit din comun de a apărea atunci când nu am nevoie de tine. Dacă faci asta și a treia oară, jur că... adăugă Logan, privindu-l încruntat.

— Doar nu ai putea să-ți lovești frățiorul mai mic și neajutorat, nu? Taci odată și spune-mi: roșcata e la fel de dulce precum arată?

— Ai să te tot întrebi asta, dacă n-ai altceva mai bun de făcut... Vezi-ți de treabă, îl sfătui Logan, surprins, atât de întrebarea lui, cât și de ecoul pe care aceasta l-a lăsat în inima lui. Dacă nu ar fi știut mai bine, ar fi crezut că e puțin gelos. Doar puțin...

— Gata, plec, plec. Cu tine nu se poate vorbi. Se pare că roșcata a pus gheara pe tine, nu-i așa, frățioare dragă?

— Ai grijă ce spui, eu sunt fratele mai mare... îi zise Logan, lovindu-l ușor pe spate și făcându-l să râdă. Dacă tot ai adus vorba, tu ce poți să spui despre Jessie? Crezi că n-am observat că nu prea mai vii noaptea pe acasă?

— Deci m-ai spionat? N-ai decât să fii curios, nu-ți spun nimic. Jessie e... a mea. Atât. Curiosule! Vorbești de mine, și tu...

— Am vrut doar să-ți plătesc cu aceeași monedă, răsfățatule. Deci, Jessie e a ta... Posesivule! Exact cum credeam: Jessica și-a înfipt bine ghearele în tine. Ești pierdut, Jack... Am ajuns s-o văd și pe asta... nu poți să-ți imaginezi cât de mult mă bucur...

— Tu ești chiar enervant, Logan. În loc să re-

cunoşti că Lindsay te înnebuneşte, mă iei pe mine la întrebări, doar ca să scapi. Laşule!

Logan nu apucă să-i dea replica, fiindcă fu surprins de râsul puternic al lui Noah, aflat în spatele lor.

— Scuze... dar s-a întâmplat să aud, din gre-şeală, discuţia voastră interesantă. Oare doar eu sunt capabil să recunosc faptul că o iubesc pe Nadya?

— Noah, dragule, tu mereu ai fost cel mai sensibil dintre noi trei. Ştii prea bine că în cazul meu nu poate fi vorba despre aşa ceva... îi zise Jack serios, după care zâmbi, încercând să fie cât mai natural.

— Iar la mine e prea devreme pentru aşa ceva, dar mă bucur pentru tine, Noah, zise Logan.

— Aha... Mă rog, dacă ziceţi voi... Dar eu tot nu vă cred. Am impresia că sunt cel mai curajos dintre voi... În fine, mai vorbim noi despre asta. Acum trebuie să plec, am o felie de tort de savu-rat... Am vrut doar să calmez spiritele între voi, aşa cum am făcut-o de fiecare dată când am fost în preajma voastră... spor la neiubit, frăţiorilor... Eu ştiu sigur ce am de făcut, le spuse, mergând la masă, acolo unde Nadya îl aştepta zâmbitoare.

— Ia uite la el, ce arogant... remarcă Logan, prefăcându-se afectat.

— O dată în viaţă ai şi tu dreptate... Hai să mergem, ce să-i faci? Îndrăgostiţii ăştia ca el nu mai gândesc logic... Transmite-i salutările mele roşcatei...

Jack plecă înainte ca Logan să reuşească să-i mai spună ceva.

Seara continuă în aceeaşi atmosferă, învese-lită şi de muzica ce se auzea din boxele mari aranjate de Logan. La un moment dat, lumea plecă, iar Lindsay a început să adune de pe mese, ajutată de el.

— A fost o seară frumoasă, Logan. Ce bine ar fi să fie numai astfel de momente în viaţă... zise ea, adunând ultima sticlă de bere de pe masă.

— Ai dreptate, Lindsay. Eşti bine? N-a fost prea obositor pentru tine să participi la asta? o întrebă, luându-i sticla din mână.

— Sunt obosită, dar mă simt bine. Locul ăsta e special pentru tine, aşa că merită toată atenţia...

— Pentru noi e special, nu doar pentru mine, Lindsay. Eşti pregătită să lucrezi din nou până târziu alături de mine? o întrebă, aşezându-i o şuviţă rebelă de păr roşcat după ureche.

Părul ei era de vină, nu că ar fi vrut neapărat s-o atingă...

— Dacă sunt pregătită? Sunt mai mult decât atât, Logan: sunt nerăbdătoare... Am terminat aici, nu? Putem să mergem acasă?

— Da, sigur... vin imediat... îi zise el, luându-şi geaca din cuier.

Lindsay îl privi apoi în timp ce el îşi descheie încă un nasture al cămăşii. Deşi putea să privească în altă parte, nu făcu: imaginea era prea frumoasă pentru a şi-o refuza, mai ales că mânecile cămăşii albe i se mulau pe muşchii braţelor, făcându-l de-a dreptul irezistibil. Îl urmă până la maşină, bucurându-se de compania lui atât de binefăcătoare.

Odată ajunşi acasă la Lindsay, ea deschise uşa, lăsând-o deschisă, invitându-l astfel să intre.

Zâmbi uşor în timp ce-şi lăsă geanta pe un fotoliu, auzind cum Logan închide uşa. Se răsuci spre el, privindu-l fascinată cum îşi dă jos sacoul. Merse la el şi-l îmbrăţişă.

— Nu mă mai laşi singură în noaptea asta, nu, Logan? îl întrebă, plină de speranţă.

— Nu... îi răspunse el, privind-o cu o dorinţă pe care abia şi-o putea stăpâni.

Îşi lipi buzele de ale ei, sărutând-o cu toată pasiunea pe care o simţea în acele clipe, conştientizând deodată cât de mult şi-a dorit să facă asta... Îşi coborî buzele pe gâtul ei, în timp ce mâinile lui îi mângâiau spatele.

— Logan... chiar facem asta, nu-i aşa? Nu ai de gând să te opreşti la un moment dat, nu?

— Nu mă voi opri... spuse el, punându-şi mâinile pe faţa ei.

— Te rog doar un singur lucru, Logan... îi zise ea, înconjurându-i talia cu braţele.

— Ce e? o întrebă, pierzându-se în privirea ei ademenitoare.

— Nu vreau să te reţii de la nimic. Vreau să te simt cu adevărat, am aşteptat atât de mult... Vreau să ne bucurăm de ceea ce facem, bine?

— Lindsay... eşti sigură? Nu vreau să-ţi cauzez vreo neplăcere.

— Nu o vei face, Logan, eşti prea bărbat ca să faci asta... Vreau să te am

Începu să-l sărute, simţindu-i aroma atât de masculină. Închise ochii, lăsându-se sărutată de el, bucurându-se cu trupul şi inima de apropierea specială dintre ei.

Logan închise, la rândul lui, ochii, conştient

că, indiferent de ceea ce se va întâmpla între ei pe viitor, își va întipări în minte aroma ei dulce și feminină, dar și modul atât de profund în care i se abandona. Până și din partea lui simțea același abandon pasional, nu putea nega acest lucru. În acele momente nu mai putea nega nimic în ceea ce o privea. Era ca și cum, cu fiecare sărut depus pe buzele ei, dar și cu fiecare mângâiere pe care i-o oferea, îi dăruia mai mult din el, din inima lui.

A deschis ochii, observând că ea îi ținea în continuare închiși. O sărută mai apăsat, mai pasional, mai fascinat de feminitatea ei amețitoare. Dacă exista o femeie care să-l facă să se piardă cu totul în actul acela, aceea era ea. Străfulgerarea acelui gând îl uluia pur și simplu, însă era decis să trăiască experiența aceea alături de ea.

Lindsay era în al nouălea cer numai simțind felul în care Logan o săruta: pasional, copleșitor, masculin. Deschise ochii și-și trecu mâinile peste pieptul lui, începând apoi să-i desfacă nasturii cămășii. Îi făcea același lucru pe care i-l făcea el ei: îi intensifica pulsul. Îi scoase cămașa, nerăbdătoare să-l atingă, să-l facă la fel de dornic de ea precum era ea de el. Degetele lui îi explorau talia, apoi urcară pe corpul ei, atingându-i și cuprinzându-i cu blândețe sânii prin materialul subțire al rochiei. Lindsay lăsă să-i scape un geamăt ușor, care îl făcu să respire mai repede.

— Logan... cum vrei să fiu în continuare: mai răbdătoare sau mai dornică? îl întrebă în șoaptă, neștiind cum să reacționeze la ceea ce îi oferea el: pasiune pură.

— E simplu: fii tu însăți, Lindsay. Nu vreau

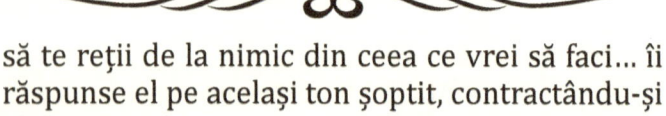

să te reții de la nimic din ceea ce vrei să faci... îi răspunse el pe același ton șoptit, contractându-și abdomenul în momentul în care i-a simțit mâinile pe el.

O sărută din nou și din nou, în timp ce, cu abilitate, îi scoase rochia, dezvăluindu-i corpul apetisant. Se opri doar pentru a o admira: era frumoasă, foarte frumoasă. Și era pregătită să i se ofere, fără regrete, fără să se gândească prea mult la ceea ce făcea. Privind-o direct în ochi, Logan își dădu jos pantalonii, lăsându-se privit și admirat.

Merse în spatele ei și o îmbrățișă. Îi săruta pielea gâtului, înfiorând-o de plăcere. Era o tortură atât de dulce să stea lipit astfel de ea, s-o simtă tremurând în brațele lui și să știe că el o făcea să se simtă în felul acela. Deși dorința crescândă pentru ea era mai mult decât evidentă, Logan făcea ceva ce știa că pe ea ar fi deranjat-o dacă ar fi bănuit: se reținea, de dragul ei. Deși mai fusese cu alte femei, i se părea că parcă niciuna nu avea în ea amestecul acela de inocență și de pasiune dezlănțuită, care pe el îl năucea complet.

Cel puțin, pentru prima dată când făcea dragoste cu Lindsay, voia să se bucure la intensitate maximă de momentul acela, fără grabă, fără o anumită rapiditate în mișcări, ci doar s-o savureze în întregime, fiindcă știa că urma să mai facă dragoste cu ea. Farmecul ei era irezistibil și periculos, însă voia să aibă parte de el, orice s-ar întâmpla. O răsuci spre el, făcând astfel ca trupurile lor să fie de nedezlipit. O sărută pe sâni atât cât îi permitea materialul sutienului, mângâindu-i în tot acel timp.

Lindsay îi mângâie părul, privindu-l în timp ce el îi făcea toate acele lucruri excitante şi pasionale. Aproape că nu simţi când el îi scoase sutienul, lipindu-şi pur şi simplu capul de pieptul ei înainte de a o atinge în întregime, gest care o impresionă profund. Era atât de norocoasă să fie alături de el în astfel de momente, clipe pe care ştia cu siguranţă că nu le va uita niciodată, fiindcă Logan era cel care reuşise s-o facă să-şi dorească să se abandoneze total unui bărbat, aşa cum o făcea în momentele acelea. În clipa aceea, nu se mai simţea doar o orfană lipsită de importanţă. În braţele lui Logan era mult mai mult decât atât: o femeie dorită, nu respinsă. Era a lui cu fiecare sărut, mângâiere şi privire pe care le primea din partea lui. Fusese a lui încă dinainte de a-l fi cunoscut, înainte să ştie că se poate simţi în felul acela cu un bărbat. Numai astfel îşi putea explica potrivirea dintre ei. Era atât de bine să-l descopere, să-l atingă şi să-l mângâie aşa cum şi-a dorit...

Câteva secunde mai târziu, atunci când amândoi rămaseră goi unul în faţa celuilalt, Logan o luă în braţe şi o duse pe pat, unde şi-a continuat asaltul mai mult decât delicios asupra ei. O sărută şi o muşcă uşor de gât, în timp ce mâinile lui îi explorau corpul de parcă ar fi avut tot dreptul s-o facă, ceea ce, într-un fel, aşa era.

Lindsay îl mângâie pe spate şi pe părul, fiindcă el îşi coborî capul de-a lungul abdomenului ei, sărutând-o, crescând dorinţa care zăcea în ea.

— Ce tatuaj frumos ai aici, Lindsay... îi şopti, sărutându-i pasărea Phoenix aflată chiar deasupra zonei feminine şi delicate pe care el începu

s-o exploreze cu pricepere, folosindu-şi degetele, buzele şi limba într-un joc ameţitor şi fierbinte care o făcea să se arcuiască de plăcere.

— Logan... şopti Lindsay pe un ton rugător, bucurându-se de magia pe care el o folosea asupra ei, făcând-o să se înfierbânte cu totul.

Era atât de fericită că a reuşit să-i stârnească dorinţa, încât abia acum realiza cât de multe senzaţii putea trezi el în interiorul ei. Dacă urma să fie condamnată la plăcere alături de Logan, atunci aşa să fie: era pregătită să primească ceea ce doar el putea să-i ofere.

— Eşti atât de frumoasă, Lindsay... De ce ne-a trebuit atât de mult să ajungem aici? o întrebă el, concentrându-şi sărutările asupra pielii fine a gâtului ei.

— Împotrivirea ta, Logan... frumuşelule...

— Ai dreptate, Lindsay... ştii, eşti frumoasă aici, dar şi aici, cât şi... aici... i-a mărturisit el, atingându-i, pe rând, buzele, sânii şi zona dintre coapse. Şi mai ştii ceva? Mi-ar plăcea să...

Îi luă mâna şi i-o duse spre locul în care dorinţa pentru ea era mai mult decât evidentă.

Lindsay îl înţelese. Ezită doar câteva secunde, până când curiozitatea învinse orice reţinere. Îl mângâie, simţindu-l în toată frumuseţea şi splendoarea lui pur masculină, simţindu-se bucuroasă atunci când îl auzit gemând uşor, fiindcă acel lucru i se datora ei. Îl făcea să-şi piardă autocontrolul şi luciditatea, iar asta îi plăcea la nebunie.

Tot ce îşi dorea în acele momente era să trăiască experienţa împlinirii supreme alături de el, iar dorinţa era pe cale să i se îndeplinească, fiind-

că el își împleti degetele cu ale ei, sărutând-o fără oprire, în timp ce Lindsay vedea reflectată în privirea lui dorința de a o avea. Îl simți venind deasupra ei și a închis ochii pentru câteva secunde, pregătindu-se fizic și psihic pentru intruziunea de care avea parte în acele momente, care deși era blândă, era resimțită puternic de către corpul ei, neobișnuit cu astfel de lucruri. Strânse din pleoape pentru a-și reține lacrimile, când îl simți pe Logan tresărind din cauza șocului inițial.

— Lindsay... deschide ochii, frumoaso... vreau să mă vezi... te vreau atât de mult și atât de tare încât nu mai pot să mă rețin... Îmi pare rău, atât de rău pentru că te fac să suferi, dar simt nevoia să fiu tot mai mult în tine... Încearcă să mă ierți... îi șopti el repede, mângâindu-i chipul, după care începu să se miște în ea puțin mai rapid, intensificându-și mișcările în nevoia de ea, sărutând-o pentru a-i distrage atenția de la disconfortul pe care cu siguranță i-l producea. Nu știuse până la ea că se putea simți vinovat și împlinit în același timp...

Lindsay deschise ochii, lăsând lacrimile să-i alunece pe obraji, încercând să se relaxeze pentru a se putea bucura de felul în care el o pătrundea. În ciuda impresiei lui Logan, lacrimile ei nu erau doar de jenă și de durere. Erau și de fericire. De bucurie că în sfârșit era a lui, doar a lui, în întregime.

Minute bune mai târziu, când Lindsay trăi momentul suprem alături de Logan, îl simți în întregime al ei, așa cum ea era în întregime a lui — un sentiment unic, minunat.

— Lindsay... îmi pare rău pentru... N-am şti-ut că... rosti el, găsindu-şi cu greu cuvintele din cauza remuşcării.

— Logan, te rog... Nu trebuie să... Sunt feri-cită că sunt a ta... Nu pot să-mi imaginez ceva mai frumos pe lumea asta decât să fiu cu tine... îi spu-se ea, lăsându-şi capul pe pieptul său.

Era ceva special în felul în care o ţinea în bra-ţe, iar ea nu putea decât să savureze felul în care o făcea să se simtă.

— Ar trebui să-ţi aduc ceva sau să fac ceva pentru tine? Eu nu am avut o femeie ca tine şi nu ştiu ce să fac ca să-ţi fie bine... îi zise el privind-o grijuliu, sărutând-o apoi pe frunte.

— Frumuşelule... Trebuie doar să stai cu mine şi să mă priveşti aşa dulce... atât îmi trebu-ie, Logan... i-a spus ea zâmbind, impresionată de grija lui.

— Dacă spui tu...

— E-n regulă, Logan, sunt bine... voi fi bine...

— E în ordine dacă te ţin în braţe toată noap-tea, roşcata mea frumoasă?

— Să nu îndrăzneşti să-mi dai drumul, Logan.

Suna atât de bine să-l audă vorbindu-i ast-fel... O topea, pur şi simplu... nu că nu era deja to-pită după el...

Logan o sărută lung, după care o luă în braţe şi adormiră astfel împreună, înlănţuiţi şi fericiţi...

În dimineaţa următoare, Logan se trezi fiind-că Lindsay îl săruta, nesăturându-se de el.

— Hm... Ce mod de a mă trezi din somn... Vrei să fii devorată, vulpiţo? îi zise el zâmbindu-i insinuant şi cuprinzând-o în braţe.

— De-abia aştept, frumuşelule... îi răspunse Lindsay, urcându-se deasupra lui şi sărutându-l din nou.

Logan îi cuprinse talia cu mâinile. Se lăsă cucerit de pasiunea roşcatei, răspunzându-i cu aceeaşi monedă, sărutând-o şi atingând-o în feluri în care le făcea plăcere amândurora.

*

— Ce spui, Jessie, vrei să vii cu mine să vedem casa pe care m-am gândit s-o cumpăr? Asta doar dacă nu ai altceva de făcut... îi propuse Jack la finalul unui dans.

Jessica clipi de câteva ori, puţin surprinsă de ceea ce auzea.

— Dacă vrei să vin... te muţi?

— Da, doar nu voi sta mereu cu mama şi cu ceilalţi fraţi ai mei. Ştiu sigur că Logan vrea să rămână în casa unde am crescut cu toţii, alături de mama, iar Noah caută şi el un loc numai al lui, aşa că... vreau şi eu acelaşi lucru: independenţă. Şi da, vreau să vii cu mine, doar nu mă vei lăsa să mă plictisesc căutând de unul singur...

— Bine, vin, dar aşa, în rochiţa asta? Aici la sală e potrivită, dar pe stradă... e puţin cam prea...

Făcu o piruetă, demonstrându-i cât de scurtă şi decoltată era.

— Eşti exact cum îmi place, Jessie... Oricum mergem cu maşina, aşa că haide!

Dacă nu trebuia să meargă să vadă casa, ar fi dat curs gândurilor indecente care îi treceau prin minte, gânduri care o aveau în centrul lor numai

pe ea, pe Jessie a lui... Neputându-se abține, se apropie totuși de ea și o sărută, potolindu-și pentru moment nevoia de ea.

Câteva minute mai târziu, Jessica se uita fascinată la casa care i se înfățișa în fața ochilor: nu era nici prea mare, nici mică, ci potrivită. Casa era albă, cu acoperiș vișiniu. Interiorul era spațios, luminos și decorat cu mobilă modernă, iar o ușă exterioară de sticlă dădea spre curtea interioară, care arăta minunat datorită diverșilor arbuști ornamentali, dar și a trandafirilor mai mici sau mai mari, urcători și în culori variate. Cel mai bine era că se afla aproape de casa Jessicăi, deci și a mamei lui Jack.

— Îți place, Jessie? Ce spui? E perfectă, nu-i așa? o întrebă, postându-se în fața ei.

— Da, chiar așa e, Jack: perfectă... exact cum ești tu pentru mine... ar fi vrut să-i spună, însă cuvintele i se opriră în gât.

Nu voia să riște ca el s-o privească ciudat dacă ea i-ar spune prea multe despre ceea ce simte. În aparență, trebuia să se declare mulțumită de ceea ce era el dispus să-i ofere...

— Mă bucur că-ți place... îi zise el, privind-o cu un aer ușor misterios, sau cel puțin așa i se păru ei.

Jessica îl privi cu drag, fascinată de modul în care se reflecta soarele în ochii săi căprui. Cel puțin acum putea să-l sărute și să-l atingă în voie... Rămase deoparte, văzând cum Jack discută cu proprietarul casei, plătindu-i suma cerută și semnând apoi contractul prin care, din clipa aceea, intra în posesia clădirii.

— Să vă bucurați de ea și să fiți fericiți aici, le ură domnul Higgins.

— Mulţumim, domnule Higgins... spuse Jack, privind-o complice pe Jessie, care roşi, simţind în acelaşi timp şi o uşoară strângere de inimă, deoarece se gândea la fragilitatea relaţiei lor. În orice moment, Jack se putea sătura de ea şi o putea alunga de lângă el şi din viaţa lui fără nici cel mai mic regret. Ce va face atunci? Cum va putea să-şi continue viaţa fără Jack, fără sărutările şi atingerile lui, când numai el avea puterea s-o facă să ardă de dorinţă şi de iubire? Erau nişte întrebări dureroase, la care nu-şi dorea să afle vreun răspuns vreodată... mai bine să încerce să se bucure de prezent...

— Jessie! Jessie!

— Da?

— Ai căzut pe gânduri... Putem pleca, domnul Higgins va elibera casa şi, de mâine, mă voi putea muta aici. E grozav, nu-i aşa? îi zise el, ignorând fără tragere de inimă impulsul de a-i săruta buzele pline, asta numai fiindcă nu erau singuri...

— Da... putem să plecăm acum? Am nişte ore de dans de predat la sală, iar apoi mai trebuie să ne antrenăm pentru spectacolul tău...

— Spectacolul nostru, Jessie. Nu e numai al meu... îi zise el pe un ton pe care ea l-a perceput ca trist. De ce îi făcea asta, de ce îi vorbea atât de uşor despre lucruri comune, despre lucruri în doi, când ştia prea bine că ei doi nu formau un cuplu în sensul real al cuvântului?

— Ai dreptate, Jack... îi zise Jessica abandonându-se impulsului de a-l îmbrăţişa cu putere.

Avea astfel acces cel puţin la o parte din el, dorindu-şi din toată inima să spargă scutul din jurul inimii lui. Oare avea să-l audă vreodată spu-

nându-i cuvinte de iubire? Ştia că s-ar fi topit dacă le-ar fi auzit din gura lui ...

— O, Jessie... Ce îmbrăţişare... e totul în ordine, frumoaso?

— Da, Jack, alături de tine e totul bine. Sper că nu te deranjează, îi zise ea, privindu-l cu dragoste nespusă.

— Nu, sigur că nu. Cât timp cât eşti fericită alături de mine, e bine... Ştii cât îmi place să te simt lângă mine, Jessie Hai să mergem la sală, altfel mă tem că voi face lucruri care nu vor fi tocmai potrivite...

Cum era posibil ca tocmai el să ardă de dorinţă în felul acela numai pentru ea? De când era cu Jessie, nu mai avea ochi pentru alte femei. Desigur, asta i s-a întâmplat şi până la ea, dar nu cu o intensitate atât de mare... Ca să nu se mai gândească că era deja de aproape două luni cu ea, ceea ce era un record absolut pentru el... În timp ce conducea, se gândea tulburat la toate aceste lucruri, privind-o pe furiş pe femeia din dreapta lui.

*

— Doamnă Wallace, acesta este bărbatul care a încălcat ordinul de restricţie pe care îl aveaţi împotriva lui?

— Da, îi răspunde Nadya ofiţerului de poliţie, privind prin geamul securizat care îi despărţea. Deşi erau atâţia oameni în jurul ei, nu putea să nu simtă un fior de groază văzându-l din nou pe Owen. Venise singură la secţie, nevrând să-l implice şi mai mult pe Noah în povestea aceea. Erau

lucruri pe care trebuia şi voia să le facă singură.

Când i se ordonă să facă un pas în faţă, Owen scoase din buzunar un bilet pe care îl ţinu astfel încât să fie văzut, de parcă ştia cine îl priveşte din spatele acelui geam pe care l-ar fi spart ca să ajungă la trădătoarea aceea brunetă care îl trata de parcă era mai presus de el.

— Ce are în mână? întrebă poliţistul de lângă ea.

— Nu ştiu... Pot să plec acum? Am venit aici, am făcut ce trebuia să fac, aş vrea să plec acum...

— Numai puţin, să ne lămurim... îi zise poliţistul, care îi ceru unui coleg să-i aducă biletul pe care îl avea Owen.

Odată ajuns în mâinile lui, îl citi, apoi i-l dădu Nadyei.

— Poate vreţi să citiţi şi dumneavoastră...

Nadya luă biletul cu mâini tremurânde. Oare ce mai voia de la ea fiinţa aceea demnă de dispreţ?

Eşti o trădătoare, Nadya. Crezi că bătăuşul tău te va mai vrea când va afla că nu mai poţi avea copii? Eşti un nimic, aşa cum ai fost mereu... Nu vei scăpa de mine niciodată. Voi fi mereu în gândurile şi în visele tale, dar mai ales când vei fi cu... Noah, parcă?

Vei mai auzi de mine, Nadya...

Owen

Senzaţia de rău care puse stăpânire pe Nadya o făcu să-şi dorească să plece cât mai iute de acolo. Simţea că se îneacă dacă mai stă chiar şi un minut. Fără să-i spună vreun cuvânt poliţistului, Nadya se îndreptă spre uşă şi plecă în grabă, cu biletul în

buzunarul pantalonilor. Când ieşi din secţie, căută un taxi care s-o ducă acasă cât mai repede. Cel puţin acolo se simţea în siguranţă. Imaginea lui Noah îi apăru brusc în gând. Ar fi vrut să fie lângă el şi să-i sară în braţe, fără întrebări, fără cuvinte... Să se cuibărească la pieptul lui şi să rămână acolo pentru totdeauna... dar nu se putea gândi la un *pentru totdeauna* alături de el, cel puţin până nu discuta cu el despre problema medicală pe care o avea. Adică, ce bărbat ar fi acceptat o femeie ca ea? Cu toţii îşi doreau copii... Numai gândindu-se la reacţia lui, simţea o strângere de inimă. Poate că va fi chiar violent cu ea, ca Owen... Ajunsă acasă, Nadya şi-a acoperit chipul cu mâinile, dând frâu liber lacrimilor. Gândul îi zbura mereu la posibilele reacţii ale lui Noah, în urma viitoarei discuţii cu el. Chiar dacă nu avea să reacţioneze violent, Nadya era convinsă că numai felul în care o va privi o va durea. Deşi refuzase să se gândească la acest aspect mai devreme, lăsându-se cucerită de felul în care o trata Noah, Nadya ştia că, într-o zi, va trebui să aducă şi acel subiect în discuţie...

Când auzi soneria de la uşă, ştiu imediat cine putea fi. Deschise, văzându-l în faţa ei pe Noah, care o îmbrăţişă strâns, nebănuind nimic din ceea ce ascundea în inima brunetei. La rândul ei, Nadya îl ţinu strâns la piept, ca şi cum ceva i-ar fi spus că aceea putea fi ultima dată când făcea acel lucru.

— Bună, frumoaso, ce faci, mă aşteptai? o întrebă el, desprinzându-se încet de ea.

— Bună, Noah... se poate spune că da, te aşteptam... îi răspunse, evitând să-l privească. Se

aşezară amândoi pe canapea, foarte aproape unul de celălalt.

— S-a întâmplat ceva? Eşti cam serioasă... Bine, tu de obicei eşti aşa, dar acum pari mai sobră ca oricând...

O luă de mână.

— Ai dreptate. Ştii, Noah, nu ştiu cum să-ţi spun mai simplu de atât, nu m-am descurcat niciodată la discursuri...

— Spune-mi ce e, Nadya. Ştii că sunt aici pentru tine, nu?

— Ştiu, dar probabil nu vei mai fi, odată ce îţi voi spune ceva foarte serios, ceva ce trebuia să-ţi spun încă de la început, dar nu am găsit momentul potrivit...

— Da, ştiu, eu sunt de vină, nu prea te-am lăsat din braţe de când... îi zise el zâmbind, încercând să-i schimbe starea.

— Noah! ... Nu e momentul acum...

— Dacă pot să te fac să zâmbeşti puţin, de ce nu? Bine, spune-mi ce ai de zis, ca să fii mai liniştită...

— Noah... n-o să-ţi placă, te asigur... Dar ar trebui să ştii... nu pot avea copii, adică nu mai pot... îi mărturisi ea, neîndrăznind să-l privească.

Se părea că visul ei frumos alături de Noah se apropia de final, iar ea nu putea opri acest lucru, oricât şi-ar fi dorit...

— Nadya... eşti sigură?

— Da... ştiam asta încă de când am pierdut sarcina din cauza loviturilor primite de la Owen... Oricum, eu ţi-am spus încă de la început că viaţa mea e mai complicată şi că meriţi ceva mai bun...

— Opreşte-te, Nadya! Să nu te mai aud vorbind aşa, ai înţeles? îi zise el, răsuflând cu greu din cauza a ceea ce tocmai a aflat.

— Noah... N-are rost să prelungim agonia... Ştiu că probabil urmează să te desparţi de mine şi, desigur, nu te pot condamna, dar nu mă mai privi astfel...

— Eşti atât de sigură în privinţa mea? Oare mă cunoşti atât de puţin? După tot ceea ce am trăit împreună până acum, nu te-ai convins de sentimentele mele pentru tine? Crezi că un lucru ca ăsta mă va face să nu te mai iubesc, Nadya? Ţi-am spus şi mai demult că nu sunt un băieţel care nu ştie ce vrea... te vreau pe tine, bruneta mea frumoasă, m-ai înţeles? îi zise el, sărutându-i mâna, gest care o emoţionă din nou.

— Dar, Noah... mai e şi asta... i-a spus ea, scoţând biletul din buzunar şi arătându-i-l. Acolo scrie că sunt... nici măcar nu pot să spun asta... dacă vei ajunge să gândeşti la fel ca el?

— Astea sunt cuvintele unui cretin, Nadya. Niciodată n-aş putea să gândesc aşa despre tine, iubito... Cum a ajuns asta la tine? Te-a căutat din nou, te-a deranjat iar? A îndrăznit să facă asta, după ce i-am spus mai demult? Jur că, dacă îl mai văd vreodată în faţa mea, voi termina ce am început atunci...

— Nu, nu e asta. Am fost la poliţie să declar că a încălcat ordinul de restricţie, iar acolo am aflat că a fost implicat şi în alte infracţiuni, jaf şi tâlhărie... De asemenea, am aflat că el şi un alt amic de-al lui, Dalton, sunt vinovaţi de incendierea barului lui Logan... Mi-e groază numai când

mă gândesc că am crezut, la un moment dat, că îl iubesc pe acest ticălos...

— El e un nimic, Nadya, nu tu. Nu-l lăsa să te supere cu toate astea, bine? Ştie prea bine că nu eşti singură, că ai pe cineva care te apreciază aşa cum meriţi, iubito... Cât despre cealaltă chestiune, există soluţii, cum ar fi adopţia... Oricum, nu vreau să te mai gândeşti la lucruri negative în ceea ce ne priveşte. Te iubesc, ai înţeles? Te iubesc şi nimeni şi nimic nu mă va opri să fiu cu tine, iubito... Eşti tot ce îmi doresc pentru mine, Nadya, şi voi încerca să-ţi aduc măcar un strop de fericire în fiecare zi petrecută alături de mine, îţi promit...

O sărută, acoperindu-i suspinele şi ştergându-i lacrimile.

— Noah... vorbeşti serios? Încă mă mai vrei? Pe una ca mine, cu un trecut atât de urât? îl întrebă, surprinsă plăcut de reacţia lui.

— Foarte serios, Nadya. Ai spus foarte bine, cu un trecut, căci prezentul tău sunt eu, iar asta e cel mai important... îi zise Noah, vrând din toată inima să alunge umbrele din ochii iubitei lui.

— Eu... aproape că nu ştiu ce să spun... te iubesc, Noah... Mă bucur că te am şi că mă vrei lângă tine...

— Şi eu te iubesc, Nadya, şi te vreau lângă mine cu totul, în toate sensurile posibile... chiar şi acum...

Începu apoi s-o sărute cu toată forţa dragostei sale, delectându-se cu dulceaţa pasiunii ei, făcând dragoste încet, savurând şi făcând-o să se bucure de tot ceea ce îi oferea.

Capitolul 11

După trei luni...

Logan apăru în partea din față a barului și o văzu pe Lindsay urcată pe un scaun, încercând să schimbe un bec. Veni în spatele ei și îi îmbrățișă picioarele goale, acoperite până deasupra genunchilor de fusta pe care de-abia aștepta să i-o scoată...

— Ce faci, frumușelule? Încerci să mă sperii? îi zise ea privindu-l zâmbitoare.

— Poate că da. Dar tu, încerci să mă tentezi mai mult decât o faci deja? o întrebă, ajutând-o să coboare.

O luă apoi în brațe și o urcă pe bar.

— Ce-ți trece prin minte, Logan Connor? Noroc că am închis barul, altfel ar fi avut oamenii ce vedea. Nu le-ar veni să creadă: șeful serios al barului, încurcat cu frumoasa barmaniță roșcată. Deși a trecut ceva timp, parcă și mie îmi vine greu să cred, dar ne stă atât de bine...

Logan nu-i răspunse. Se mulțumit s-o sărute dornic și ademenitor, oprindu-și palmele deasupra genunchilor ei, strângându-i fusta ușor între degete.

— Logan... doar nu vrei s-o facem aici, nu? Nu mai ai răbdare până acasă? îl întrebă, privindu-l încântată.

— Fii sigură că vreau să facem asta aici și acum... Ești o adevărată vulpe, știi asta, Lindsay? După ce că te îmbraci atât de ademenitor și îmi faci ochi dulci toată seara, vrei să mă fac că nu te observ? Cred că te-aș observa și dacă ai avea un sac pe tine. Chiar și așa, tot aș vrea să ți-l dau jos...

Dar permite-mi o curiozitate înainte... De când ştii tu să schimbi becuri? Nu ştiu prea multe femei care se pricep la asta, îi zise el pe un ton puţin mai grav decât de obicei, punându-şi mâinile pe talia ei.

— Se pare că sunt altfel decât femeile pe care le ştii tu... Şi acum, dacă nu vrei să pierdem timpul cu poveşti referitoare la abilităţile mele, mai bine m-ai săruta în continuare şi te-ai convinge din nou de ceea ce pot să-ţi fac...

— Cred că îmi place să mă convingi, Lindsay... îi zise el, sărutând-o pasional, transmiţându-i prin sărutări, atingeri şi mângâieri cât de mult îi plăcea să se bucure de compania ei, făcând dragoste cu ea, chiar acolo, îndeplinindu-şi astfel fantezia comună.

*

Era deja prea mult pentru Jack. Aproape şase luni alături de aceeaşi femeie era mult chiar şi pentru el. Stând în bar alături de Jessica, se gândea că trebuie cumva să pună capăt acelui joc de-a prieteniei cu beneficii, înainte de a fi prea târziu pentru el. Îşi aminti de felul în care făcuse dragoste cu ea cu o noapte înainte, de parcă şi-ar fi luat rămas-bun de la ea.

El era Jack Connor, un cuceritor, nu unul dintre cei care îşi doreau o relaţie stabilă. Ştia că, la un moment dat, va veni şi momentul în care va trebui să se despartă de ea, iar realitatea acelui fapt îi crea o senzaţie bizară. Numai orgoliul îl făcea să rămână fidel planului imbatabil pe care

îl avusese până atunci, până la ea. Jessie nu-l va face să se răzgândească. Așa ceva era imposibil... Probabil o va face să sufere, dar avea conștiința împăcată: a avertizat-o încă de la început că ceea ce era între ei nu va fi de durată. *Jessie a lui* a știut la ce să se aștepte, nu era momentul acum să aibă remușcări, deși felul în care voia să pună capăt relației lor era cam nepotrivit, însă ea nu-i dădea de ales. Nici măcar o dată nu s-a comportat ca celelalte femei din viața lui: nu i-a spus că îl iubește. În trecut, de fiecare dată când se întâmpla asta, el punea punct imediat relației respective. În schimb, Jessie nu i-a spus așa ceva, iar asta îi dădea o stare de confuzie. Oare chiar nu simțea nimic pentru el? Dacă era să se ghideze după felul în care îl privea și... alte lucruri, atunci putea să jure că simțea ceva pentru el, însă nici măcar o dată nu a auzit-o spunându-i acele cuvinte care aveau să le aducă finalul relației lor...

Asta era: trebuia s-o facă acum sau nu știa dacă va mai avea curajul să meargă până la capăt și doar asta era exact ceea ce își dorea, nu?

Brusc, Jack se ridică de la masă și, privind-o în ochi pe Jessica, merse la o altă femeie, o necunoscută, și o sărută în fața tuturor. Abia i-a atins buzele și s-a îndepărtat de ea, auzind uralele unora și huiduielile altora. Înainte să se dezmeticească, o văzu pe Jessie fugind spre ieșire, așa cum își imaginase că se va întâmpla. Putea să răsufle ușurat: din clipa aceea, Jessie nu mai era *a lui*. Totuși, de ce nu putea să se bucure? De ce simțea dintr-o dată că tocmai a făcut cea mai mare prostie din viața lui? De ce avea o strângere de inimă? De ce

se simţea atât de dezgustat de sine însuşi? Totul trebuia să fie în regulă, acum că s-a eliberat de ea... Numai că nu simţea deloc aşa... Înainte să-şi dea seama, plecă grăbit spre ieşire, dornic s-o ajungă din urmă pe Jessie, neştiind nici el exact de ce . Poate că voia doar să se asigure că e în regulă, cât se putea de în regulă după ceea ce el tocmai a făcut...

După vreo două străzi, Jack reuşi s-o ajungă din urmă şi o prinse de mână. Bănuia la ce să se aştepte din partea ei sau ceea ce avea să vadă în privirea ei, însă nimic nu îl pregăti pentru remuşcarea profundă pe care o resimţea.

— Jessie, stai... aşteaptă puţin...

— Bine, Jack, stau. Ştii, dacă voiai să te desparţi de mine, puteai să-mi spui frumos şi civilizat, nu trebuia să faci scena aia demnă de un film prost. Cine te crezi? Ai impresia că eşti ultimul bărbat de pe pământul ăsta? Ştii ce regret cel mai mult? Faptul că am pierdut atât de mult timp lângă tine: aproape jumătate de an, Jack. Jumătate de an pe care puteam s-o petrec cu cineva care să mă aprecieze cu adevărat... Dar nu-i nimic, doar ştiam că nu mă pot aştepta la ceva durabil de la tine, nu-i aşa? Voi învăţa să te uit, Jack, chiar de va fi ultimul lucru pe care îl voi face, îţi promit... Şi voi învăţa să te urăsc pe cât de mult te-am iu...

Încercând să-l privească într-un mod cât mai dispreţuitor, aşa cum ar fi meritat. Îşi simţea inima frântă în milioane şi milioane de bucăţele şi o durea mai mult decât orice altceva pe lume. Visul ei cu Jack tocmai se sfârşise...

— Jessie... nu vorbi aşa... Hai să discutăm

despre toate astea... N-am vrut să te fac să suferi...

— Nu-mi mai spune vreodată Jessie! Nu vreau să te mai văd și să te mai aud vreodată! Puteai să faci treaba asta cu totul altfel... și tot m-ar fi durut enorm... adăugă ea, pentru sine.

— Dar, Jessie...

Palma care-i lovi obrazul nu-l duru așa cum îl durea inima...

— Ți-am spus să nu-mi mai zici așa! Mi-ai spus mai demult că pot să-ți spun dacă te comporți vreodată ca un ticălos. Ei bine, tocmai ai făcut-o. Felicitări, Jack, ai reușit ce ți-ai propus... N-ai dat doi bani pe mine, prietena ta cea mai bună, cea pe care spuneai că nu ai s-o rănești vreodată... Nu-i nimic, voi trece și peste asta...

— Încearcă să mă asculți. Îmi pare rău că suferi... Pe lângă ce vreau să-ți spun, mai avem și un spectacol de susținut împreună...

— Voi susține spectacolul și cu asta se va termina până și relația profesională dintre noi. Lasă-mă în pace, n-am nevoie de tine!

— Măcar dă-mi voie să te conduc acasă, nu pleca singură...

— O voi duce eu acasă, idiotule! zise Logan, apărând brusc lângă ei.

După ce îi trase un pumn zdravăn lui Jack, o luă pe Jessica și o duse acasă.

— Te rog, nu mă întreba nimic, Logan, bine? îl rugă Jessica, încercând să-și rețină lacrimile.

— Nici nu vreau, Jessica. Am văzut și eu ce era de văzut... Regret enorm prostia făcută de idiotul de Jack, dar poate cearta voastră e ceva de moment. Jessica, voi doi sunteți meniți să fiți

împreună. Rar am văzut doi oameni mai potriviți unul pentru altul...

— Logan, apreciez ce încerci să faci, dar... nu. Nu mai vreau să știu nimic de el... Du-mă acasă, te rog... și mulțumesc...

— N-ai pentru ce, Jessica. Pentru asta sunt prietenii. În mod sigur, în spatele nostru vin Noah cu Nadya și Lindsay.

Jessica se uită în oglinda retrovizoare și văzu mașina lui Noah urmându-i îndeaproape. Odată ajunsă în fața casei, ea coborî din mașină, urmată de Logan. În scurt timp, sosiră și Noah, Nadya și Lindsay. Deși aprecia efortul lor, Jessica nu-și dorea decât să fie singură.

— Jessica... promite-mi că vei avea grijă de tine, bine?

— Nu am altceva mai bun de făcut, Lindsay... Și acum, dacă se poate, aș vrea să rămân singură... Vă mulțumesc pentru prezența voastră aici, dar sunt sigură că înțelegeți. Sunteți minunați, dar vreau să merg la culcare. Ne mai vedem... Noapte bună, dragilor.

Cu toții își luară rămas-bun de la ea, după care plecară.

Jessica merse direct în camera ei și se întinse pe pat, încercând să adoarmă, însă gândurile i se îndreptau spre momentul dureros trăit cu doar câteva minute în urmă. Simțea un nod în gât, însă era decisă să nu verse nici măcar o lacrimă pentru un bărbat pe care îl iubea, dar care nu o merita. Câtă naivitate din partea ei, să creadă că, în final, va reuși să-l facă pe Jack s-o iubească. Dintre toți oamenii pe care îi cunoștea, el a rănit-o cel mai mult. Nu se aştepta la o asemenea atitudine din partea lui. Cel puţin, dacă i-ar fi spus în alt mod că nu o mai vrea, nu în felul acela... Oricum i-ar fi frânt inima, însă astfel, având parte de o umilire publică, o făcea să-şi dorească şi mai mult să nu-l fi cunoscut vreodată, să nu se fi îndrăgostit de ochii lui, de zâmbetul lui, de felul în care o făcea să-i ofere totul, de el... Jack era singurul care o făcea să ardă pentru el... însă trebuia să revină cu picioarele pe pământ: visul se terminase, iar ea era din nou singură şi mai nefericită ca niciodată. Imagini cu ea şi Jack dansând, dar şi făcând de la cele mai amuzante până la cele mai fierbinţi lucruri, îi reveneau în minte. Era conştientă că nu-l va putea uita, însă nu-i va permite să mai aibă vreo putere asupra ei. O torturau întrebările: oare de când a plănuit Jack să-i facă asta? A fost premeditat? Oare cu ce a greşit, de a trebuit să aibă parte de o astfel de despărţire? Ideea că noaptea trecută a fost ultima în care a avut parte de el o făcea să sufere enorm. La un moment dat, auzi soneria telefonului. Verifică apelul şi văzu un mesaj de la Jack, care se scuza pentru idioţenia comisă. Furioasă, Jessica închise telefonul şi se întoarse pe partea cealaltă: trebuia să înceteze cu fantezia ei prostească, altfel, va ajunge tot mai rău. Nici să nu-şi imagineze el că îi va fi atât de uşor s-o păcălească din nou. Închise ochii, dar nu reuşi să adoarmă decât foarte târziu în noapte.

Între timp, Jack merse la alt bar şi începu să bea, simţindu-se mai vinovat ca oricând. Jessie avea dreptate să-l trateze aşa şi să nu-i răspundă la mesaj. Era cel mai rău bărbat de pe pământ.

Deşi gustul puternic al băuturii îl ardea pe gât, nimic nu îl făcea să ardă mai puternic decât ea... ce se întâmpla cu el?! Doar nu se îndrăgostea de Jessie... Nu, aşa ceva nu era posibil, nu i se putea întâmpla tocmai lui... Doar el şi iubirea erau două noţiuni incompatibile, mai ales că, mai demult, şi-a promis că nu va mai iubi vreodată... Totuşi, privind în urmă, gândindu-se la momentele petrecute împreună cu ea, ceva în el se simţea diferit şi dureros. Se purtase ca un ticălos cu cea care nu merita asta din partea lui, şi totul pentru reputaţie, pentru orgoliu... Toate astea îl costau scump acum... Telefonul îi vibră în buzunar. Îl căuta Noah.

— Unde eşti?

— Într-un bar, aproape de al lui Logan... zise el, pe un ton tărăgănat.

— Eşti beat?

— Poate... Ce-ţi pasă?

— Taci şi stai acolo, că vin după tine. Dacă vine Logan e mai rău... Nici mie nu-mi vine să te iau de acolo, dar asta e... Ajung imediat.

Din glasul fratelui său, Jack îşi dădu seama că e supărat rău, şi pe bună dreptate.

În momentul acela, nici el nu se putea ierta. De altfel, era sigur că nici nu va putea s-o facă vreodată...

În scurt timp, apăru Noah şi îl duse acasă, având grijă ca mama lor să nu-l vadă aşa. Îl ajută să ajungă în cameră, îl obligă să facă un duş, apoi îl culcă.

— Ştii că ai făcut cea mai mare prostie de până acum, nu? Cum ai putut să-i faci aşa ceva unei fete ca Jessica?

Jack adormise deja. Faptul că reacționase astfel, îmbătându-se, nu putea decât să însemne un singur lucru... În sfârșit, fratele lui mai mic trebuia să accepte cel mai dureros adevăr pentru el: iubirea.

Noah îl mai privi o dată, pe urmă plecă în camera lui și se pregăti de culcare, nu înainte de a o suna pe Nadya pentru a o asigura că e totul în regulă. Urma ca de dimineață să stea mai mult acasă, cel puțin, până când Logan pleca la bar, pentru a evita o eventuală dispută între ei. Fusese mereu un fel de intermediar între ei atunci când aceștia se certau sau mai rău... Oricum ar fi fost, erau frații lui și îi iubea, iar el, ca un frate mijlociu ce era, trebuia să se asigure uneori că lucrurile rămâneau sub control.

În dimineața următoare, Jack se trezi cu o durere groaznică de cap. Amintindu-și cele întâmplate, durerea se înteți. Își frecă fruntea și tâmplele, luând apoi o pastilă, fiindcă, deși se simțea groaznic, trebuia să meargă la sală, doar avea lecții de dans de predat. Se întrebă dacă Jessie va veni... În mod normal, trebuia să vină, chiar și numai pentru că aveau un contract de colaborare pentru lecții de dans și un spectacol de susținut în mai puțin de o săptămână. Nici nu-și putea imagina cum va fi s-o vadă și să danseze cu ea fără să fie tentat s-o sărute și să-i simtă gustul. Jack și-a trecut mâna prin păr, oftând. Avea să încerce s-o facă să se răzgândească și să se întoarcă la el, dar de data asta, așa cum trebuia: fără greșeli. Nu putea să riște să piardă pentru totdeauna cel mai bun lucru care i s-a întâmplat vreodată în via-

ţă: Jessie. Dacă cineva merita un premiu pentru prostie, el era acela.

Se sculă, îmbrăcă o pereche de pantaloni scurţi şi un tricou, apoi merse în bucătărie să mănânce ceva, deşi numai poftă de mâncare nu avea în momentele acelea.

— Uau, tipul cel mai idiot pe care l-am văzut vreodată a coborât la dejun...

— Logan! exclamă Abby, luată prin surprindere de atitudinea fiului său.

— Ce, am dreptate... Ştii ce a făcut enervantul ăsta de fiu al tău?

— Logan, serios, termină, nu acum... Lucrurile se vor rezolva şi... interveni Noah, privindu-şi fratele mai mare cu seriozitate.

— Am dreptul să fiu cât de supărat vreau eu, Noah... dacă tu şi mama n-aţi fi de faţă,

i-aş arăta eu lui...

— Dragule, ce s-a întâmplat? De ce arăţi în halul ăsta? întrebă Abby îngrijorată.

Vedea bine că fiul ei cel mai mic băuse, dar ceva din privirea lui o făcea să creadă că era altceva la mijloc, mai grav.

— Numai *dragule* nu ar trebui să-i spui, mamă, rosti Logan tot mai nervos.

Se ridică de la masă şi plecă în grabă, lăsând-o aproape mută de uimire pe Abby.

— Ce-i asta? L-am mai văzut pe Logan supărat, dar nu în felul ăsta... Noah, ce se întâmplă?

— Ştii, nu-i de datoria mea să-ţi spun, mamă. Îmi pare rău, dar altcineva trebuie să te lămurească... Oricum, eu trebuie să plec. Să aveţi grijă de voi, le spuse, după care îi îmbrăţişă şi plecă.

— Haide, fiule, ia loc şi mănâncă ceva. Nu ştiu ce se întâmplă, dar e clar că ceva nu e în ordine...

— Mamă, nu vreau să vorbesc despre asta. De fapt, nu vreau să vorbesc prea mult oricum, n-am niciun chef... Mănânc puţin şi plec la sală, am treabă, vorbi Jack, gustând din bunătăţile pregătite de mama lui, bunătăţi care, în acel moment, nu-i trezeau pofta de mâncare, ca de obicei.

O ajută pe Abby să strângă masa, apoi se schimbă şi merse la sala de dans. Aruncă o privire spre casa Jessicăi şi îşi continuă drumul.

Odată ajuns la sală, o văzu pe Jessica dansând alături de o fetiţă. Imaginea aceea era de o rară frumuseţe. Erau minunate dansând astfel. Făceau balet, iar mişcările lor coordonate ofereau un spectacol perfect. Câteva şuviţe din părul Jessicăi cădeau libere, încadrându-i obrajii, iar costumaţia mulată îi evidenţia trupul armonios.

Jack le urmări câteva minute bune, înghiţindu-şi nodul din gât: Jessica arăta superb, iar formele ei apetisante reliefate de rochiţa strânsă pe corp îl făceau să-şi dorească s-o simtă din nou lângă el. Cum a putut să se comporte atât de prostesc rămânea încă o enigmă, chiar şi pentru el.

La un moment dat, Jessica îl observă pe Jack în cadrul uşii.

— Bună... Nu-m vrut să vă întrerup. Continuaţi, nu mă luaţi în seamă, eu tocmai plecam...

— Bună, Jack...

Atât avu putere Jessica să spună, respirând cu greutate în timp ce-l privea. În momentul acela, fetiţa se apropiat de el şi-l îmbrăţişă.

— Bună, Jack. Vreau să-ţi mulţumesc că mă

laşi să particip la orele de balet fără să plătesc. Sunt foarte fericită să dansez cu Jessica. E foarte frumoasă, nu-i aşa? întrebă fetiţa zâmbind, nebănuind starea de tensiune dintre cei doi.

— N-ai pentru ce să-mi mulţumeşti, Francesca. Cât despre Jessica, da, e foarte frumoasă... i-a răspuns el, privind-o apoi pe cea care i-a dat lumea peste cap.

— Eu plec acum, am terminat ora. Pa, Jessica! Pa, Jack! salută fetiţa.

— Pa! i-a răspuns Jessica zâmbind uşor.

Totul era atât de bine până să apară el acolo...

— Pa! zise şi Jack, surâzând.

— Eu am terminat pentru azi, aşa că plec. Cheile sunt pe masă. Pa, Jack!

Jessica se întoarse cu spatele la el, ascunzându-şi lacrimile.

— Stai, Jessie! o rugă.

— Ce e? îl întrebă, întorcându-se spre el, dar evitând să-l privească prea mult.

— Trebuie să repetăm pentru spectacol, ai uitat?

— Da... bine, să repetăm atunci... acceptă ea, încercând să pară relaxată.

Nu trebuia să refuze, nu putea să-i dea impresia că se teme să fie aproape de el. Jack porni muzica. Se apropie de ea, luând-o de mână şi conducând-o în ritmul lent al melodiei, una dintre cele trei pe care urmau să le danseze în cadrul spectacolului. Îi simţi încordarea, mai ales atunci când se lipea prea mult de ea. În momentele acelea, Jessica parcă înţepenea dintr-o dată şi nu se mai putea mişca.

— Nu te opri, Jessie... Jessica. Trebuie să ducem dansul până la capăt, ai înțeles? Vreau ca spectacolul să iasă impecabil și nu poți permite ca emoțiile personale să intervină între noi acum...

— Ce ușor ți-e să spui asta, Jack... dar fie, așa va fi: spectacolul va fi un succes, dar după încheierea lui, să nu te aștepți că voi rămâne la petrecere...

Jessica era hotărâtă să-l ignore, așa cum trebuia să-și nege propriile bătăi ale inimii, o inimă care era încă stăpânită de el.

— Ar fi frumos să rămâi... pentru spectatori, vreau să spun... i-a șoptit el, apropiindu-și buzele de urechea ei, punându-și mâinile pe talia ei, luptându-se cu el însuși pentru a se abține să nu o sărute sau chiar mai mult de atât... știa că ea are nevoie de timp ca să-l ierte, însă nu era dispus să-i acorde prea mult... avea nevoie de ea, avea nevoie s-o vadă zâmbind pentru el, s-o sărute și s-o facă să-l ierte...

— Nu am nici cea mai mică intenție să rămân, Jack... replică fata pe un ton usturător, găsindu-și cu greu suflul, dar nu din cauza efortului...

De ce trebuia să fie atât de slabă și impresionată de Jack, dacă el a tratat-o în felul acela, ca pe un obiect inutil? În mod normal, cu altcineva nici măcar n-ar fi stat de vorbă. Însă Jack nu era oricine... era cel pe care până noaptea trecută l-a iubit nebunește... Iar o astfel de iubire nu putea să dispară peste noapte, oricât de mult și-ar fi dorit... Nu era corect ca el să arate atât de bine, cu părul acela brunet strâns într-o coadă la spate, iar cercelul din ureche să-i dea un aer atât de fierbinte...

ca să nu mai pomenească de privirea lui prădă-
toare şi de corpul bine făcut, care o înnebuneau,
pur şi simplu. Se revolta. Nu era cinstit din partea
lui să fie atât de irezistibil, iar ea să trebuiască să-l
respingă... Mai erau şi cearcănele de sub ochii lui,
care îi dădeau un aer suferind... Dacă îşi imagina
că astfel o va înduioşa, se înşela amarnic.

Jessica se desprinse de el, nemaiputând su-
porta apropierea aceea.

— Ce-i? o întrebă surprins.

— Vreau apă. N-am reuşit să beau apă de
când am venit aici, aşa că...

— Bine... Iau şi eu o pauză, atunci, îi zise el,
aşezându-se pe bancă, lângă ea.

Oare era numai impresia lui, sau Jessie era
puţin cam agitată? Nu putea decât să spere că
starea ei i se datora lui. Jack bău apă, neluându-şi
ochii de la ea, observând cum îşi şterge fruntea cu
mâna. Era firesc ca efortul dansului s-o oboseas-
că, mai ales că avusese oră de balet înainte. Însă
era puţin ciudat că, pentru cineva care se presu-
punea că nu simţea nimic pentru el, Jessie îl evita
mai mult decât era cazul, trecând repede peste
mişcările mai senzuale de dans, ca şi când n-ar fi
suportat să fie în preajma lui.

— Trebuie să mă laşi să mă apropii de tine,
Jessie... Jessica, altfel dansul nu va ieşi cum tre-
buie, ştii asta... iar cei care ne vor privi îşi vor da
seama... Lasă-mă să te ating mai mult, spuse el
încordat, la un moment dat, în timp ce dansau.

— Vezi să nu... Nu ştiu ce urmăreşti, Jack, dar
nu voi cădea în capcana ta. Mi-a ajuns că m-am
înşelat în privinţa ta o dată. Nu mai fac greşeala

asta... îi zise ea, privindu-l cu hotărâre şi oprin-
du-se din dansat.

— Jessie...

— Ţi-am spus ceva în legătură cu asta, nu?
Nu ai dreptul să-mi mai spui aşa...

— Bine... Am fost un idiot, bine? Cel mai
mare dintre toţi, dacă vrei tu, dar încearcă să mă
ierţi... N-am vrut să te fac să suferi...

— A, nu? Şi cam ce-ai vrut, atunci când ai fă-
cut scena aia de-a dreptul romantică?

— Nu m-ai crede, dacă ţi-aş spune...

— Pune-mă la încercare, Jack... doar nu mai
ai nimic de pierdut. Totul s-a sfârşit cu bine pen-
tru tine... Nu pot decât să mă bucur, dar vreau să
mă laşi în pace, bine? Cine ştie, poate rămânem
amici, chiar şi după toată povestea asta...

— În niciun caz... Lucrul ăsta nu mai e posi-
bil, Jessica... nu acum, nu după ce s-a întâmplat
între noi...

— Lucru care, evident, nu a contat nici mă-
car o secundă...

— Ascultă-mă puţin. Cred că am început să
simt nişte lucruri pentru tine şi m-am cam speri-
at. Ştiu că nu e o justificare, dar vreau să încerci
să mă înţelegi...

— Lucruri? Cam ce fel de lucruri, dacă se
poate ştii? Jack Connor, să nu ai impresia că mă
poţi păcăli ca pe una dintre femeile alea care sunt
topite după tine, fiindcă eu nu sunt. Am intrat în
jocul tău seducător fiindcă am vrut, dar asta nu
înseamnă că... nimic mai mult...

— De asta eşti atât de supărată, Jessie? Fi-
indcă nu simţi nimic pentru mine? Dacă nu sim-

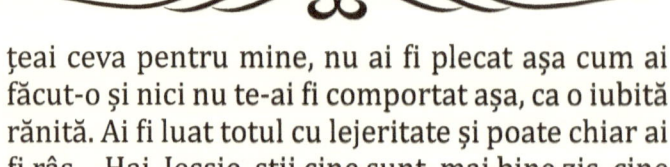

țeai ceva pentru mine, nu ai fi plecat așa cum ai făcut-o și nici nu te-ai fi comportat așa, ca o iubită rănită. Ai fi luat totul cu lejeritate și poate chiar ai fi râs... Hai, Jessie, știi cine sunt, mai bine zis, cine am fost... Tu... ai schimbat ceva în mine atunci când ai acceptat propunerea mea...

— Să nu îndrăznești să spui că te-ai schimbat peste noapte și că... mai știu ce altceva, Jack! Nu-mi insulta inteligența, nu tu...

— Ei bine, poate nu chiar peste noapte, dar... mi-ai făcut ceva... Ceva ce nu-mi pot explica nici măcar mie...

— În cazul ăsta, cred că un psiholog te-ar ajuta...

— Nu face asta, Jessie. Nu-ți stă bine să fii ironică... Ești prea dulce pentru asta.

— Habar n-ai cum îmi stă mie bine, Jack... N-ai dreptul să-mi spui cum să mă simt... ce ai făcut e josnic chiar și pentru tine...

— Ba da, știu cum îți stă bine, Jessie: lângă mine. Nu spun că mă poți ierta chiar acum, dar cât de curând... Crede-mă că nu am mai făcut asta vreodată, nu mi-am mai cerut scuze de la vreo femeie că am făcut-o să sufere...

— Ar trebui să mă simt flatată?

— Nu...

— Dar cum?

— Specială, Jessie. Asta ești tu pentru mine: o femeie deosebită de celelalte...

— Nu, zău? De asta te-ai repezit la prima femeie care ți-a ieșit în cale și ai sărutat-o? Într-un bar, plin de oameni, fără să-ți pese de ceea ce îmi făceai? Când îmi amintesc de asta, nu pot nici mă-

car să mă uit la tine, Jack... mi-e rău numai când mă gândesc...

— Îmi pare rău, Jessie... îmi pare rău, ce pot să mai fac? Regret și acum tâmpenia monumentală pe care am făcut-o, dar... Te vreau înapoi, Jessie... și nu voi renunța. Te voi convinge să te întorci la mine, Jessie... Ascultă-mă bine: puține lucruri mi-am dorit în viața mea așa cum te vreau pe tine... Nu știu ce mi-ai făcut, dar tot ce pot să spun e că te vreau lângă mine...

— Nu minți, Jack. Nu te cred. Nu știu ce fel de joc faci acum, dar nu te mai las să te joci cu mine vreodată... Nu mai pot să te aud vorbind astfel. Asta nu ești tu, Jack... Cel pe care îl cunosc nu i-ar spune asta vreunei femei. Niciodată... așa că încetează cu prefăcătoria. Nu vreau să mai aud așa ceva de la tine, în cazul în care chiar vrei să mai fiu partenera ta la spectacol. Când se va termina, se va încheia și orice relație dintre noi, Jack, fie ea și de amiciție...

— Jessie... știu că ești foarte dezamăgită de mine, dar nu te minți pe tine însăți. Mă vrei lângă tine la fel de mult precum te vreau și eu... crezi că nu văd cum te uiți la mine?

— Și până acum nu ai observat asta, Jack?

— Ba da, într-o oarecare măsură, dar parcă nu la fel cum realizez niște lucruri acum. Nu e prea târziu pentru noi, Jessie. Nu face asta, suntem atât de potriviți unul pentru altul...

— Potriviți? Așa sunt și pantofii pe care îi port acum, Jack. Nu mai contează, nu ai cum să înțelegi, nu ești făcut pentru asta...

Nu voia să-i dea satisfacția de a-i confirma

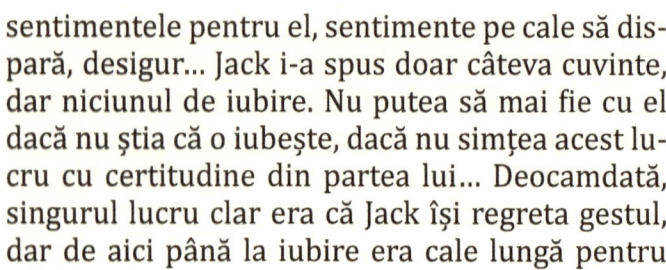

sentimentele pentru el, sentimente pe cale să dispară, desigur... Jack i-a spus doar câteva cuvinte, dar niciunul de iubire. Nu putea să mai fie cu el dacă nu știa că o iubește, dacă nu simțea acest lucru cu certitudine din partea lui... Deocamdată, singurul lucru clar era că Jack își regreta gestul, dar de aici până la iubire era cale lungă pentru unul ca el.

— Jessie... nu știu de ce, dar am nevoie de tine în viața mea... Crede-mă că sunt la fel de confuz ca tine...

— Eu nu sunt confuză în ceea ce privește sentimentele mele pentru tine, Jack. Cel puțin, nu eram... N-ai decât să cauți propriile răspunsuri în ceea ce te privește. Eu nu te pot ajuta. Vreau ca asta să fie ultima discuție despre noi, discuție care se încheie acum și aici, Jack. Trebuie să plec, am obosit...

Jessica se simțea epuizată și din cauză că încercase din răsputeri să-l facă să se îndrăgostească de ea. Evident, eșuase. Nu putea decât să încerce să-și continue viața fără el, nu era altă soluție... Plecă în grabă, lăsându-l pe Jack pradă propriei stări agonizante și confuze.

*

Nadya auzi soneria de la ușă și s-a dus să răspundă în grabă. Bănuia deja cine putea fi, mai ales că Noah îi trimisese un mesaj prin care o anunța să se pregătească, fiindcă urma să ia cina în oraș. Azi era o zi specială pentru ei: împlineau șase luni de relație, însă ea nu era sigură dacă el își mai

amintea. Ieşitul în oraş devenise aproape o ruti-
nă, astfel că nu i se părea nimic ieşit din comun să
iasă şi în seara aceea. Spera doar ca el să fie mul-
ţumit de felul în care arăta, mai ales că îmbrăca-
se o rochie nouă, albastră, scurtă, cu decolteu nu
prea adânc, însă suficient cât să-l incite pe brune-
tul ei minunat. Era atât de norocoasă că îl avea pe
Noah... era conştientă de acest lucru în fiecare zi,
iar faptul că el o trata ca pe cineva special pentru
el o emoţiona. Deschise uşa, iar vederea celui pe
care îl iubea o făcu să zâmbească.

— Bună, Noah. Arăţi cam elegant pentru o
simplă ieşire în oraş, nu crezi? îl întrebă, privind
felul în care cămaşa lui albastră cu mânecă scurtă
se asorta cu blugii negri. Înfăţişarea lui era atră-
gătoare, iar modul în care o privea îi dădea un aer
irezistibil. Încă se emoţiona când îl privea, fiind în
întregime fascinată de el.

— Bună, Nadya. Mi se pare că şi în cazul tău
e la fel. Nu-i nimic, e şi mai bine aşa... îi zise el
apropiindu-se de ea şi sărutând-o, îmbrăţişând-o
în acelaşi timp.

— Noah... cred că trebuie să plecăm, nu? îi
zise ea, după câteva minute bune, în care s-au să-
rutat fără oprire.

— Nu e neapărat... putem rămâne acasă, cu
siguranţă vom găsi ceva de făcut... spuse el, ţi-
nând-o încă în braţe.

— Mai târziu, nerăbdătorule...

Cu siguranţă, el putea fi foarte convingător...

— Să mergem, atunci... până nu găsesc o altă
variantă de a ne petrece seara...

Nadya râse, apoi îl urmă până la maşină, ad-

mirându-l. Oricât l-ar fi privit, tot nu s-ar fi săturat... Ceea ce simţea pentru el nu putea să dispară...

Mai târziu, la restaurant, în timp ce savurau desertul, Noah îi zâmbi şi-i spuse:

— Mă bucur că eşti aici, cu mine, Nadya... Nu pot decât să-mi doresc să fim în continuare alături unul de celălalt cât se poate de mult... O eternitate, dacă se poate... te iubesc foarte mult şi ştii asta deja, însă ceea ce urmează să-ţi spun îţi va întrece aşteptările...

— Noah... şi eu te iubesc, dar ce e? Mă faci foarte curioasă, să ştii...

— Nu ştiu cum să-ţi spun asta mai simplu decât atât. Nu mă pricep la discursuri ample aşa că... Fiindcă acum şase luni am întâlnit o brunetă insistentă, care mi-a cerut s-o învăţ să lupte, şi fiindcă, puţin câte puţin, pe măsură ce timpul trece, am ajuns s-o plac tot mai mult şi s-o vreau alături de mine, nu pot decât să-mi doresc ca ceea ce e între noi să fie permanent. În cazul ăsta, nu am decât o singură soluţie, şi anume asta... îi zise Noah, scoţând din buzunar o cutie roşie de catifea, pe care o deschise, în timp ce îngenunche în faţa ei. Nadya, iubito, vrei să fii soţia mea?

Nadya se ridică în picioare, înlăcrimată. Nu se aşteptase la aşa ceva. Nu mai auzea decât liniştea care se lăsase în întreg restaurantul, fiindcă atenţia celor din jur fu acaparată de gestul lui Noah. Diverse voci chiar îi şopteau să accepte.

— Da, Noah, vreau să fiu soţia ta... vorbi cu glas gâtuit de emoţie, privind cum el zâmbeşte şi mai mult în timp ce îi pune inelul pe deget.

Noah se ridică în picioare, o sărută şi o învârti în braţe. Toţi cei din restaurant începură să aplaude şi să-i felicite.

— Noah...

— Da?

— Hai să plecăm de aici...

— Cum vrei tu... îi zise el zâmbitor, luând-o de mână şi ieşind cu ea de acolo.

Merseră apoi alături de ea până în faţa maşinii. O luă de mână şi se aşeză pe capota acesteia, îmbrăţişând-o şi sărutând-o din nou. Ar fi putut să facă asta la nesfârşit...

— Mă faci atât de fericit, iubito, ştii asta, nu?

— Nu pot să-ţi spun cât de fericită sunt eu datorită ţie, Noah... Eşti minunat, eşti poate mai mult decât merit să am, îi mărturisi ea încântată, mângâindu-i obrazul.

— Sunt exact ce îţi trebuie, bruneta mea frumoasă. Iar tu eşti exact ce îmi trebuie, aşa că trebuie doar să ne bucurăm de noi, bine?

— Bine. Dar, Noah, nu crezi că e prea repede?

— Nu. Aşa simt şi sunt foarte sigur în privinţa ta, a noastră... Aşa cum am fost şi atunci când am vrut să fii iubita mea. Şi... meriţi să fii fericită, iubito.

— Mulţumesc, iubitule, şi eu voi încerca să te fac fericit. Ca să vezi... Cine s-ar fi gândit la asta, la noi în postura asta, atât de repede? Şi inelul... e minunat, Noah...

— Da, frumos şi delicat: exact ca tine...

— Mulţumesc... nu ştiu ce am făcut ca să merit toate astea, dar mă bucur din toată inima că te am, Noah. Eşti tot ce mi-aş putea dori...

— Ţi-am spus mai demult: voi face să dispară umbrele din privirea ta, frumoaso...

— Te descurci foarte bine... mărturisi Nadya, cu ochii încă înlăcrimaţi.

— Mă bucur...

— Noah...

— Da?

— Putem să plecăm acasă?

— O, da. De-abia aşteptam să-mi propui asta...

Nadya simţi că roşeşte uşor. Era atât de simplu să-l privească şi să se piardă în privirea lui ispititoare, dar sinceră şi plină de dragoste. Cât despre zâmbetul lui... asta era o altă poveste delicioasă, una de care avea de gând să se bucure în fiecare zi de-acum înainte.

Mai târziu, stând întinşi unul lângă altul, cei doi îndrăgostiţi se priviră cu drag, bucurându-se de iubirea lor în felul în care numai ei ştiau s-o facă...

Capitolul 12

După câteva zile...

Jack se privi cu atenţie în oglindă în dimineaţa aceea, iar realitatea îl izbi cutremurător: nu mai era acelaşi bărbat de odinioară şi fiindcă ştia de ce, se hotărî să acţioneze în consecinţă. Altfel, n-ar mai fi fost niciodată împăcat cu sine însuşi. Pregăti totul până în cele mai mici detalii, astfel încât spectacolul să fie un real succes, atât pe plan profesional, cât şi personal. Era mai agitat ca niciodată. Venise ziua spectacolului şi totul trebuia să fie perfect. Absolut totul. Starea lui interioară era deplorabilă, fiindcă, deşi a încercat s-o convingă pe Jessie să redevină iubita lui, aceasta nici nu a vrut să audă. În afară de repetiţiile pentru spectacol, nu schimba prea multe cuvinte cu el, în ciuda încercărilor sale repetate.

Era ca şi cum ceea ce a existat între ei la un moment dat a dispărut fără urmă. Însă... el îşi dorea un singur lucru: pe ea. Jessie îi intrase în gând şi în suflet, strecurându-se acolo fără voia lui şi fără ca el să se poată opune, iar acum nu mai voia să se simtă ca în toate aceste zile: incredibil de incomplet...

Dansând alături de ea, Jack realiza că era partenera perfectă pentru el. Rochia roşie îi evidenţia silueta feminină, siluetă care devenise parcă mai firavă decât înainte, în opinia lui. Cum putea să nu realizeze acest lucru şi multe altele, când o cunoştea atât de bine... Dacă, la început, nu şi-a dorit decât o relaţie simplă alături de Jessie, una bazată doar pe... Nici nu voia să se gândească la asta... lucrurile au luat o amploare neaşteptată

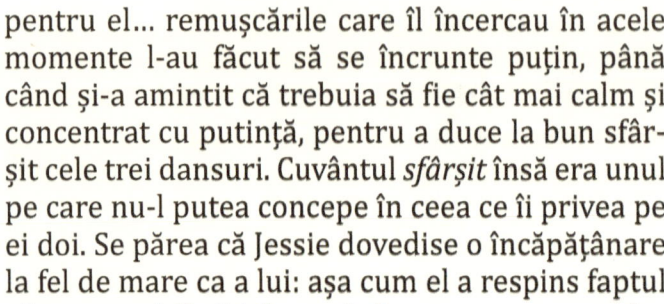

pentru el... remușcările care îl încercau în acele momente l-au făcut să se încrunte puțin, până când și-a amintit că trebuia să fie cât mai calm și concentrat cu putință, pentru a duce la bun sfârșit cele trei dansuri. Cuvântul *sfârșit* însă era unul pe care nu-l putea concepe în ceea ce îi privea pe ei doi. Se părea că Jessie dovedise o încăpățânare la fel de mare ca a lui: așa cum el a respins faptul că era capabil să iubească din nou, cu aceeași îndârjire îl respingea ea de câteva zile.

Felul în care Jessie *a lui* dansa alături de el denota nivelul de profesionalism la care ajunsese, iar el era mândru de acest lucru, dar și de ea în general. O simțea tremurând în brațele sale, iar asta îl făcea să spere că nu-i era cu totul indiferent. Zâmbea amar, amintindu-și de momentul când, într-una din zilele trecute, a văzut-o dansând la sală alături de un bărbat care, chipurile, voia să ia lecții de la ea. Aproape că l-a luat la bătaie pe tipul ăla enervant, văzându-l cum pune mâinile pe ea. A ridicat tonul la el și l-a făcut să plece de acolo, spre surprinderea și indignarea ei. Își amintea și discuția aprinsă pe care au avut-o pe tema aceea, dar și faptul că Jessie l-a anunțat că nu are niciun drept asupra ei. S-o creadă ea că era așa... Era doar a lui, iar el urma să-i reamintească acest lucru, folosind fiecare as din mânecă, fiindcă știa cu certitudine că nu mai avea prea mulți. Sigur că nu-i va fi ușor, însă trebuia să încerce. Nu credea că depărtarea de ea îl va durea atât de mult, însă, uneori viața avea propriul mod de a schimba anumite percepții... în acele clipe, viața pur și simplu îl ironiza. Era ceva pentru care nu fusese pregătit,

ceva care pur şi simplu îl năucea ... îi fusese însă de ajuns: plătea cu vârf şi îndesat comportamentul orgolios şi nepăsător de până atunci, de până la ea... dacă cineva i-ar fi spus mai demult că va ajunge să simtă ceea ce simţea în acele momente, i-ar fi râs în faţă, însă în prezent, lucrurile stăteau cu totul altfel...

La finalul celor trei dansuri, Jack o luă în braţe, simţindu-şi propriile bătăi de inimă mai profund decât de obicei.

— Felicitări, Jessie, am făcut împreună un spectacol minunat... îi şopti la ureche, zâmbindu-i seducător.

— Mulţumesc, Jack... şi tu eşti un dansator foarte bun... dar acum trebuie să plec, îi zise ea, desprinzându-se de el şi alergând spre ieşire.

Nu privi în urma ei, nu putea face asta. Ar fi fost pierdută. Felul în care dansase cu ea o lăsase fără suflare, emoţionând-o mai mult decât voia să recunoască. Jack fusese mai implicat, mai concentrat şi mai tandru ca niciodată, spre disperarea ei. Credea că va fi uşor să treacă peste seara asta, însă el era decis să-i îngreuneze misiunea. De ce trebuia să fie atât de dulce, de adorabil şi de masculin, dacă nu o iubea?! De ce se juca din nou cu inima ei? De ce toate acele priviri pline de mister? Ce fel de secrete ascundeau zâmbetele lui? Ce voia să-i transmită cu acele atingeri care nu făceau parte din coregrafia stabilită iniţial? De ce trebuia să simtă că îl iubeşte într-un fel nebunesc de frumos chiar şi acum?

Ajunsă în faţa uşii sălii de dans, Jessica se opri brusc.

— Spectacolul nu s-a terminat încă, Jessica... rosti Logan, postându-se în fața ușii.

— Dar...

— Logan are dreptate, Jessica. Cred că trebuie să mai rămâi... îi zise Noah, venind lângă fratele său cu un aer la fel de relaxat și zâmbitor.

— Băieți, ce faceți?

— Noi? Nimic. Vrem doar să mai rămâi puțin...

Logan o rugă din priviri să nu plece.

— Doar știți că nu pot, nu? Vă rog, lăsați-mă să plec...

— Nu pleci nicăieri, Jessica, îi zise Lindsay pe un ton hotărât, apărând deodată lângă cei doi frați.

— Jessica... te rog, e spre binele tău. Trebuie să ne asculți, bine? interveni și Nadya, luând-o de mână.

— Fetelor, și voi? Ce v-a venit așa, deodată? Sunteți prietenele mele, nu ale lui Jack...

Nu mai apucă să spună ceva, fiindcă luminile s-au stins deodată, rămânând luminată numai scena.

Jessica își îndreptă atenția spre scenă, acolo unde stătea Jack cu un microfon în mână.

— Dragi spectatori, nu vă speriați, totul face parte din spectacol, unul care sper să fie reușit până la final... Vă mulțumesc că ați venit în număr atât de mare în seara asta. Din aplauzele voastre, nu pot decât să înțeleg că v-a plăcut ceea ce ați văzut. Mă bucură foarte mult. În seara asta, îmi revine onoarea de a conferi un titlu mult așteptat celei mai bune partenere de dans pe care am avut-o.

Vă rog s-o felicitați pe Jessie... Jessica, fata care, de azi înainte, va fi cunoscută drept egala mea, în sensul că îi ofer diploma de coregraf, dar și invitația de a continua colaborarea în cadrul acestei școli de dans de care sunt foarte mândru. Aplauze pentru Jessie, vă rog! exclamă Jack, vizibil emoționat, invitând-o să urce pe scenă, alături de el.

Știind că nu putea să refuze, Jessica reveni încet pe scenă, în aplauzele mulțimii.

Primi diploma de la el, simțind o fericire enormă, cel puțin din acel motiv. Recunoașterea profesională o bucura, fiindcă însemna încununarea atâtor ore de muncă, timp și efort din partea ei. Fu nevoită să-i inspire din nou parfumul masculin în momentul în care îl sărută pe obraz, lucru care îi aminti cât de irezistibil putea fi, pentru ea cel puțin... Îi mulțumi repede și vru să se retragă, însă el o prinse de mână și o rugă să mai rămână puțin. Rămase înmărmurită când îl văzut pe Noah venind pe scenă cu o chitară în mână. I-o dădu lui Jack, după care a plecat în grabă, lăsându-i singuri.

Nu mică îi fu mirarea fetei când Jack începu să cânte la chitară, dar și cu vocea, lucru pe care spusese că nu-l va face niciodată în public. Îl privea și-l asculta, nevenindu-i să creadă. Jack cânta un cântec de dragoste, transmițându-i în acest fel tot ceea ce nu i-a spus până atunci. Jessica tremura de emoție. Așa cum știa deja, Jack cânta minunat, așa cum și dansa, iar faptul că făcea acest lucru în public o surprindea plăcut. Indiferent de orice, merita să fie apreciat pentru calitățile sale, chiar dacă, în plan personal, o dezamăgise.

Auzindu-i vocea, Jessica închise, amintindu-şi de momentele lor frumoase. Încă o dată, el o cucerea şi prin felul în care cânta.

Jack Connor îi cânta ei şi o privea de parcă ar fi fost numai ei doi acolo, în sala de dans. La sfârşit, spectatorii începură să aplaude, fascinaţi de noul talent pe care i-l descopereau, iar în momentul în care aplauzele încetară, Jack le mulţumit, simţindu-se într-o oarecare măsură împlinit. Un singur lucru lipsea pentru ca fericirea lui să fie completă. Continuă să vorbească, eliberându-se de ceea ce avea în inima lui.

— Vă mulţumesc pentru susţinere şi aprecieri! Aş vrea să mai spun câteva cuvinte, dacă se poate. Pe lângă că sunt un coregraf foarte bun, aş spune eu, modest, cum ştiţi că sunt în general, glumi el, mai am o latură, una personală. Ştiţi cine sunt: Jack Connor, coregraf, dar şi un bărbat care, până de curând, se mulţumea să aibă relaţii lipsite de profunzime sau de durată. Am avut mai demult o prietenă foarte bună, pe care o cunoaşteţi cu toţii, adăugă el arătând spre Jessica. Am crezut că va fi mereu aşa şi că relaţia de prietenie dintre noi va fi de durată, însă m-am înşelat, fiindcă acum aproximativ şase luni, atunci când Jessie a venit la o selecţie în cadrul căreia am ales-o să-mi fie parteneră de dans, nu am ştiut că, de fapt, am ales ceva mai mult de atât... Astfel, lucrând împreună zi de zi, am început să fiu tot mai atras de ea, spre surprinderea mea, căci nu voiam s-o fac să sufere aşa cum am procedat în alte cazuri... În scurt timp, i-am propus să avem o relaţie puţin mai neobişnuită, dacă pot să spun aşa, condiţio-

nând-o să nu se îndrăgostească de mine. Niciodată nu mi-a trecut prin gând că aş putea să ajung s-o plac tot mai mult, mai ales că eu nu admiteam conceptul de iubire în ceea ce mă priveşte. După cum bine ştiţi, nu am fost prea mult timp într-o relaţie cu vreo femeie... până la ea. Nici nu mi-am dat seama că timpul a trecut şi, de curând, eu şi femeia asta minunată pe care o vedeţi aici, lângă mine, am împlinit şase luni de relaţie, timp în care m-am bucurat de felul în care m-am simţit alături de ea. Acum câteva zile însă, am făcut cea mai mare prostie din viaţa mea şi am umilit-o în mod public, lucru pentru care nu mă voi ierta vreodată. Cu acest prilej, vreau să-ţi ofer scuzele mele din nou, Jessie, de data asta în mod public... Dar nu numai atât. Acum câteva zile am realizat ce mi s-a întâmplat, de fapt... Dacă până acum câteva zile râdeam când auzeam cuvântul iubire, acum nu mai simt acelaşi lucru. Se pare că, oricât de indiferent m-am crezut, negând cu toată forţa acest sentiment, am ajuns să-l trăiesc din nou, de data aceasta la o intensitate mult mai mare... Jessie, ai fost mereu alături de mine, atât în momentele bune, cât şi în cele mai puţin plăcute, însă ai ştiut să-ţi faci simţită prezenţa în viaţa mea mai mult decât puteam şi voiam să recunosc... Tu mi-ai oferit totul, dar eu nu te-am apreciat la adevărata ta valoare. Ei bine, iată că azi, aici, în faţa tuturor, eu, Jack Connor, îţi mărturisesc că te apreciez mai mult decât pot să-ţi spun... nu ştiu cum vor suna aceste cuvinte, fiindcă nu le-am mai spus până acum, însă... mă recunosc învins: te iubesc, Jessie... Mai mult decât atât, nu vreau să ştiu cum e

să trăiesc fără tine alături... Zilele astea fără tine mi-au fost de ajuns... E incredibil chiar şi pentru mine ceea ce trăiesc în prezent, dar e adevărat.

Un lucru mai vreau să spun: ai reuşit, Jessie. M-ai făcut să mă îndrăgostesc de tine, dar şi să îmi doresc tot mai mult de la noi... Am nevoie de tine, iubito, pentru totdeauna... Ai vrea să... te căsătoreşti cu mine, să fii soţia mea şi să ne iubim pentru tot restul vieţii? o întrebă, aşezându-se în genunchi în faţa ei, deşi erau atâţia oameni care îi priveau, muţi de uimire.

Jessica îl privea năucită, cu lacrimi în ochi, observând inelul care simboliza promisiunea de iubire pe care a aşteptat-o dintotdeauna din partea lui, încă de când l-a cunoscut şi s-a îndrăgostit de el.

În acele momente, ştiu că Jack e sincer şi că a face pasul cel mai important, atât pentru el, cât şi pentru iubirea lor, expunându-se astfel, în văzul tuturor. Ceea ce vedea însă în privirea lui o emoţiona mai puternic: imposibilul a devenit posibil, datorită ei... bărbatul visat o iubea. Ce putea fi mai frumos? Jessica pluteşte de fericire... aştepta acel moment de atâta timp, încât i se părea că trăieşte un vis, unul din care nu s-ar fi trezit vreodată...

— O, Doamne! reuşi ea să spună, acoperindu-şi chipul cu mâinile, încercând să-şi oprească ploaia de lacrimi.

— Asta înseamnă da, Jessie? o întrebă Jack, privind-o cu toată dragostea pe care era capabil s-o simtă pentru ea.

— Da, Jack! Nu-mi vine să cred... Nu-mi vine să cred... spuse ea, cu o voce stinsă.

Jack îi pus inelul pe deget, apoi o luă în braţe.

— Aţi auzit? A zis da... se adresă el celor din sală.

Îi văzu pe fraţii lui şi pe iubitele lor râzând şi venind spre ei, în aplauzele spectatorilor încântaţi.

— Felicitări, frumoşilor! În sfârşit, ţi-a venit mintea la cap, frăţioare, spuse Logan.

Jack şi Jessica fură apoi felicitaţi de Noah şi de prietenele ei, care o îmbrăţişară, fericite pentru bucuria pe care o trăia prietena lor. Ştiau ce mult însemna ceea ce trăia Jessica în acele momente.

Mai târziu, când Jessica şi Jack rămaseră singuri în căsuţa din copac, ea îl privi cu o profunzime înduioşătoare.

— Jack, iubitule, ai vrea să-mi mai spui ceva?

— Da, iubito, tot ce vrei...

— Acele două cuvinte... vreau să le aud din nou de la tine, ca să fiu sigură că nu visez. Sau, dacă visez, sper să nu mă trezesc. E atât de bine să fim împreună, Jack...

— Nu visezi, Jessie. Te iubesc! Asta e realitatea noastră, una de care nu mă mai satur... spuse el zâmbind, mângâindu-i chipul şi privind-o cu tandreţe.

— Oh, Jack... cred că voi vrea să aud cuvintele astea de la tine des, foarte des... Îmi place atât de mult să te aud spunându-mi-le...

— Le vei auzi, iubito... dar tu nu ai nimic să-mi spui?

— O... ba da... cu toate emoţiile astea, am uitat să-ţi spun că şi eu te iubesc, Jack... Te-am iubit,

te iubesc şi te voi iubi mereu...

— Serios? Şi nu mi-ai spus nimic despre asta, şmecheră mică...

— De ce crezi că am acceptat propunerea ta indecentă încă de la început? Fiindcă era singura cale de a mă apropia de inima ta... Şi acum, că te am în întregime, sunt peste poate de fericită! E un sentiment minunat, care nu poate fi descris în cuvinte... Ani întregi am visat la ceea ce mi se întâmplă acum, Jack... Te iubesc. Te iubesc, te iubesc... În sfârşit, pot să ţi-o spun de câte ori vreau. E atât de bine să-mi exprim sentimentele faţă de tine aşa cum îmi doresc

Jessie lăcrimă din nou, privindu-şi inelul, revenind apoi cu privirea asupra lui Jack.

— Iubito... nu plânge... nu mai plec nicăieri, să ştii... Şi nici pe tine nu te mai las să pleci de lângă mine... Sunt aici, lângă tine şi aşa va fi mereu... i-a promis el, ştergându-i lacrimile.

— Iartă-mă... Lacrimile astea sunt de fericire, o fericire imensă...

Jack o sărută, făcând apoi dragoste cu ea din nou, bucurându-se împreună unul de celălalt în feluri în care numai ei ştiau s-o facă...

*

— Mă bucur pentru Jessica şi Jack. Merită să fie fericiţi împreună...

— Aşa e. Deşi fratele meu mai mic se comportă uneori ca un ticălos, recunosc că gestul din seara asta m-a surprins plăcut, îi mărturisi Logan roşcatei, ajungând între timp cu maşina la mar-

ginea pădurii din apropierea zonei în care locuia ea.

Opri motorul, își scoase centura de siguranță și o sărută pe Lindsay cu o foame pe care nu și-o mai putea stăpâni. O ajută să vină deasupra lui, apoi își plimbat mâinile pe trupul ei ademenitor, de care nu se mai sătura.

— Logan... mă înnebunești, frumușelule... Să nu-mi spui că vrei să facem dragoste aici, în ma-șină, îi spus ea, mângâindu-i pieptul puternic, în timp ce savura felul în care el o săruta pe gât.

— De ce crezi că am oprit aici, vulpițo? o în-trebă, privind-o pofticios.

— Hm... ca să vezi, ce vulcan ascunzi sub ar-mura seriozității, frumușelule... Dar, înainte de a trece la această activitate extrem de plăcută, vo-iam să te întreb ceva...

— Bine, dar întreabă-mă repede, fiindcă vreau să te simt, roșcata mea pasională...

— Voi încerca să fiu cât se poate de concisă. Logan, frumușelul meu... ai vrea să fii soțul meu?

— Ce?! o întrebă surprins, tușind ca să-și re-vină.

— E o întrebare simplă, la care aștept un răspuns la fel de simplu... cred că și frații tăi sunt responsabili pentru starea asta euforică. Pur și simplu vreau să fim împreună pentru totdeauna, Logan. Nu ți-am spus asta până acum, dar poate că știi deja că însemni foarte mult pentru mine... adică... te iubesc, frumușelule... și mai mult de-cât atât, vreau să mă bucur de tine în fiecare zi și noapte... Chiar cred că am tot ce trebuie ca să te pot iubi...

Logan o privi surprins, observând emoția de pe chipul ei, una care transmitea sinceritate și profunzime sufletească.

— Bine... s-o luăm cu începutul... Uf, nu mă așteptam la asta... Stai să vezi ce le fac fraților mei când pun mâna pe ei! Glumesc, desigur... Revenind la starea mea de seriozitate caracteristică, știu că nici eu nu ți-am spus-o până acum, însă având în vedere împrejurările... Te iubesc, roșcata mea șireată, și sunt sigur că ai simțit-o deja... Cât despre... celălalt lucru, îmi pare rău doar că mi-ai luat-o înainte... Chiar știi să surprinzi un bărbat, vulpițo... În fine, răspunsul e următorul: am o singură condiție pentru ca dorința ta să devină realitate...

— Da...?

— Să accepți, la rândul tău, să devii soția mea... spuse el, făcând-o să zâmbească.

— Logan! Răule... O clipă, am crezut că mă vei refuza...

— Nu sunt rău. Și da, vreau să fiu soțul tău, vulpițo...

— Ai dreptate. Ești cel mai bun, frumușelule... și eu vreau să fiu soția ta... Of, Logan, îți place să te joci cu mine...

— O, da. Lasă-mă să-ți arăt cât de mult...

O sărută apoi, lăsându-se cuprins de pasiunea ei nestăvilită. În scurt timp, se ajutară unul pe celălalt să rămână fără hainele care îi incomodau și se lăsară în voia dorinței și iubirii, făcând dragoste în mașină și bucurându-se de ceea ce își puteau oferi reciproc.

Epilog

După o lună...

— Haideţi fetelor, nu mai fiţi atât de emoţionate şi de plângăcioase. Credeţi că bărbaţii ăia fenomenali ne vor mai lua de soţii dacă noi ne stricăm machiajul? întrebă Lindsay zâmbind, deşi era la fel de emoţionată ca prietenele ei.

— Of, rochia asta parcă nu mai încape cum trebuie pe mine... ce mă fac? Jack o să fugă cu siguranţă de la altar când o să mă vadă în halul ăsta...

— Taci, Jessica. Ştii prea bine că arăţi minunat, nu te mai plânge. Jack nu mai pleacă nicăieri, e pierdut după tine, fetiţo. Şi tu, Nadya, ce stai acolo cuminte? Trebuie să fii o adevărată apariţie cuceritoare pentru dragul tău Noah. Ai să vezi, luptătorul tău va fi K.O. când te va vedea apărând în biserică, fac pariu... Of, dacă n-aş fi eu aici ca să dirijez totul... Ce v-aţi face fără mine?

— Am fi pierdute... răspunse Nadya, admirându-şi ţinuta, a sa, dar şi a prietenelor sale.

Îşi lăsase părul brunet liber, iar rochia de mireasă era una în stil prinţesă, cu decolteu conturat astfel încât să-i trezească pasiunea mirelui. Jessica avea părul prins în partea de sus şi coafat în bucle lejere şi purta o rochie albă cu bretele, în forma literei A. Cât despre Lindsay, ea avea părul strâns într-un coc simplu şi elegant, purtând o rochie de mireasă în stil sirenă.

— Să mergem, fetelor, băieţii noştri ne aşteaptă. Vreau să văd numai zâmbete pe chipurile voastre, aţi înţeles?

Lindsay porni spre uşă cu un aer aparent

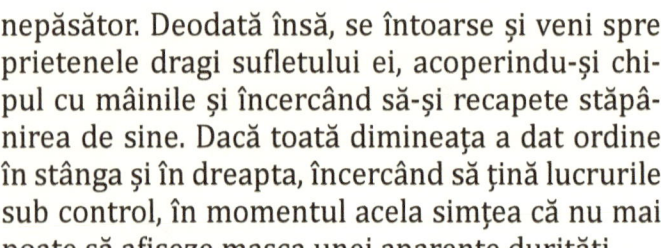

nepăsător. Deodată însă, se întoarse şi veni spre prietenele dragi sufletului ei, acoperindu-şi chipul cu mâinile şi încercând să-şi recapete stăpânirea de sine. Dacă toată dimineaţa a dat ordine în stânga şi în dreapta, încercând să ţină lucrurile sub control, în momentul acela simţea că nu mai poate să afişeze masca unei aparente durităţi.

— Of, fetelor, nu pot să cred... Eu şi Logan chiar facem treaba asta, iar ,voi la fel... ce poate fi mai frumos decât atât: o nuntă triplă? Ştiţi ce? Propun, le spuse, imitând glasul serios al lui Logan, să fim fericite şi să ne iubim bărbaţii până nu mai putem, bine?

— O, Lindsay, draga de tine, nu pot decât să fiu de acord, rosti Jessica, simţind o fericire nemărginită.

— Lindsay, ai dreptate... Să fim fericite, fetelor... iar ţie, Jessica, trebuie să-ţi mulţumim în mod special, fiindcă datorită ţie, eu şi Lindsay i-am cunoscut pe ceilalţi doi fraţi ai lui Jack, iar azi, uită-te la noi: ne unim destinele cu ale lor... cu cei pe care îi iubim, iar lucrul ăsta e minunat...

— Fetelor... nu aveţi pentru ce să-mi mulţumiţi... destinul a vrut să fie aşa... nu pot decât să mă bucur...

— Bine, de-ajuns cu vorbăria. Îmbrăţişare de grup, ceru Lindsay, zâmbind emoţionată.

Cele trei prietene se îmbrăţişară, mai fericite ca oricând. Aveau să fie pe veci alături de cei pentru care inimile lor băteau cu adevărat. Plecară apoi din încăpere, urmând să intre în biserica unde erau aşteptate de invitaţi, dar mai ales de cei trei cavaleri ai lor.

— Ce le ia atât de mult? se arătă Logan ne-răbdător, aranjându-şi încă o dată papionul, spre amuzamentul celor doi fraţi ai lui.

— Sunt femei, Logan. Sigur că durează ceva timp până să fie pregătite pentru noi, vorbi Jack relaxat.

La o privire mai atentă, i se putea vedea şi lui emoţia în privire. Era dornic să-şi vadă mireasa, s-o îmbrăţişeze, s-o sărute şi să... aştepte cu ne-răbdare încheierea slujbei şi a petrecerii, pentru a se putea bucura în voie, în cadru intim, de cea pe care o iubea din toată inima.

— Fraţilor, se pare că femeile astea ne-au oferit fiecăruia dintre noi o lecţie binemeritată, în urma căreia am câştigat ceva cu adevărat impor-tant: câte o soţie frumoasă şi iubitoare pentru fie-care. Eu zic să ne acceptăm soarta cu resemnare. Nu avem altă soluţie... spuse şi Noah, privindu-şi fraţii cu drag.

Aceştia îl aprobară tot mai zâmbitori. Erau conştienţi de cât de norocoşi erau să fie iubiţi de cele trei prietene care, încetul cu încetul, le-au cu-cerit inimile definitiv...

Momentul în care cei trei fraţi şi-au văzut miresele apărând în biserică la braţul cavalerilor de onoare a fost emoţionant atât pentru ei, cât şi pentru ele. Fiecare dintre ei îşi privea perechea cu încântare, în timp ce înainta spre ei.

Jessica intră prima în biserică, urmată de Nadya şi de Lindsay. Se îndreptară toate spre al-tar, găsind sprijin şi susţinere în ochii celor pe care îl iubeau.

Odată ajunse lângă miri, fetele se opriră. Fi-

ecare mire îşi luă mireasa de mână. Peste câteva clipe, ascultară slujba oficiată de preot, iar la finalul acesteia cele trei perechi de miri s-au sărutat, în aplauzele şi uralele tuturor celor prezenţi.

— În sfârşit... cei trei fii ai mei sunt fericiţi alături de femeile pe care le iubesc... Sunt atât de mândră de ei, Rebecca! Sunt atât de frumoşi cu toţii... Am aşteptat atât de mult ziua asta, rosti Abygail, emoţionată.

— Ai dreptate, draga mea prietenă. În sfârşit, copiii noştri şi-au găsit fericirea... nu pot decât să sper că vor fi mereu aşa, iar noi vom face tot ce ne stă în putere pentru a-i ajuta... vorbi Rebecca, la fel de încântată.

Văzându-şi fiica la braţul lui Jack, se simţea împlinită. Mai târziu, în timp ce toate cele trei perechi de miri se aflau pe ring, luând parte la primul dans în acea ipostază, invitaţii îi priveau zâmbitori, bucuroşi că luau parte la bucuria lor.

— Eşti un mire foarte ispititor, frumuşelule... nu ştiu ce altceva să fac în situaţia asta, Logan, decât să te iubesc, spuse Lindsay, lipindu-se tot mai mult de bărbatul pe care îl adora.

— Iar tu eşti o mireasă foarte ademenitoare, roşcato. Nu pot decât să mă bucur că eşti vulpiţa mea. Cât despre soluţii, sunt convins că le vom găsi în fiecare zi, noapte şi loc în care ne vom afla împreună. Doar vom avea o viaţă întreagă la dispoziţie ca să le căutăm! Şi... te iubesc, Lindsay, o asigură Logan, privind-o fascinat.

— Te iubesc, Noah, rosti Nadya, găsind curajul să-i spună ea prima mirelui ei acel lucru atât de frumos.

Împlinirea pe care o simţea era ca un tratament pentru toată suferinţa pe care o îndurase în trecut. Acum nimic nu mai conta, în afară de el, cel care a ştiut să-şi găsească drumul spre inima ei.

— Şi eu te iubesc, bruneta mea frumoasă... spuse Noah, ştiind acum mai clar ca oricând, că, în orice moment, o regulă bine stabilită putea fi încălcată.

Aşa se întâmplă atunci când iubirea intervine prin cele mai misterioase căi posibile.

— Am reuşit, iubitule. Te-am adus în stadiul în care să te fac să mă iubeşti, iar asta e minunat.

— Te iubesc, Jack, soţul meu... Ce frumos sună, mărturisi Jessica, privindu-l cu dragoste, mai fericită ca oricând.

În sfârşit, bărbatul visurilor ei se uita la ea cu acelaşi sentiment pe care i-l purta ea.

— Da, ai reuşit, Jessie... Nu pot decât să mă bucur, la rândul meu, că nu ai renunţat la mine, la noi... Te iubesc şi te voi iubi mereu, iubita mea... Acum ştiu că tu eşti tot ceea ce mi-a lipsit... N-am cuvinte să-ţi spun cât de fericit mă simt... mai bine ţi-o arăt, spuse Jack, cucerind-o încă o dată cu zâmbetul irezistibil şi sărutul său ademenitor.

Jessica îl sărută la rândul ei, ştiind că acesta era doar începutul poveştii lor de dragoste eternă.

— SFÂRŞIT —

Unirea destinelor/ *Lorena Lenn*
Timişoara: Stylished 2018
ISBN: 978-606-94670-3-9

Editura STYLISHED
Timişoara, Judeţul Timiş
Calea Martirilor 1989, nr. 51/27
Tel.: (+40)727.07.49.48
www.stylishedbooks.ro

Ilustraţii grafice: Claudia Feti